芽《め》森《もり》総《そう》太《た》
芽《め》森《もり》柚《ゆず》香《か》
イシュタル

如月《きさらぎ》明衣《めい》
篠宮《しのみや》鈴羽《すずは》
高原《たかはら》恵美《めぐみ》

一話　高原恵美とノート

俺は今、ただの気まぐれで野良猫の墓を作っていた。

朝の登校途中、近道しようと通った路地裏でその白猫は死んでいたのだ。

別に芽森総太《めもりそうた》は普段からそんな殊勝《しゅしょう》なことをする好青年ではない。

普段だったら野生動物の死体に触るなんて、衛生的にも精神的にも遠慮したいところだ。

ただ「なんだか昔飼っていた猫に似ているな」とか「野良猫はこのまま野晒《のざら》しで死ぬのが普通なのだろうか」なんてことを考えている内に、近くの公園まで猫の死体を運んでしまった。

冷たくなった猫を抱えて間近で見ると、その白い毛並みはまだ艶《つや》を持っており美しい。一目で死体だと分かるほど痩《や》せ細っているのに、体温を除けばまだ生きているかのような毛並みを持った不思議な猫だった。

大通りで登校する学生の流れを横切り、路地裏から公園へとさっさと移動する。他人には猫の死体を運ぶ姿はあまり見られたくない。

公園の隅に穴を掘り、猫を安置して土を被せ、申し訳程度に野花を供えた。

「完全に遅刻か……まぁ、いっか」

どうせ走っても一時限目には間に合わないことが分かっていたので、マイペースな歩調で学校へ向かった。

昼休みを知らせるチャイムが鳴り、教室や廊下に同級生達の賑わいが広まっていく。

結局、学校に着いたのは一限の終了後で、二限の教師から遅刻の理由を聞かれたが適当に嘘を並べておいた。流石に、「野良猫の墓を作っていました」は冗談だと思われかねない。

その後は何事もなく授業を終え、お楽しみの弁当タイムだ。いつものことながら、姉に感謝して頂こう。

鞄《かばん》から弁当箱を取り出していると、机の横に見知った顔がやってきた。

「猫ちゃん、ちゃんと弔《とむら》ってあげた？」

弁当に向けていた顔を上げると、そこにはクラスメイトの高原恵美《たかはらめぐみ》が立っていた。

丸っこい目をした童顔とセミロングの黒髪に、微笑《ほほえ》みが似合う落ち着いた自然な笑顔。大人しそうで派手さはないが清楚《せいそ》さや誠実さを感じさせる人物だ。

今日も染み一つ無いブレザーの下には、白いブラウスと白いサマーセーター。プリーツスカートは膝下三センチを律儀に守り、その下のソックスまで綺麗な白色である。校則を遵守する模範的な制服姿だ。

去年図書委員を共に務めた縁で、なにかと勉強方面で頼らせてもらっている同級生である。いや、正直に言えば高原さん目当てで図書委員に立候補し、彼女と話したいがために勉強を建前にしていると言っていい。

「猫って……高原さん、見てたの？」

こっちの問いかけに高原さんはこくんと頷いた。その動作だけでも愛らしい。

話を聞くに、どうやら公園へ猫を運ぶ俺の姿を遠目に見ていたそうだ。

そこまで見られていたら仕方ない。俺は正直に遅刻の経緯を説明することにした。彼女から良く思われたいという打算がなかったとは言えないが。

「……へえ、芽森くんって優しいんだね」

「ただの気まぐれだよ。あの猫がキリエに似てなかったらそんなことしないって」

ちなみにキリエとは昔飼っていた猫の名である。メスで雑種。白と黒の綺麗な毛並みを持っていた。

「その猫ちゃん、きっと感謝してるよ。その内、夢枕《ゆめまくら》に立って恩返しに来るかも」

「恩返しか。猫って薄情な生き物だっていうけどね」

「目が覚めたら、枕の周りに大量の鰹節《かつおぶし》やマタタビがあったりして」

「猫基準の恩返しをされても困る……」

強烈な臭いを想像して眉をひそめる俺を見て、高原さんが鈴を転がすような声で笑った。

そんな益体《やくたい》も無い会話を交わしていると高原さんが女友達のグループに呼ばれた。

「でも朝からそんな善行したんだもの。きっと芽森くんに良いことあるよ」

「……かもね」

すでに幸運な気持ちになっていることは隠し、立ち去る高原さんの背を見送った。

それから昼食を再開した。


五限目。

退屈な授業の最中に睡魔《すいま》に襲われ、不覚にも……とはいえ満更でもない夢の世界に俺は落ちていた。

夢の中は薄暗く、床以外はなにも無い空間にただ一人座っていた。

すると空間の奥から白い猫が近づいてきた。不思議と今朝の猫だと直感する。

『うにゃ、我が名はイシュタル。何百年と転生を繰り返し、現世《げんせ》を渡る性愛《せいあい》の女神にゃ』

白猫は自らを神と名乗ったが、その語尾と司っているモノは俗《ぞく》っぽい。

そもそも猫が喋るという珍事が起きている訳だが、夢なので特に不思議ではない。

『今朝方、我が骸《むくろ》を埋葬したそちの温情痛み入るにゃ。故《ゆえ》に我は神としてそちの恩に報《むく》いるため、一つ幸福を授けようと思うにゃ』

どうやら高原さんが言っていた通り、本当に猫が恩返しに来たようだ。まさか神様とは思わなかったが。

それで、なにが貰えるんだろう。やはり鰹節とマタタビか？

『そちに授ける幸福は、そちの未来を救うためのものだにゃ。それは念じるだけで使える記憶改竄術《きおくかいざんじゅつ》。そちはこれをもって、己《おの》が情欲《じょうよく》を満たすんだにゃ』

——はい？

『我には分かる。そちは類《たぐ》い稀《まれ》なる情欲の持ち主。しかし、そちは頑《かたく》なな理性でそれを制しているにゃ。だが近い将来、その欲望が理性に勝《まさ》り、そちを絶望の淵《ふち》に迷わせるだろうにゃ。それを回避するため、我が授けたこの能力を使って女子《おなご》を次から次へと××して、そちの望み通りに△△を◯◯して、その情欲を発散させるのが唯一の救いの——』

——誰が、性犯罪者予備軍だぁぁぁ！


放課後。

どうやら五時限目の居眠りは短いものだったようで、目が覚めるとまだ授業中であった。周囲から不審な目で見られていなかったから、あの叫びも寝言として現実に響いてはいなかったようだ。

それから授業が終わり、ホームルームが終わっても尚、あの夢は鮮明なまま頭から離れない。

俺が類い稀なる情欲の持ち主？　記憶改竄術でその欲望を満たせ？

馬鹿馬鹿しい。情欲が無いとは言わないが、あくまで一般的な男子高校生の範囲内に収まっている。

それをあの猫は……いや、自分の夢だ。これ以上悪態をついても意味がない。

帰路につこうと下駄箱に着いた時、高原さんに一限目のノートを借りることを思いついた。

遅刻の理由は高原さんには知られているし、彼女は人当たりが良いので快く貸してくれるだろう。それに成績も良いので、きっと丁寧に纏められたノートは自分で板書するものより役立つだろう。

確か、今日は高原さんが日直だったからまだ教室に残っているはずだ。

俺はその場で回れ右をして、部活や自宅に向かう生徒の流れに逆らって、来た道を戻った。


予想通り高原さんは教室に一人で残り、日直の後始末をこなしていた。

他のクラスの日直はさっさと雑務を終わらせて帰ったらしく、すでに人の気配はなかった。

運動部の掛け声や吹奏楽部の演奏が遠くに聞こえるだけの教室で、彼女は生真面目《きまじめ》に窓の鍵の点検を行っていた。

「あ、芽森くん。どうしたの、忘れ物？」

「いや、高原さんにノート借りようと思ってさ。今日の一時限目の」

「あぁ、なるほど。いいよ、ようやく日直の仕事終わったから」

そう言うと高原さんは腕を上に伸ばし、体を反って伸びをしてから自分の机に置いていた鞄へ向かった。

ひと仕事終えた後だからだろうが、その時に強調された大きな胸にドキリとしてしまった。

『そちは類い稀なる情欲の――』

『念じるだけで使える記憶改竄術――』

『情欲を発散させ――』

……なんてタイミングで思い出すのだろうか。夢の中での、あの言葉がリフレインする。

途端に高原さんと二人っきりで教室にいることや、ブレザーを押し上げる大きな膨らみを意識してしまう。

正直に言えば、彼女に劣情を催したことが無い訳ではない。彼女に対して抱いているのは、甘酸っぱい恋愛感情というよりドロドロの情欲なのかもしれない。

去年からずっと、いや今も夜のオカズにさせてもらっていることも多い。

高原さんは大人しい性格で目立ちはしないものの、顔立ちは幼さと清楚さを兼ね備えた大和撫子《やまとなでしこ》だ。

おまけに彼女は小柄ながらも、決してスタイルは悪くない。制服では膝下スカートにサマーセーターの完全防備なので分かりにくいが、魅惑《みわく》的なバストラインを持っているのを体操着姿で知っている。

ミニスカで胸元を緩くした派手な女子の方が注目されやすいが、彼女の魅力が周知の事実となれば鼻の下を伸ばして言い寄る男子もたくさんいるはずだ。

そんな高原さんに対する情欲が雪崩《なだれ》のように押し寄せ、いつしか俺は期待をし始めていた。

あんな馬鹿げた夢の、馬鹿げた言葉が真実であることを。

「えっと、見たいノートって世界史でよかったんだよね」

机に置かれた鞄の中からノートを探す彼女の後ろ姿を見ながら、俺は半信半疑のまま、子供の悪戯《いたずら》のような気軽さで念じてみた。

記憶改竄、と。

突然世界がモノクロに染まり、身動きが取れなくなった。校舎の外から聞こえていた掛け声や楽器の音が聞こえなくなり、背中を見せている高原さんも微動だにしなくなった。

なんなんだ、と慌てる暇もなく、俺の脳に無理矢理刻まれるかのような痛みと共に情報が流れ込む。

それは記憶改竄術の使い方。

一つ、この術は相手の記憶を文章化し、それを書き換えることで改竄を行う。

二つ、同じ人間には一日一回しか術をかけることが出来ない。但し、効果は日を跨いでも継続する。

三つ、書き換えられた本人は記憶を疑うことは基本的に無い。

四つ、本人にとって書き換えられる前と後の物事は同価値である。但し、伴う感情は異なる。

五つ――。

それからいくつもの情報が激痛と共に頭に書き込まれていく。声をあげられない俺はただ耐えるしかない。

情報がすべて脳に収まり終わると、痛みは嘘のように引き、ようやく事態を把握した。

あれは夢の中のことだったが、虚構《きょこう》の出来事ではなかった。

依然《いぜん》として世界は白黒で時間は止まっているが、これは記憶を書き換えるためのフィールドだということを自然と理解する。

気づくと俺と高原さんの間に手のひらサイズの淡い光の文字で構成された文章が浮かんでいた。

［　**私は　芽森くんに　ノートを　見せて欲しいと　頼まれた**　］

この文章をどうするか、俺はもう知っている。

俺は念じて『ノートを』の文字を変化させる。

限定神力《しんりき》・記憶改竄開始《Now rewriting》――――。

篝火《かがりび》のように揺らめく四文字が俺の念じた通りに形を変え、改竄が終了する。

世界に色と時間の流れが戻り、遠くに聞こえる部活動の喧騒《けんそう》や春先の生暖かい空気にまた包まれる。

目の前の高原さんは振り返ると、その姿はモノクロからカラーに戻っていた。

しかし、その手には探していたはずのノートは無く、心なしかさっきより頬《ほお》が赤いようにも見える。

きっと夕日のせいではない。その紅潮した顔で高原さんは言った。

「えっと……見たい『下着』って、今着けているのでよかったんだよね？」

高原さんは言い淀みながら、目を逸らしつつ尋ねてきた。

驚き半分、予想通り半分といった気持ちで俺は改めて確信する。

この能力は本物だ。

今、改竄を受けた高原さんの中には『芽森総太に下着を見せて欲しいと頼まれ、それを承諾した』という偽りの記憶がある。

彼女の中では、それは恥ずかしさを伴うとはいえ『ノートを見せること』と同価値の出来事なのだ。

だから、断らない。

彼女はそれを「いいよ」と返事したし、なにより見せることに疑問を持たないのだから断るはずがない。

俺は心の中でガッツポーズと勝利の雄叫びをあげた。同時に高原さんの少し照れた表情とその言葉だけで頭の芯がにわかに熱くなり、苦しいほどの興奮が胸を締め付け始めた。

「ああ、頼めるかな」

「いいよ。『下着』ぐらい、いつでも見せてあげるから」

どうやら高原さんの中では羞恥を感じながらも、自分の言動に違和感を覚えていないようだ。

彼女が口走っている言葉がどれだけ刺激的なのかを実感出来るのは、ここにいる俺だけなのだ。

「それじゃあ上から……」

高原さんはブレザーのジャケットとサマーセーターを脱ぎ、近くの机の上に綺麗《きれい》に畳んで置いた。

夏服の時でも脱がないサマーセーターを脱いだ高原さんのブラウス姿は、俺にとって貴重なものだった。

薄い生地の奥にある膨らみに、期待が高まる。

そしてついに、高原さんはブラウスの前ボタンに手をかけた。凝視する俺の視線を意に介せず、ボタンだけを見つめ、一つずつ外していく。一つ、また一つと彼女自身の手で外されていく内に、その下の柔肌が姿を現していく。

鎖骨から胸元が見えると、俺は鼻息を荒くした。盛り上がった谷間が見え、その大きさを表していた。

そして白いブラジャーに包まれた乳房から、目が離せなくなった。

「おおっ……」

思わず驚愕の声が出てしまった。

着痩せするタイプなのか、高原さんの胸は想像以上に豊かなものだった。

そしてそのたわわに実った果実を支えているのが、童顔な彼女に似合った白いレースの付いたブラだった。

真ん中の小さな赤リボン以外は白で統一され、ブラの端からはなんと胸の肉が余って少し溢《あふ》れていたのだ。

それからお腹が見え、ヘソが見える。太っているというほどでもなく、それでも柔らかそうな脂肪を薄く纏った肌が夕日を浴びて輝いていた。

そして、ついにすべてのボタンが外された。

高原さん的には見えやすいようにとの配慮なのだろう、ブラウスの両端を持って広げ、まるで露出狂のようなポーズになった。

陶磁器《とうじき》のように白い腹も健康的なエロスを感じ、小さなヘソの穴まで愛おしく感じられる。

流石に違和感はなくとも、恥ずかしさを覚えているのか、高原さんは自分でブラウスを開いておきながら羞恥で視線を逸らしていた。

「どう、芽森くん？　参考になるかな？」

「ああ……うん、なるよ……とても、なる」

一体なんの参考になるのか自分でも謎だが、高原さんの質問に適当に相槌《あいづち》を打つ。

俺は視姦するようにただ高原さんの胸と恥ずかしがる顔を見つめた。それを高原さんはうつむいて、ただひたすら自分の肉体を鼻息を荒くしている俺に見せつけていた。

彼女はいくら羞恥で頬を染めようが、拒否しようとする素振りは一切しなかった。

彼女の中ではこれは恥ずかしいことでも『ノートを見せてあげる』程度のこと。

その矛盾《むじゅん》を彼女に疑わせないのも、この改竄術の力なのだ。

しばらく俺は美術館で彫刻像を鑑賞するかのように、決して触れることなく彼女の乳房を視姦した。

今まで写真や映像のような平面的なものでしか見たことがなかったから、角度を変えることでこんなにも大きな胸は見え方が変わるものだとは知らなかった。特に下からの眺めは圧巻だ。

このままずっと見続けていたいが、自分が校舎内にいることを思い出す。いつまでもこうしていられない。

「それじゃ、その、下もいいかな？」

「うん……ショーツもだね」

俺は次なるステップに進むためそう催促し、それを聞いた高原さんは当然のように頷いた。

ブラウスの端から手を放し、体を前に屈めて今度はスカートの裾を掴んだ。

そして恥ずかしさからか、徐々に、ゆっくりとスカートの裾をまくっていく。

しかし、それは逆に男の興奮を煽る行為であることを高原さんは知らないし、意識していないだろう。

綺麗な膝、眩しい太ももが見えて徐々に彼女のデリケートな領域が暴かれていく。細すぎないが、運動部ほど鍛えられてもいない華奢な足が付け根まで晒され、ついにショーツが俺の視界に入ってきた。

ブラウスの裾をスカートから抜いていたため、ばっちりとその全景が俺には見て取れた。

上と同じくショーツもバージンホワイトで、赤いリボンの装飾で彩られていた。しかしレースは無く、その代わり彼女の秘部の形がくっきり見えている。

気がつくと俺は膝を曲げて、目線をショーツの高さに合わせてじっくりと眺めていた。

「綺麗だ、すごく」

「別にそんな褒められるようなことじゃないよ。これぐらい、普通だよ……うん、普通」

思わず出た感想に、彼女はそう謙遜した。下着《ノート》を褒められても、今の高原さんには面映ゆいだけだろう。

ショーツがはっきり見えるものの、日が傾いてきたのとスカートが長いせいで、少し暗くなってきた。

電気を点ければそれで済む話なのだが、俺は別の方法をとることにした。

「高原さん、もっと見えやすいようにお願いしてもいいかな」

「え、見えやすいようにって……?」

「スカートを脱いでくれない？」

俺の言葉に高原さんは一瞬、言葉を失っていた。誰よりも校則を守る形で制服を着こなし、日直の仕事にも手を抜かない優等生の高原さんに、服を脱げと頼んだのだ。

初めての改竄に、俺自身も性的な興奮とは別に心臓がドキドキする。仮に俺の認識が間違っていて、高原さんが正気に戻ったらどうなるのか。そんな最悪な状況を一瞬思い浮かべるも、それは杞憂《きゆう》に終わった。

「うん、そうだよね。そっちの方が見えやすいよね」

相変わらず言葉は冷静ながらも、高原さんは少し落ち着かない表情のまま答えた。

高原さんはスカートの裾から手を放すと、腰の辺りにあるホックに手をかけ、チャックを下ろした。

スカートが床につかないようそっと足を引き抜くと、ジャケット同様に机の上に畳んで置いた。

ブラウスは全開で、スカートも脱いだ彼女はほぼ半裸の状態だ。

その状態で高原さんはどんなポーズを取ればいいのか分からず、腹の辺りで弱々しく手を組んだ。

まるでこれから犯されるかのような姿になった高原さんの周囲を、俺は回りながらその体を眺めた。

背後に回ると、グラビアアイドルのように布面積の小さいものではなく、尻全体を下着に包まれた尻肉が観察出来た。しかし、それが同級生の普段身に着けているものだという生々しさを際立たせていた。

俺は今、高原恵美の下着姿を見ている。その事実が俺の下半身を固くしていく。

俺はある種の支配的な充足感と、背徳的な快感にゾクゾクと身を震わせていた。

いつもの教室でクラスの隠れ美少女たる高原さんにストリップショーをさせている自分に酔っていたのだ。

彼女のショーツをこんな間近で見られるのも、太ももの付け根やヒップの肉を舐め回すように見ることも、布一枚隔《へだ》てた先にあるだろう陰唇の膨らみを観察することも、今の俺にしか出来ないことだ。

荒々しく吸い込む息に混じって、甘い香りがする。ボディソープか服の洗剤の香りか……いや、今日一日で高原さんが全く汗を掻いていないとは思えない。つまり、汗の匂いも混じっているにも関わらず、高原さんからは甘く魅惑的な香りがするわけで……。

「ちょ、ちょっと芽森くん」

くらくらするほどの興奮を覚えていると、高原さんが焦ったように呼びかけてくる。

「ん、なにかな」

「その、あんまり近づいて見られると、息がかかってその……くすぐったいよ」

確かに、自分の顔は彼女のショーツに包まれた陰唇のわずか数センチ手前まで迫っていた。それに今の俺は興奮で息を荒げて、それが彼女の下腹部にかかっていることに気づかなかった。

匂いまで伝わってくる距離に、俺は平常心を失いかけていた。

「それと見るだけだからね。触ったらダメだよ……その、困るから」

「わ、分かってるよ」

しかし、このままでは本当に理性が吹っ飛びそうだった。我慢出来ず高原さんを押し倒したくなる衝動を何度も抑えつける。さっき理解した改竄のルールにあった「一日に一回のみ」の縛りと、今まで神聖視していた高原さんを穢す度胸の無さが俺を踏み止まらせていた。ここで手を出したら、それまでなのだ。

だけどこの体を好きなだけ触ることが出来たら、どれほどの快感を得られるだろうか。

我慢の限界を覚え始めた瞬間、俺は視界の端に捉えた時計によって我に返った。

そろそろ完全下校時間になり、教師が見回りに来てもおかしくない時間帯だ。誰かに見られるのはまずい。

「あ、そろそろ時間だね。もう芽森くんも大丈夫？」

俺が壁に掛けられた時計へ視線をやっていたのに気づいたのか、高原さんも時刻を確認すると、この至福の時間の終わりを切り出した。

まだまだ足りないと俺の中の情欲が猛っていたが、ここはぐっと我慢する。

「……ああ、そうだね。えっと、ありがとう。『下着』を見せてもらって」

「ふふ、どういたしまして」

半裸姿から服を着始める高原さんと俺は、そんな奇妙な会話を交わす。

まるで彼女が本当の痴女になったような気になるが、あくまで彼女は『ノートを見せる程度』のことをした認識なのだ。

だからここでそれ以上の行為を頼んでも、拒否されるだろう。

「それじゃあ、私は職員室に日誌と鍵を持っていくから」

着替え終えた彼女に俺は未練《みれん》を残しながら別れを告げると、急いで男子トイレの個室へと駆け込んだ。

もちろん、先ほどの光景で完全に勃った状態である竿を鎮めるためである。

俺は、まだ彼女がいるであろうこの校舎内で、彼女の半裸を思い出しながら竿を擦《こす》り出した。

あのマシュマロのような弾力を想像させる胸を、目と鼻の先の距離で見たショーツの膨らみを思い出して。

固く反り立ったものはカウパーでベトベトであり、握っただけで快感の刺激が駆け抜ける。

加減もなにもあったものじゃない乱暴なしごきに、俺は一分と保たずに射精した。

熱く、とても濃い精液が流れ出る。

トイレの個室の中はまるで薄暗いサウナだった。

頭と体の中では激しく血液が走り回り、その流れる音までが聞こえてきそうなまでに感覚がクリアだった。

ああ、確かに——。

トイレットペーパーで自慰行為の後始末をしながら、心中で呟いた。

俺はこういうのを望んでいたのかもしれない——。

あの美しい体に触れられなかった無念、そしてこれからの日々への高揚感。

胸中で渦巻く感情の中に、改竄術を女性に使うことへのためらいが無いことに今更ながら気づいた。

二話　篠宮鈴羽とスポーツドリンク

その日の夜、まだ興奮冷めやらぬ俺は自室でもう一回抜いてようやく就寝した。

心地良い眠りの中、俺は夢の世界で目を覚ました。見覚えのある薄暗く、なにも無い寂しい空間だ。

『どうやら、我が授けた幸福は気に入ってもらえたようだにゃ』

空間の奥から現れたのはあの白猫……ではなかった。

俺よりだいぶ年下の、パッと見は小学生かそれ未満の白い少女だった。

白いロングヘアーに、大理石で出来た彫刻のような端整で美しい顔立ち。パッチリと大きく、端が吊り上がった猫目に小さな目鼻。顔のパーツ一つ一つが自ら光を放っているかのような造形美があり、俺の中にあった美しいという概念が上書きされた。今まで見たどんなものより、その少女は美しかった。

身に着けているのは白いモコモコした毛皮のチューブトップブラとショーツだけで、ほとんど裸である。

そして、一番目につくのは側頭部から生えている猫を思わせる耳と、腰の後ろから伸びている白い尻尾だ。

俺はこんな幼女に欲情するような趣味はないが、その未熟な肢体に思わず見とれてしまった。

『にゃはは、人間はいつだって我を見ると言葉を失うのにゃ』

そう言うと美少女は俺に近づき、座っていた俺の足の上でコロンと寝転がった。

本当の猫がそうするように、体を丸めて、俺の膝の上でゴロゴロしだしたのだ。

理解が追い付かない中で、膝の上の所有権を奪われながらも問いかける。

もしかして女神イシュタル？

『然《しか》り。昨日はそちが一方的に話を打ち切った故、話せなかったがにゃ。そちの性的興奮による感情エネルギーのおかげで、我はこうして人の姿を成して、そちと会えたわけだにゃ』

イシュタルは体の位置をころころ変え、最終的には俺を座椅子のように使って背中を預けるポジションに落ち着いたようだ。

えっと、感情エネルギーとか俺のおかげとか、まだしっくりきてないんだが。

『我は性愛の神にゃ。神は人間の感情や願いによって生まれるエネルギーを集め、管理するための存在にゃ。例えば、学芸の神は人間が勉学や芸術を極めようとする情熱を、縁結びの神は想い人やまだ見ぬ伴侶を願う気持ちから発せられるエネルギーを集めているのにゃ。それには色んな力があるから、神はエネルギーが世界に害をなさないように調整……まぁ、洪水を防ぐダムの管理者みたいなものだと思えばいいにゃ』

つまり、イシュタ……イシュタル様は人間が情欲で興奮する気持ちのエネルギーを管理していると？

『うにゃ、その通り。そして、我々神は人間達のそのエネルギーを使い、この世界の様々なものに転生しながら人間とエネルギーを見守っているのにゃ。ご神体とも呼ばれるかにゃ。まぁ、我のように自由を欲して動物に、それもあんな短命の小動物に好んで宿る神なぞそうそう居にゃいがな』

あと様付けはむず痒いので気に入らん、とイシュタルは舌足らずな声で言いながら、俺の手を掴んでひらひらと猫じゃらしのように振って遊んでいる。見上げるようにこちらを見るその顔は、神とは思えず年相応の普通の子供のように思える。

じゃあ、俺のおかげというのは今日高原さん相手に興奮したエネルギーを使って……？

『その通りにゃ、そちのような人間は我にとっては信仰者同然の大切な存在なのにゃ。そちのような情欲に塗《まみ》れた人間がこの世にごまんといるおかげで、我は他の神より頻度《ひんど》の高い転生を繰り返せるのにゃ』

なんだか褒められているようで、結局は昨日と同じように「このスケベ野郎」と言われているだけなんだが、今はもう否定は出来ない。

しかし、イシュタルは世界規模の人間から発せられる性欲のエネルギーで存在し続けられるなら、俺一人の感情エネルギーなんてたかが知れているだろう。

『そう、普段は生きて現世に留まっているうちに、あっという間に転生の準備を整えるんだがにゃ。今回は訳あって、それが叶わなかったのにゃ。そうなるとふわふわと意識だけで漂う我は、直接誰かから貰わなくてはいけなくてにゃ。今のそちと我は精神が直結している故、ダイレクトにエネルギーを貰っているのにゃ』

精神が直結……いつの間にか、俺はイシュタルのバッテリーのようなものになっていたってことだろうか。

『にゃは、その通りにゃ。今はこんな姿だが、充電して完全な姿になれば転生して、また人間の世界に下り立てるのにゃ。まぁ、心配するにゃ。ただエネルギー配給のパイプを通しただけにゃ。そちは感情からのエネルギー変換率が良好だからにゃ。我が少しばかり拝借しても体にはなにも問題はにゃい』

イシュタルは俺の手で遊ぶのをやめて、スッと立ち上がった。

そしてその場で振り返り、シルクのように輝く長髪を手でなびかせる。

『我が昨日、言いそびれたことは以上にゃ。我の転生をちょこっと手伝ってもらう。そちに損はさせん、それだけの話にゃ。異論にゃいな、あっても今更どうにもならにゃいが』

異論なんてなかった。

そんなの改竄術の対価としては、安すぎるくらいだ。

要は好き勝手に、この改竄術で情欲を晴らせばいいだけで、ノーリスクハイリターンな話だ。

俺はとりあえず感謝の意を込めて、昔姉が俺にやってくれたようにイシュタルの頭を撫でる。猫みたいな振る舞いをしてくるので、多分猫のように扱えば喜んでくれるだろう。

そう思ったのだが――。

『かっ！　かかか勝手に神の頭を触るにゃ‼　無礼者‼』

イシュタルは一瞬で顔を怒りで紅潮させると、渾身の右ストレートを俺の胸に叩き込んできた。

幼女の突きとはいえ、あまりの衝撃に座ったまま後転すると……そこには地面が無かった。

え？　は？　ええええぇぇぇ⁉　と間抜けな声をあげて、俺は奈落の底へと落ちていった。


今朝はベッドから勢いよく床に落ちて目が覚めた。

フローリングと自重でサンドイッチになった首はまだ痛むが、下手に湿布など貼ると心配性の姉が俺を離さないだろうから、なにも付けずに登校する。

しかし、どうやらイシュタルを怒らせてしまったようだ。

確かに神の頭を軽率に撫でてしまったのは無礼な行為なのかもしれないが、向こうが先に無邪気にじゃれてきたというのに。まぁ、この程度の罰で済まされるなら幸運だろう。

性愛の神だし、勃起不全とかにさせられなかっただけマシだったのかもしれない。

学校に着くと、俺は頻繁にある行為を繰り返した。

それは心理フィールド（記憶改竄時のモノクロ世界を俺はそう名付けた）を発動させて、生徒達の記憶を覗くことだ。

フィールドを出すと、彼らが今考えていることが単語や文章となり、プカプカと宙を漂っているのだ。

記憶とは言っても、そこまで深いプライベートなものではなく「今日の放課後どうしよっかー」とか「あの子かわいいなぁ」みたいなどうでもいいことばかりだ。

しかし、俺が授かった改竄術ではその『どうでもいいこと』を書き換えるのが重要になってくるのだ。

だから常に周囲の心の声を見て、どう利用出来るかを思案しているのだが——。

「ダメだ……」

このフィールドを出し続けるだけで船酔いみたいに吐き気がするというのに、俺の首も動かなくなるから何回もフィールドを出さないと周囲すべてを見ることが出来ない。

昨日は興奮でなんとも思わなかったが、何度も繰り返すと体調を崩しかねないレベルだった。

一人で勝手にグロッキー状態になって、窓のふちに体を預けていると中庭の様子が目に入った。

数人の女子が木陰のベンチに座り、楽しそうに談笑をしていた。

体操服姿だからおそらく次は体育の授業で、それまで時間を潰しているのだろう。

その数人の中の一人に見覚えがあった。

短めの髪に少し日に焼けた肌で、陸上部の次期エースと呼ばれている同学年の篠宮鈴羽《しのみやすずは》だ。

体操服から伸びる足や腕は長く、体型もスレンダーな、言い換えれば凹凸の少ない体つきをしているのがここからでも分かる。

だが、俺は彼女の活発な笑顔やプルッとした唇に何度か情欲をそそられていたのを思い出していた。

そして、ちょっとした出来事で彼女と顔見知りであることも。

彼女の魅力的な口元、そして今俺の頭の中で浮かんだ改竄術の利用法。

「……」

ドクン、と心臓が高鳴った。また、あの異常で最上の体験が出来るのだ。


昼休み、階段の踊り場で高原さんと出会う。

昨日のこともあり朝教室で会った時はドギマギしたが、今はなんとか平常心で接することが出来た。

高原さんは片手に教師から渡されたプリントの束《たば》を抱え、教室に届ける途中だそうだ。

軽く挨拶をして別れようとした時、俺は少し思い留まって彼女を呼び止めた。

「高原さん」

「なにかな？」

改竄は一日に一度だけだが、それは次の日以降も継続するはずだ。ならば――。

「今、下着見せてくれないかな。下をちょっとだけでいいからさ」

階段を三段ほど上がって上半身だけを捻って振り向く高原さんを見上げて、こんなお願いをしてみた。

「えっ……うん、別にかまわないけど」

そう言うと、彼女は空いているもう片方の手でスカートを後ろからまくり上げていく。

太ももに指先を這わせ、スカートにスリットを作るように持ち上げた。その隙間からはミントグリーンに白いドット柄の下着が、彼女の小さめのヒップを覆っているのが見えた。

しかし片手だからか半分しか見えず、俺が見えにくいような素振りを見せると、優しい高原さんはスカートの裾を大きく掴んでお尻全体が見えるようにしてくれた。

「ちょっと、写真撮らせてもらってもいいかな」

「写真？　えーと、それは……」

俺の頼みに高原さんは初めて言葉を濁した。まずい、改竄を超えるようなことを頼んでしまっただろうか。

「べ、別に『下着』を撮るくらいおかしくないじゃないか……おかしくない、よね？」

「……ちょっと恥ずかしい気もしたけど、うん、別に変なことじゃないよね」

どうやら羞恥心で言い淀んだだけで、ノートと下着が同価値の改竄は健在なようだ。

俺はポケットから携帯を取り出して、彼女の小さくも張りがあるヒップをズームインし、彼女のほんのり赤くなった顔も写る角度を探し、何枚か撮影してから礼を言って別れた。

彼女も困惑しながらもスカートを直して、教室へ向かった。

『友人にノートを携帯で撮影してもいいかと聞かれたこと』を、気にする人間はいないだろう。けれど、俺自身の後押しが必要な場合もあるようだ。

改竄術の活用方法をまた一つ確認しながら、俺は夢のような写真を手に入れたことを内心で喜んだ。


放課後。

俺は適当に時間を潰した後、ある場所に向かった。西校舎裏のベンチだ。

西校舎は特殊教室が集まる別館で、部活で使われるような部室は渡り廊下の入り口付近に固まっているため、奥に進むほど静かになる。

そのベンチは西校舎と学校の塀の間に置かれているため、この時期は静かで穏やかな空気が流れる場所なのだ。とはいえ生徒の教室がある校舎からは遠いので、恋人の逢引きにも使われない僻地《へきち》である。

そんな場所になぜベンチがあるのかは甚《はなは》だ疑問だが、俺はそのベンチの数少ない利用者を知っている。

「あ、芽森くんじゃない。久しぶりじゃん、ここに来るの」

「やあ、今年に入ってからは初めてかな？」

そう、篠宮さんだ。

彼女は部活上がりだったのか少し汗ばんだ短髪と若干着崩した制服姿で、ベンチに腰かけていた。

彼女とここで初めて会ったのは、去年の秋頃だ。

俺は図書委員の会合の帰りに、どこか自販機がないかと探し回る内にこのベンチに座っていた篠宮さんと出会ったのだ。

聞けば、彼女は一年の頃から自主練をしていて、その後のクールダウンとして風通しが良いここに来ているのだとか。ここの静謐《せいひつ》な雰囲気を好んで来ているということもあるのだろう。

俺もこのひっそりとした雰囲気が気に入り、去年は図書委員の仕事を終えたらよくここにやってきていた。

そういう時に、いつもではないが何回か彼女と出くわすことがあったため、普通なら縁遠い陸上部の次期エースという存在と顔見知りになれたのだ。

俺は彼女の隣に座る。

「今年は図書委員じゃなかったから、もうここに来ないと思ってた。あ、もしかしてあたしになにか相談？いいよ、いいよなんでも聞いて！」

「んーじゃあ、中間テストについて」

「あー、それはちょっと難題だね。うん、すごく難しい。ちょっと三か月くらい待ってくれない？」

「テスト終わってるよ」

二人でそんな馬鹿な話をして笑った。

彼女の天真爛漫《てんしんらんまん》な明るい性格のおかげで、いつ会ってもこうやって笑い合えるのだ。高原さんとはまた違った魅力に、俺は彼女に惹かれていた。

さて、本題だ。

「あ、やっぱりそれ飲んでるんだね。篠宮さんのお母さん手作りのスポドリだっけ」

「そうなの！　うちのママ……じゃなくてお母さんが作る特製ドリンクは世界一おいしいんだよ。運動したあと、これを飲まないと落ち着かないんだよねー」

そう言って、彼女は脇に置いていた鞄の上にあるボトルを掲げる。篠宮さんは運動後にこれを愛飲していて、その習慣は出会った時から変わらない。

そう、今更なにも疑うことのない彼女の常識なのだ。

俺はその常識につけ込むため、改竄術を発動させた。世界は色褪せていき、時間は一時的に奪われた。

そして篠宮さんの目の前に文章が浮かび上がる。

「**あたしは　ママ特製のドリンクを　飲まないと　落ち着かない**」

俺は『特製のドリンクを』に目標をつけて、その部分を書き換えてしまう。

彼女にはもっと、別の物を飲んでもらうとしよう。

限定神力・記憶改竄開始《Now rewriting》――――。

「運動したあと、芽森くんの『おちんぽミルクを』飲むのが好きなんだー」

……想像以上の衝撃だった。

明るく快活とはいえ、彼女は決して下ネタにもオープンなタイプではない。そんな彼女がストレートに、いつもと変わらぬ声音で、俺の精液を飲みたいと言ったのだ。

「だからさ、そろそろくれないかな。芽森くんの……」

彼女の視線が俺の股間に集中する。

気づけば、篠宮さんの瞳がどこかトロンと蕩けている。プックリ膨れた唇をペロリと舌なめずりで湿らせて、もう待ちきれないといった感じだ。

「その、『ドリンク』は飲まないの？」

「『おちんぽミルク』の方がいいの。ねぇ、早く。飲まないと落ち着かないんだって」

「分かったよ」

興奮で顔がだらしなく緩むのをこらえつつベルトを外し、ズボンを下着もろとも下ろして竿を露出させた。

そして、ベンチに座ったまま言う。

「それじゃ、セルフサービスでどうぞ」

「やた。それじゃあ、いただきます」

彼女はベンチに座る俺の前に跪《ひざまず》いて、大切そうに半起ちした肉棒を力強く握った。

瞬間、苦しいぐらいに俺の動悸が激しくなった。

「んっ、もうちょい、優しく頼むよ」

「わわ、ごめんごめん」

チューブのように押せば出るとでも思ったのだろうか。ぐっと握りしめられた竿から圧迫感が消えて、篠宮さんのきめ細かい肌の感触が伝わってきた。けれど、それから篠宮さんの手が止まってしまった。

「……えっと」

「どうしたの？」

「おちんぽミルクって、どうやって出すんだっけ？」

彼女はまるで自分が小学生レベルの算数も解けなくなったことに驚愕するように、焦った顔でこちらを見上げてきた。

そうか、篠宮さんにはミルクを愛飲する記憶はあっても、そのために必要な知識は備わってないのだ。

まずは、フェラチオそのものから教えないといけないな。

「飲むんだから口をつけるんだよ。ほら、俺のおちんぽを優しく咥えて」

「そ、そっか。そうだよね。じゃ、改めて」

納得した篠宮さんは握っていた竿のカリ首を、その柔らかな唇で挟み込んだ。

篠宮さんの厚い唇の感触を、今一番敏感になっている箇所で感じているのだ。まさか女性からのキスを初めて受ける場所が竿とは思わなかったが、しかしその事実がまた俺を興奮させた。

彼女が拙《つたな》いながらも懸命に咥えたり、チューチューとストローのように肉棒を吸ってくれた。初めて経験したフェラは、腰から力が抜けていくようだった。ねっとりとした熱い口内が亀頭を覆うのは今まで経験したことの無い快感である。手でしごくような激しいものではなく、温泉に浸かったかのような心地良さだった。

「うわ、わ、大きくなってきた……きた、けど……芽森くんー出ないよー？」

ちゅぱちゅぱと亀頭を中心に篠宮さんのリップ責めを受けたおかげで、肉棒は完全に勃起した状態に成長していた。けれど、射精に至るほどの刺激を得られそうにはない。

勃起の状態がしばらく続くと経験の無い彼女は不安そうに再び俺に聞いてきた。仕方ない、彼女の中では何度もしたことだろうが、実際には今日初めてする行為なのだ。

「じゃあ、これから俺が言う通りにしてくれるかな。気持ち良いことをすれば、すぐ出ると思うよ」

「分かった、おちんぽミルクの出し方教えてくれるかな？」

「……う、うん」

なんだか彼女の屈託《くったく》のない笑顔から連呼される卑語《ひご》に、逆にこちらが恥ずかしくて参ってしまいそうだ。

「まず竿……棒状のやつを握って。そう、指で輪っかを作るように。それから、上下に動かして、輪っかをそのでっぱりに……んっ、そう。その調子」

「えと、えと……あ、びくって動いた。ふふん、コツを掴んできたかも」

流石、陸上部の次期エース様は呑み込みが早いのか、彼女の愛撫によって竿が快感に震えた。

「あ、なんか透明なの出てきたけど、これが……？」

「いや、これは気持ち良くなってきた証拠で……んっ！」

溢れてきた我慢汁を、なんと篠宮さんは言われるまでもなく舌先で舐めとってしまった。彼女の舌が敏感な尿道を舐め上げ、思わず声が漏れてしまった。

「あ、気持ち良かった？　ふふ、芽森くんの弱点発見だね」

どうやら俺のネットや本で知っただけの知識より、彼女の実体験による成長の方が早いようだ。

俺はもうなにも言わず、ただ篠宮さんの舌先やしごく手にその身を委ねた。

そして再び、篠宮さんがその魅力的なリップで肉棒をぱくりと温かくてぬるっとした口内に仕舞った。

「くっ………！」

やはり、彼女の唇は絶品であった。

その柔らかな唇が肉棒に優しくも強く圧をかけて、前後にちゅくちゅくと移動を繰り返す。

篠宮さんの唇がカリ首の段差に擦れ、次第にそこに湿った音が加わっていく。

「ふふ、ほうめいなのいっはいへてひた（ふふ、透明なのいっぱい出てきた）」

たまらず、俺はその快楽に耐えるかのように目を瞑って天を仰いだ。瞼を閉じたことで、耳には篠宮さんの唾液と俺の我慢汁が混ざった淫らな水音がよりはっきり聞こえ、燃えるような興奮を煽った。

単純に快感だからか、それとも同い年の少女が懸命に奉仕してくれている状況からか。咥えながらモゴモゴ話す声も、我慢汁を一生懸命舐めとろうとする舌先も、いつの間にか睾丸を揉むなんてテクニックを覚えた細い指も、そのすべてがたまらなく愛しく思える。

咥えたまま前後に動かす度に、カリに引っ掛かっては快感をもたらす唇は尊いとさえ思えた。

目を開けて視線を下げれば、陸上部らしいさっぱりと綺麗に揃えられた短髪が目に入り、思わず優しく撫でてしまった。汗で濡れた髪は、いつもより艶やかでしっとりした手触りだ。

情欲以外に感じるこの感情には覚えがある。従順な彼女に対するこの気持ちは、昔飼っていた猫のキリエが甘えるように俺の頬を舐めてくれた時の喜びに似ている。

「うっ……篠宮さん、もうそろそろ……」

「出ちゃうの？　いいよ、ちょうだい。あたしももう我慢出来ないの。おちんぽミルクを飲ませて！」

彼女の右手は今までにないほどの速さで竿をしごき上げ、プルプルの唇は一滴たりとも精液を零すまいと亀頭を包み込む。

そんな責め立てるような言葉としごきを味わわされたら、俺も理性が利かなくなる。

情欲に駆られ、彼女の触り心地の良い短髪を両手で掴んで、ひたすら篠宮さんの激しい手コキに耐える。

いや、耐えきれなくなる瞬間を待ち望んだ。

「くっ、ううっっ‼」

そして俺の情欲の結晶たる白濁液は篠宮鈴羽の口腔《こうこう》へと放たれた。

すぐには収まらない長い射精の間も、篠宮さんは休まず手を動かし続け、それが堪らなく気持ち良く、頭が一瞬真っ白になる。それはまさに「搾り取られた」と言えるほどの解放感だった。

ようやく彼女はペニスから離れ、手で自分の口を覆った。

少し咳き込むような動作を見て、快感に脱力していた俺は彼女が精液を喉に詰まらせたことに気づく。

声をかけようとした直前に、それは無用な心配だと知る。

精液を飲みきった彼女の唇は端が吊り上がり、満足感と幸福感に溢れた笑顔をしていたからだ。

実際には今日初めて飲んだ精液はお気に召したようだった。

「あー、おいしかったぁ。久々だからかな、すごく新鮮。苦くて濃くて熱いけど、自主練で疲れた体にはそれがよく染み込むっていうかさ」

「そう、それはよかった。陸上部次期エース様のお役に立てて光栄だよ」

彼女は飲み慣れたと思い込んでいる、初めての精液の味を俺にリポートしてくれる。

俺はというと快感と脱力感ですぐには立ち上がることが出来ず、ベンチにだらしなく腰かけていた。

「うん、また飲ませてね。あ、そろそろ下校しないとマ……お母さんに怒られちゃう」

「先に帰ってくれていいよ。俺はその……もうちょっと風に当たってから帰るよ」

あまりの気持ちよさで立ち上がれるか分からないなんて言えない。初めてのフェラでこんなにも腰砕けに

されかけるとは思わなかった。

「分かった」と篠宮さんは鞄を持ち、立ち去ろうとした、のだが――。

「あ、残したらもったいないね」

と、目ざとく俺の性器にまだ精液が付いているのを見つけ、立った姿勢のまま腰を曲げて咥えてきた。まるで去り際のキスでもするかのような所作だったが、次の瞬間俺は今日最大の衝撃を受けた。

肉棒に吸い付いた彼女の吸引力はすさまじいものだった。陸上選手だからか肺活量も違うのか。射精管の奥の奥にまで残っていたものを、すべて吸い上げられた気分だった。射精後の敏感な肉棒だったからとはいえ、俺は情けない声をあげて今度は完全に腰を砕かれてしまった。

「んっ……これでよし。それじゃ、バイバーイ芽森くん」

篠宮さんはご満悦の表情で別れを告げると、未だ股間を情けなく露出した俺を残して去っていった。精子どころか生命力まで吸い取られたようで、このままベンチに全体重を預ける他なかった。

校舎と塀の隙間のような空間で一人になって、この数分の間に起きたことを振り返る。去年まで気さくな友人として話していた女子が、俺の竿を咥え、最後の一滴まで精液を吸い尽くしていったのだ。

その事実に頭がようやく追いついた時、神様お墨付きの逞《たくま》しい情欲が肉棒を再び臨戦態勢にさせた。

「はぁ……体は立ち上がれないのに、こっちはまだまだ勃ち上がれるなんて……」

俺は体を休める間の時間を潰すため、ポケットから携帯を取り出す。

そして、昼休みに撮った高原さんの美尻を眺めて自慰行為をすることにした。

三話　芽森柚香とマッサージ　前編

それから一か月間、高原さんの下着や篠宮さんの唇に何回も世話になるも、それ以上の行為は控えていた。

改竄術を練習するための期間ということもあるが、彼女達の時のような好条件はなかなか揃わないのだ。

それにいくら記憶を書き換えられるとは言え、改竄術は決して万能じゃない。

「○○を見た」を「○○を見てない」と全否定するような文に書き換えても、完全に違和感を消し去ることは出来ず、記憶の空白を作ってしまうため怪しまれることになるのだ。

俺が女性に性的な行為をしているのを第三者に見られても、改竄で一発解決とはなりにくい訳だ。

こういったルール以外の、実際の使用感を確かめるための期間だったとも言える。

だから俺は中間テストの勉強もほどほどに、学校内外を問わずいろんな場所でこの術を使用した。

例えばショッピングモール。

モールとはいえさほど大きくない田舎の商業施設は、平日は人もまばらで、上りエスカレーターに乗る人の背後につき後方には誰も居ないという、俺の望む状況が出来るのはそう珍しいことではない。

その状況で、短めのスカートを履いている若い大学生風の女性の二段下でエスカレーターに乗った。

その時俺はわざと早足で乗ったり、携帯を取り出したりして女性の注意を引く。

当然彼女は無意識にでもこう思うだろう。

「**スカートの　中を　見られないように　しなくちゃ**　」と。

そして、実際に彼女は手の甲で短めのスカートを押さえつけた。それを俺はこう書き換えた。

「**スカートの　中を　『見せる』ように　しなくちゃ**　」

途端に彼女の態度が変わり、スカートを押さえていた手を裏返してその指先でスカートをたくし上げた。

片手でスカートを持ち上げ、その隙間から見えるヒップを俺が見上げるという構図は、以前高原さんにしてもらったものと似ている。

大学生風の女性が、ホワイトのフレアスカートを持ち上げたその中から白と緑のチェック柄の綿ショーツが姿を現していた。

少しくたびれたショーツと対照的に、むっちりとした太ももの対比が印象的だ。

彼女はまるでエスカレーターの片側を開けて乗るような自然さで、それが常識的なマナーだとでも言うように、俺に自らの下着を見せつけているのだ。

日常という風景画に描き足されたパステルカラーのインクのように、平日のショッピングモールで下着を自ら晒す彼女は異様でありながらも心惹かれる存在だった。

「成人女性でも高校生と同じような下着を穿いているのか」とか「太ももや尻の形は高原さんと大差ないな」とか、高校生と大学生の差があまりないことを実感する。

とはいえ、高原さんの時のように長時間眺められる訳ではなく、エスカレーターに乗っている間の十秒かそこらでこの痴態は終わってしまう。

女性がもう何階か上に行くなら別だが、それは危険な賭けになるだろう。大抵は次の階で降りてしまうため、俺はもう一度心理フィールドを発動させて書き換える以外の力を使う。

それは書き換えた部分を取り消す能力だ。

このまま女性を放っておいたら間違いなく痴女として扱われるだろう。俺は先ほど書き換えた文章を、まるでメッキを剥がすかのように溶かして下から元の文章が出てきたことを確かめた。

このように改竄術の存在を隠すには必須の能力だが、取り消してもまた書き換えられる訳ではなく、一日待たなくてはいけない。これも改竄術が万能とは言えない要因の一つだ。

俺は何回かこの方法で他の女性の下着も見たが、やはり状況が限定的で実際に見られる時間も割に合わないと思い、ショッピングモール内のある店舗へと向かった。


向かった先は衣料品販売店だ。

俺は試着室でシャツを着て、タイミングを見計らって側に来た店員さんを呼んだ。

髪をブラウンに少し染めてオシャレなTシャツを着た二十代後半ぐらいの女性だ。俺はその店員さんに肌が弱いと嘘をつき、もっと柔らかい素材のものはないかと聞く。すると、律儀に店員さんは売り場から商品を持ってきてくれた。

「こちらの方が、柔らかい素材で出来ていると思いますが」

「それ、実際に触ってもいいですか？」

「ええ、どうぞ」

狙った通りのやりとりが出来ると、すぐに心理フィールドを展開する。

［　**お客様が　シャツの　柔らかさを　実際に触って　確かめたいと　言ってきた**　］

限定神力・記憶改竄開始《Now rewriting》――――。

［ **お客様が 『胸の』 柔らかさを 実際に触って 確かめたいと 言ってきた** ］

改竄を終えると、店員さんは俺が居る試着室の中に入ってカーテンを閉めた。

そしておもむろに着ていたTシャツの裾をたくし上げて、綺麗な胸の谷間をこちらに見せてきたのだ。時間をかけられないので、俺はさっそくその花の刺繍《ししゅう》が施されたピンクのブラを上にずらし、おっぱいを完全に晒け出した。

それは高原さんのそれより小さく思えたが、しかしその若干小ぶりな大きさが逆に生々しいものに思えた。乳輪は小さく、乳首の色は少し黒っぽい。少しお互いが離れた形の乳房を両手で掴み、にわか知識でとりあえず円を描くように撫でていく。

ムニムニと力を加えられた乳房は変幻自在に形を変え、元に戻ろうとする力はマシュマロのように弱い。初めて触れる乳房の柔らかさと温かさに夢中になった。これで相手が高原さんだったら、理性が利かずに力強く揉みしだいていたかもしれない。店員さんには悪いが、耐性を得るための練習台になってもらおう。

店員さんはぐっと目を閉じ、恥ずかしいが仕事のためという雰囲気を醸し出していた。その姿にまた興奮する。いかがわしい店でもないのに、この人は仕事のために高校生におっぱいを揉まれているのだ。

しかし、これも長くは続ける訳にもいかず、断腸の思いで手を止めてもう結構だと伝えて試着室を出た。

店員さんへの改竄はちゃんと元に戻しておいたが、あの人は俺が何分もTシャツを触っていた変な奴だと記憶することになるのだろうか……？

とりあえず、そのTシャツをお礼代わりに買って店を出たのだった。

俺はこの行為を他の店でも行い、性的興奮を得ると共に少しは冷静に胸を触れるようになった気がした。

しかし、高原さんほどの豊かなバストの持ち主には巡り会えなかったのが残念だ。

『結局そちは未だ童貞を捨てておらんのか』

ここ数日の俺の行動を聞いて、イシュタルはそんな感想を返した。

自分が他人の下着やおっぱいに興奮した感想などあまり言いたくないが、神様が相手なら断れない。

そしてイシュタルの言う通り、俺は未だにセックスはしていなかった。

『なぜ、こんな軽いものばかりなのにゃ？　もっと目にした女と片っ端からまぐわうものかと思ってたにゃ』

まぐわうって……いや、否定したいところだが、程度の差はあれど目にした女性を片っ端からというのは間違っていないので言いづらい。

セックスに関してだが、俺がまだ高校生だからだろうか、あまりそこに固執はしていない。まず俺はこう、少年漫画や深夜にやってる映画にあるようなサービスシーンの延長上にあるようなことをやってみたかった。

せっかく超常の力を授けられたのだ。普通では出来ないシチュエーションを楽しみたいんだ。

『うにゃあ、若くして拗らせてるにゃあ。我が性欲旺盛な人間を観察してきた経験上、それはノーマルな行為に飽きてきた人間の言うことにゃあ』

ううむ、そうだろうか。当然俺も最後までしたいし、いずれ実行しようとは思っているが。女の子がスカートをめくって下着を見せてくれるシチュエーションは、男ならそそられると思うんだけどなぁ。

そう呟いた俺の姿勢は仰向けにさせられた。イシュタルに押し倒されて腹を枕代わりにされる。

このしばらくの間で、こいつの体は少し成長した。

背丈が十歳を過ぎたぐらいの少女になり、寸胴な体にはメリハリが少しばかりついてきて、肩や腰に丸みを帯び始めていた。人間の数倍早く成長するその姿を見ていると、なんだかアサガオの成長観察をしているようで面白い。

それともう一つ面白い発見があった。

『うにゃ、花に喩《たと》えられるのはやぶさかではないが、我の真の美しさの前では花鳥風月《かちょうふうげつ》なぞ話にならんにゃ。今はこんなちんちくりんだが、転生可能になった我の完全体は人間の男どもを一人残らず虜《とりこ》に出来るにゃあ。無論相手を魅了する力や催眠術は無しの話にゃぞ？ ま、それでもそちを含めて人間などに、我が至宝の如き体は触れさせぬがにゃ。にゃははははは』

イシュタルは最初に出会った時の物々しい喋り方やオーラは猫を被っていたようで、この少し驕《おご》っているが人懐っこく明るい性格が素のようだ。

おかげで今は、まるで十年来の親友のように一緒にいるだけで落ち着ける仲になっていた。

ただ、気をつけなければいけないこともあった。

『む、また撫でようとしたかにゃ？ たった今言ったであろう、人間に我の体は触れさせぬとにゃ。神の聖域を侵すのが人間の性とは言え、今生《こんじょう》の色事《いろごと》に未練があるなら、その悪癖《あくへき》を改めるのを勧めるにゃ？』

危なく伸ばした手を、俺は引っ込めた。

理由は分からないがどうも俺は無意識に、イシュタルの頭を撫でようとしてしまうらしい。

自分には姉はいるが妹はおらず、世話を見るような後輩もいないため、彼女のような仲が良い小さい女の子という存在が嬉しいのかもしれない。体は小さくとも年齢は俺の数千倍なんだろうが。

『それにしてもにゃ。そちは案外改竄術を使わなくとも、あの娘らとまぐわうことが出来ると思うがにゃあ』

どういうことだろう。

たとえ大人しく流されやすい高原さん相手といえど、無理に押し倒したら後々問題になると思うのだが。

『そういう力技ではなく、純粋にそちのオスとしての魅力で抱くことも出来ると我は思うにゃ。いくら改竄によって価値が下がったとはいえ、あの優等生娘は異性に下着を見せるなんてことを何回もしているのにゃぞ？　そこになにかあると思わにゃいか？』

そう言われれば、高原さんが下着を見せる時に赤くする顔もどこか最初の頃と変わってきたような気もする。それがなにかと言われればまだピンとこないが、それが俺と彼女のセックスの可能性に繋がっていると。

『あの運動娘もそうにゃ。口淫というのはなかなかに重労働なのにゃぞ？　それも運動で疲れた体で何回もねだってくるのにゃ。あやつが淫乱という可能性もあるが、これもそちを悪くは思ってないからかもしれにゃいぞ』

確かにあの行為が俺にとって気持ち良いことは伝えている。そして、篠宮さんは俺の竿を扱う技術をここ最近上げてきている。そういう考えも無くはないのかもしれない。

とはいえ、簡単には信じられない話だ。

そもそもあの状況自体が改竄術のおかげなのだ。この力を抜きに、俺はそんなことが出来る人間じゃない。

『うにゃあ、そんなことはにゃいぞ？　そう、あんまり自分を卑下するにゃ。そちは精力的な人間にゃ！』

それは褒めているのだろうか。その根拠が類い稀なる情欲だと思うと素直には喜べない。

『情欲だけではない、そちの魅力は他にあるにゃ。た、例えばだにゃ――』

――ピピピピピピピピ‼

目覚ましのアラームがこの寂しい空間に鳴り響き、俺の精神は半ば強引に現実へと引き戻される。

どうやらもう現実世界は朝のようだ。

急激に夢の中での五感が失われ、残念ながらイシュタルの話の続きは聞こえなかった。

薄らいでいく視界の中で、イシュタルが「ちょっと待つにゃ」とでも言いたげな顔をしていた。

よく分からなかったが、神様に励ましてもらうという貴重な体験をしたようだった。


目を覚ますと寝間着から夏服の制服に着替え、通学鞄を片手に一階へと降りていく。

一階に下りて、ダイニングへと向かう。現在同居している唯一の家族が朝食を作ってくれているはずだ。

「おはよう柚姉《ゆずねえ》」

「あ、総くんおはよう。今日の体調はどう？　風邪っぽくない？　どこか寝違えて体痛めてない？」

「いたって健康で、日々の運動不足が嘘のように快調だよ」

「そう。それはよかった」

毎朝恒例の挨拶と健康チェックをいつもの調子で答えて、テーブルの席に着いた。

先に居たのは俺の姉、芽森柚香《めもりゆずか》だ。幼い頃から両親が家を空けることが多い我が家で、柚姉が小さな母として俺の面倒を見てくれた。

だからなのか、柚姉はとても気が利く性格で、他人の世話と心配をするのが趣味だと言わんばかりだ。

そんな大学生の柚姉は塾講師のバイトをしながら教師を目指している。それは柚姉の性格にぴったりな進路だと思っている。

今も俺がのっそりと歩いて席に着く間に、牛乳が注がれたコップとマーガリンが塗られたトーストが、柚姉の手で俺の前に置かれていた。

「目玉焼きの焼き加減はー？」

「んー、半熟で」

柚姉は「はーい」と返事をし、用意していたフライパンを熱し油をひき、その中に片手で割った卵を落としていた。すでに十年以上繰り返しているベテランの手つきで、柚姉は一連の作業をこなす。

俺はトーストを齧《かじ》りながら、ぼんやりとその光景を眺めていた。

この季節、暑がりの柚姉は寝間着《ねまき》としてノースリーブのTシャツとコットンのショートパンツを着ている。

今は調理中なので上から黄色いエプロンをさらに身に着けているのだが、寝間着がエプロンの裏に隠れて、なんというか……正面から見るといわゆる『裸エプロン』に見える訳だ。

最近になって寝間着に油や汚れが付かないためにと柚姉はエプロンを着始めたのだが、正直言うともっと早く身に着けておいて欲しかった。

誤解を避けるために言っておくと、もっと早い段階でこの姿を見たかったという意味ではない。

高校生の弟が大学生の姉の裸エプロンなんて見せられたら、そりゃ意識しない訳がない。シスコンと思われるかもしれないが、柚姉は平均以上の美貌を持った女性だと弟ながら思っている。

だからせめて小学生の頃から身に着けてくれていたら日常風景として馴染み、こんなにドギマギすることなかったのかもしれないのに。

「はーい、半熟目玉焼きお待たせー。熱いから気をつけてね」

「ん、ありがと」

テーブルに置かれた皿の上に出来立ての目玉焼きが乗せられた。さっそくソースをかけて食べ始める。

柚姉も俺の対面の席……つまり裸エプロンに見える位置に座り、自分の朝食を再開した。

「もうお母さん達は出かけたよ。お姉ちゃんも一限目から出るから、総くんは家の戸締まり忘れないでね」

「りょーかい。帰りは？」

「お母さん達は分からないけど、お姉ちゃんは大学終わったらそのままバイト行くから、もしかしたら総くん一人になっちゃうかも……大丈夫だよね？」

「それは流石に心配し過ぎだよ」

目玉焼きを食べ終えた俺は、残ったトーストをむしゃむしゃと口に運ぶ。

「あはは、だよねー」と、朝のテレビ番組へと視線を変えた柚姉を俺はどこか複雑な気分でまた眺める。

柚姉は姉としてだけでなく、一人の女性としても魅力的な人間であると俺は思う。

柚姉の無防備さにドキッとしてしまうこともあったし、柚姉が友人と飲みに行ってくると言った日はなんとなく落ち着かなくなる。その友人が女性であることは知っているのに。

でも、この姉に俺が改竄術を使うことは無いだろう。

姉である前に一人の女性なのだと思っても、それでもやはり柚姉は俺の姉なのだ。

決して手を出すべきではない。欲情するのも罪深い聖域なのだと自身を戒《いまし》めて、この考えをさっさと自分の中で終わらせた。

そして柚姉が出かけたあと、いつも通りを心掛けて俺は学校へ登校した。


昼休み。

学校は夏服に衣替えした生徒が行き交い、夏の気配が近づいてきた。

学校では毎日欠かさず、心理フィールドを出して記憶改竄の利用法を考えていた。

何人かの生徒の驚きの秘密を知ってしまったり、建前の裏にある恐ろしい本音を知ってしまって、フィールドの副作用とは別の意味で精神が参ることもあったりする。

おまけに安定して使える新たな改竄術の利用法もなかなか思いつかず、最近の学校での成果は芳《かんば》しくない。

場所を変えようと、廊下の角を曲がる。

「あっ」

「あ……」

そんな中で定期的に俺を興奮させてくれる貴重な存在、高原さんと出会った。

夏服の高原さんは真っ白なサマーセーターを着ていて、その純白さが眩しかった。

そんな高原さんには毎日のように『下着』を見せてくれるよう頼んでいて、今では暗黙の了解で彼女は俺に下着を見せてくれる。これが本当にノートなら、勉強熱心だろうと思ってくれるのだろうけど。

「高原さん、今大丈夫?」

「うん。それじゃあ、あっちの廊下の曲がり角で……」

そこはたまにしか使われない空き教室が並ぶ廊下で、普段使う廊下とは直角に位置している。おまけに階段の位置的にも人の通りが無い場所だ。

二人でそこに向かい、俺は膝をついて携帯での撮影準備をして、高原さんは誰も来ないのを入念に確認していつものようにスカートをまくった。

高原さんの今日の下着は、薄いブルーの生地に白い水玉模様が付いたものであった。俺はそれを正面からだけでなく後ろからの写真も携帯の隠しフォルダに収める。

これまで写真を撮り続けた結果、どうやら高原さんの下着サイクルは無地、ドット、キャラ物、レース、ストライプであることが判明した。

生真面目な彼女らしく一回も順番が変わることが無い完璧なサイクルだが、身に着ける下着は今のところ毎日別の物であった。高原さんは下着を数十枚と持っているようだ。制服に遊びが無い分、下着でオシャレの自由を謳歌しているのだろうか。

こうなると男子特有の収集癖が出てきて、全種類見たくなるものである。

今日はこの階の人が少ないようなので、危険度は低いと判断して上も見せてもらうことにした。

流石に初めての時のように脱ぐ訳にはいかず、サマーセーターごと裾を上に引っ張ってもらった。

日の光を浴びた高原さんのバストは下と同じブルーの水玉模様のブラに支えられ、相変わらずの綺麗な形と大きさ、そして美しさを保っていた。

……だが、やはり大きさで言えば柚姉に軍配が上がるだろうか。柚姉の胸はまだ下着姿でも見たこと無いがブラのサイズからして……いや、実際に見てみないことには……って、待て。俺はなにを考えているのだ。

自分の姉に改竄術は使わぬと、今朝決意したばかりだろうに。

「その、今日はもういいかな？」

考え込み少し固まっていた俺は高原さんの声で我に返った。

「ああ、ありがとう高原さん。それにしても、下着いっぱい持ってるんだね」

「うん、趣味って訳じゃないんだけど……かわいいのを見るとつい、ね」

俺達は勉強のことについて話すかのように、下着の話を始める。

まさか高原さんとこんな話が出来るとは、少し前の俺は妄想すらしてなかっただろう。

『いくら改竄によって価値が下がったとはいえ、あの優等生娘は異性に下着を見せるなんてことを何回もしているのにゃぞ？　そこになにかあるか思わにゃいか？』

イシュタルのあの考えは当たっているのだろうか。

こうして話している今も、高原さんはいつもと変わらないように見える。

「あの、高原さん。俺に下着を見せている時って、その……どんな気持ちなのかな？」

「えっ……」

堪《たま》らず直接的に聞いてしまった。

俺は「特になにも」とか「別になんとも」みたいなさらっとした無心の答えを予想していた。

「そうだね……嫌い、ではないかな」

……え？　これは、どっちだ？　好きの反対は無関心というが、それじゃあ嫌いの反対は――。

「それは、つまり……」

「あ、そろそろ次の授業始まる時間だね。芽森くんも五分前着席を心掛けなくちゃダメだよ」

俺の問いが聞こえなかったのか、高原さんは早足で教室へと戻っていった。

なんだか釈然としない気持ちのまま、俺も高原さんのあとを追って教室に戻ることにした。


放課後。

西校舎裏でまた人知れず淫らな水音を響かせていた。

「うっ……本当に上達したね。篠宮さん」

「えへへ、上手くなればそれだけ早くミルクが飲めるからね。総太くんも気持ち良い方がいいでしょ？」

最近彼女は俺を下の名前で呼び始めた。別に特別な意味はない……はずだ。

今日はいつもより早い時間から、俺は彼女に自分の肉棒を預けて快楽に心を震わせていた。

なんでも、大事なタイム測定があるらしく部活前に飲みたいと、休み時間に声をかけられたのだ。

そのため篠宮さんはいつもの制服ではなく、腕や足が大きく露出した陸上部のユニフォームを着用していた。

「ようやく中間テストが終わったからね。もう目いっぱい速く走りたくて」

「んっ、でも……おちんぽミルクって運動前に飲んでも効果あるの……？」

「どうだろ。でも、飲んだらすごく気持ち良く走れると思うの」

だから早く出してと言わんばかりに、篠宮さんはリズミカルに竿を握った手を上下させる。

腰砕けにならないように、今日は西校舎の壁に背中を預けて直立した状態で手コキの快感を味わっていた。

彼女は片膝立ちの体勢で肉棒を上下に擦り上げ、たまにアクセントを加えるように親指で尿道口やカリ首を刺激してくる。

今日はその手技だけでなく、片膝立ちした体勢だから見える彼女の日焼けした健康的な太ももが良い視覚効果をもたらして興奮を高めてくれた。だが、俺も最初の頃のようにはいかぬと、どうにか耐えながら、彼女が与えてくれる甘くも激しい快楽を受け続けた。

柚姉のように白い太ももも良かったが、こういうスポーティーなのもなかなか情欲をそそられる。

いや、柚姉は今関係無い。

比較しなくても彼女の引き締まった太ももは健康的なエロスを感じさせるものだ。

「総太くん、足でしてみよっか？」

「足？」

気を抜くと出てしまいそうで考え事をしていると、そんな提案をされた。どういうことかと思っていると、篠宮さんは立ち上がり俺に少し屈むよう言って、反り立った竿を太ももで挟んできた。

少し硬い、けれどはっきりと女の子の肌のなめらかさが伝わる太ももの感触が、左右から肉棒を刺激する。ゆっくりと自分のペースを探すように、篠宮さんは俺の胸に手をついて腰を前後させた。

「手とか口とか以外に試せる場所無いかなって思ったんだけど、これなかなか難しいね。ずっとやってると、腰痛めて測定には逆効果かも」

「そう、かもね……」

俺の視線に気づいたからなのか、それともただの偶然なのか。さっきまで目を奪われていた太ももが、俺のおちんぽミルクを絞るために竿をしごき始めた。この圧迫感は手や口では味わえない快感だった。

そしてなによりも、俺に身を寄せる形で篠宮さんが密着しているのだ。ほんの鼻先に篠宮さんの短髪があって、汗とシャンプーの入り混じった香りがする。胸に添えられた手のひらや、時折接触する篠宮さんの慎ましやかな胸の感触が、今までになく彼女が『女』であることを意識させる。

抱きしめたくなる衝動に駆られていると、責め立てられた肉棒が限界を迎えるのを感じた。

「んー、これ失敗だったかな。我慢汁の感触は太ももで分かるけど、ミルク出せるかな――」

「あっ、ごめん篠宮さん……俺、もう……‼」

「えっ⁉　ちょ、ちょっと待って！」

篠宮さんが慌ててしゃがみこんだ直後、敏感になった竿が熱い精液を吐き出した。篠宮さんは急いで亀頭を咥えようとしたが一歩遅く、精液は彼女の口に少し入りはしたものの、多くは彼女の顔面にぶちまけられてしまった。

快感の奔流で腰を震えさせると、ようやく俺は脱力感と共に白く穢された篠宮さんの現状に気がついた。

「……だ、大丈夫？　ティッシュあるからこれで」

「ううん。待って」

こちらが差し出したポケットティッシュは受け取らず、篠宮さんは顔にかかった精液を指で拭い始めた。

「もったいないからね」

それから、赤ん坊が手に付いた食べ残しを舐めるように、彼女は掬い取った精液を指ごと口に入れ始めた。

チュパチュパといやらしい音を立てながら精液を綺麗に咀嚼していく。

思わずその光景に見入ってしまった。

その理由はすぐ思いつく。いつもは彼女が咥えた状態で射精するので、精液を飲んでもらっている感覚が薄かったのだ。だが今は精液も、それを口にする篠宮さんもバッチリ見えている。ようやく、陸上部次期エースの彼女に俺の精液を飲ませているのだと実感出来たのだ。

「……ふう。もう、我慢が出来ない悪いおちんぽは……こうだ‼」

完全に不意を突く形で、篠宮さんは得意のバキュームフェラで射精後の敏感な肉棒を吸い上げた。

身をよじりたくなるような快感を受けて、苦しいぐらいに腰が反応する。最近の彼女はそれに加えて、半分萎えたペニスの竿と皮の間に舌を入れながら吸うなんて技術を会得したことによって、精液どころか垢の一片まで舐めとられているかのような感覚だ。抵抗もままならずに脱力し、その場で尻もちをついた。

「はぁっ……これは、無理。堪えられない……」

「ふふ、総太くん撃沈ー」

彼女はそんな俺を笑いながら、ティッシュで手や口元の後始末をする。

「じゃ、あたし部活行ってくるね。これなら良いタイムが出せそうだよ‼」

篠宮さんは着替えなどが入った部活用の大きな鞄を持って、校庭へと駆け出していった。

俺は前のようにしばらく回復を待とうかと思ったが、今日は放課後直後という時間だということを思い出す。ここに誰かが来る可能性も完全に無い訳ではない。

やっとの思いでズボンを直して、鞄に振り回されるように校門へと歩き出した。

よろよろと鈍亀のように歩いていると、校庭のすぐ近くを通りかかる。見れば陸上部はすでに部活動を開始し、複数の種目で測定らしきことをしていた。

ちょうど目に入ったのが走り高跳びの選手が華麗な背面跳びで、本人の胸元よりも高い位置のバーを跳び越えていた。どこかクールな印象のかっこいい選手だった。

せっかくだから篠宮さんの勇姿も見るか、と適当な段差に座り込んで陸上部の活動を見学することにした。

しばらく篠宮さんを探していると、ハードルの置かれたレーンのスタート位置で顧問や先輩のアドバイスを聞いている姿を発見する。さっきまでとは違う真剣な眼差しで、彼女はハキハキと返事をしていた。

そう、さっきまで俺のモノを咥えていたあの口でだ。

準備が整うとスタート地点に立ち、レーン上に等間隔に置かれたハードルを見つめていた。

そしてスタートの合図と共に、彼女は駆け出した。素人の俺から見ても篠宮さんのフォームには無駄がなく、跳躍の前後にもほぼ失速しない見事な走りだ。

そしてゴール。タイムが告げられる。

ここからだと分からないが、篠宮さんの両手を上げた喜びようを見るに良い結果だったようだ。

一瞬、篠宮さんと目が合ったような気がしたが、すぐ練習に戻って行ったので気のせいかもしれない。

俺は性感とは全く別の爽やかな喜びを覚え、今日の澄み渡る青空のような清々しい気分のまま立ち上がり、校門へ向かった。

だが俺は、その青空に浮かぶ一つの暗雲のような不安も同時に抱いていた。

高原さんの胸と篠宮さんの太もも。

あれらを見た時、なぜ柚姉と比較するような……意識するような想像をしたのだろう。

「もしや俺は柚姉のことを……いや、まさかな」

それ以上考えるのをやめてひたすらに歩き続ける。

家に帰れば、柚姉と夕飯を作り、食べる。そんないつも通りの日常が待っているのだと自分に言い聞かせながら。

四話　芽森柚香とマッサージ　後編

日が沈み始め、俺が住む住宅街の家々も赤く染まりつつあった。

まだ六月に入ったばかりだというのに、早くも熱中症を意識させるほどの太陽光線が服の上から問答無用で肌を焼いていく。上昇する体温が、今日の篠宮さんとの行為を思い出させてなんだか心が落ち着かない。

率直に言えば俺の情欲は未だ胸の中で渦巻いていて、そんな状態で家に帰るのが少々不安だった。

今日は柚姉が塾講師のバイトの日でよかった。帰りは夜遅くになるだろうから、俺がさっさと寝れば今日はもう柚姉とは会わないだろう。

もし、今の状態で柚姉の顔を見たら……俺はなにかしでかしてしまいそうだった。


玄関のドアを開き、誰も居ないのが分かっていても癖で「ただいまー」と言いながらリビングに行くと、ほかほかの熱気を纏った柚姉が「お帰りー」と返してくれた。

「えっ、あれ、なんで？」

「あはは、驚いたね総くん。実はね」

なんでも今日は暑くて汗をよく掻いたから、大学からそのままバイト先に行かず一旦シャワーを浴びに帰宅したそうだ。そのため服装はノースリーブのTシャツにショーパン姿だ。手入れが行き届いた栗色の長髪はうなじ辺りで一纏めに軽く縛ってあった。

体が火照って血色が良い肌をしていること以外は朝と同じ格好だ。

見慣れているはずなのにいつの間にか篠宮さんのユニフォーム姿と重ね、比較するように柚姉の体つきを見てしまっていた。

スポーツマンな篠宮さんと比べるとぽっちゃりというほどではないにしろ、二の腕や太ももには余分な肉が付いているようだ。しかし柚姉が体を動かす度に形を変えて主張する瑞々しい肉感は、それを見ただけでどれほどの柔らかさか想像に難くない。

「あれ、どうかしたの？ ずっと立ち尽くして。あ！ もしかしてどこか体の具合が――」

「い、いやいや、なんでもないよ。本当に」

「そう？ お姉ちゃんあともう少ししたらバイトに行くから、夜は一人で食べてくれるかな？」

「ああ……分かった」

柚姉はまだ時間に余裕があるようで、エアコンのスイッチを入れるとソファに座ってミルク味の棒アイスを食べ始めた。その際、体を投げ出すようにボスッと座ったため、その反動でかすかにあれが揺れた。もちろんTシャツを下から大きく押し上げている、豊満な乳房である。

柚姉があの格好の時は下着を身に着けていないことを俺は知っているので、服の上から分かる大きさが柚姉の実際の胸の大きさなのだ。

それは今まで生で見たどの乳房よりも大きいと、服の上からでも断言出来る。

高原さん以上はあるその胸は、きっと今までのどのものよりも気持ち良い揉み心地なのだろう。

……あれ、どうしたのだろう。

なんだか頭がジィンっと熱くなる。

外の熱気に当てられただけではない。甘い毒が全身を蝕むように、異変は頭と胸から全身へと広がっていく。鼓動はやけに速く脈打ち、まるで体に流れる血潮の音さえ聞こえそうでうるさくて仕方がない。

なぜ、俺は柚姉から目が離せないのだろう。

なぜ、柚姉の豊満な胸の柔らかさを想像してるのだろう。

なぜ…………改竄術を柚姉にどう使おうかなんて考えているのだろうか。

おかしい。今朝、ちゃんと決めたはずだ。

柚姉に手は出さないし、改竄術も使わない。

だって姉弟なのだ、俺にとっては母親よりも母親らしい、聖域のような存在なのだ。

いや、だけど——。

ぼんやりとした頭が、柚姉の何気ない言葉に反応した。

「うーん、なんだか最近肩の調子が良くないみたい。総くーん、昔みたいに肩揉んでくれない？」

その一言で、俺の中のなにかが、俺を乗っ取った。それは神にも認められた、聖域さえも犯す情欲だった。

「総くんに　昔みたいに　肩を　揉むの　頼んじゃおう　」

限定神力・記憶改竄開始《Now rewriting》——。

「総くんに　昔みたいに　『おっぱいを』　揉むの　頼んじゃおう　」

「分かった、揉んであげるよ」

「わーい。じゃあ、久しぶりに総くんにほぐしてもらおうかな。お姉ちゃんの『おっぱい』を」

柚姉はそう言って食べかけのアイスを包装していたビニールに入れてテーブルに置き、シャツの端を両手で持って脱ぎ出した。

その際シャツの裾に胸が引っ掛かり、一瞬だけ持ち上がってすぐにブルンとこぼれ出る。その重量感ある揺れは一瞬で俺の網膜に焼き付いた。

ゴクリと生唾を飲む。

両手を使っても隠し切れないだろう大ボリュームの柚姉の媚肉が、目の前でその無防備な姿を晒していた。

決して情欲処理の対象にしないと決めていたが、目の前に現れると目が離せなくなっていた。

まさか柚姉の乳首が陥没乳首だったなんて、改竄術が無ければ一生知らなかったことかもしれない。

幼き日に見た小学生の柚姉のモノとは、当然別物である。俺はこの胸が平らな時から、本人を除けば誰よりも近くで見てきた。まだ成長するのかは分からないが、ほとんど完成系であり全盛期の張りと艶を持つ姉の、性の象徴を俺は見ることが出来たのだ。

「ちょっと恥ずかしいな……あはは、昔もよくやってもらってたはずなのにね」

「そうだね。柚姉が中学生の時は週一でやってたかな」

胸が一番成長し出したのがその頃で、その重みが負荷になったのか柚姉はよく肩こりに悩まされていた。

当時小学生の俺が肩を叩いていたあの頃も、背後から見下ろした胸の谷間に心奪われていたっけ。

見ているだけでも勃起しそうなそれを正面から堪能し終えると、俺は柚姉が座るソファの背後へと回った。

近寄ると長い髪からはシャンプーの良い匂いがほのかに香り、柚姉が女なのだと強く意識させる。

そして、シミ一つ無い綺麗な肩の上を俺の手が通過し……指が柚姉のバストを包み込んだ。

「ひゃ……」

柚姉の口から小さく漏れるように、驚きの声が出る。

弟に胸を触られるという体験は、記憶は誤魔化せてもやはり体が反応してしまうのだろうか。

だが今の俺はそんなことを悠長に考えられるほどの余裕は無くなっていた。

指全体を押し返す柔らかさに、艶々としたなめらかさ。今までに感じたことがない充実感のある重み。

たっぷり汗を掻いた後の風呂上がりというのもこの感触に一役買っているのだろうか、まさにそれは瑞々しい果実を思わせた。

俺はここ半月ほど街中で様々な相手に試した撫で方や揉み方を思いつく限りに実践した。

乳搾りのように先端へと揉み上げたり、下から掬い上げるように胸を持ち上げては放したり、さらに深い谷間を作るように中央に寄せたり、小刻みに手を震わせて胸の媚肉を波打たせたり…………。

その度に柚姉の乳は、歪み、溢れ、跳ね、揺れ、そして最後には必ず完璧に元の綺麗な形へと戻る。

「ふふ、総くんはいろんな揉み方を試すんだね」

「柚姉にどれが一番効果があるか調べてみないとね」

「どう？　お姉ちゃんのおっぱい凝ってる？」

「どうかな、まだ揉み足りないから分かんないな」

マッサージと呼ぶには少々荒っぽいその手つきを、柚姉はいつも通りの様子で受けていた。

――いや、違った。

「……ん……ふぅ……」

熱がこもった吐息が、すぐ近くから聞こえることに気づいた。

ソファの背もたれが大きいので俺は少し前のめりになるような姿勢で手を伸ばしていた。なので俺の顔のすぐ隣には柚姉の顔があり、その口元から漏れる吐息を聞き間違えるはずはなかった。

これって、もしかして――？

「大丈夫、柚姉？　もしかしてどこか体の具合悪い？」

「いや、違うの……なんでも、なんでもないから。気にしないで……」

その言葉を素直に聞き入れ、俺は休むことなくマッサージを続けた。

俺は不思議な全能感を覚え始めた。

俺の愛撫で、俺の手さばきで柚姉が快感を覚えてくれている。

今まで感じたことの無い、まるで柚姉の体の支配権を手に入れたような興奮が胸を揉む手を激しくさせた。

手の中でふわふわのおっぱいが揺れて、俺まで息が荒くなってくる。

その状態から一体どれぐらい経っただろうか。

十分？　二十分？

時計を見るのも煩わしく、俺は手に収まりきらない温もりを、耳元で聞こえる甘い吐息を、そして一生飽きが来ないであろう柔らかさを感じるのに必死であった。柚姉の声がだんだん大きくなるのは我慢が利かなくなってきたのか、それとも自分が大きな声を出している自覚が無いのか。

「んん……なんか、総くん上手くなった？　昔、揉んでもらった時はこんな……んっ」

「あぁー、高校生になって手とか大きくなったからじゃない？　それか、柚姉の胸が大きくなって昔より凝っているとか」

「そ、そうだね……お姉ちゃん、今年も計ったら去年より少し大きくなってたし」

「え、うそ？　まだ大きくなってるの？」

「うう、うん」

いつもだったら柚姉相手に胸の話なんて、絶対に言い出せない。だが、今はおっぱいが肩と同価値になっているので、こんな会話をしていても不自然には感じられないだろう。

どうやら俺は本当に情欲に体を支配されたらしく、思考も言葉も欲望もすべて情欲が起点となり、体全体を刺激して、ただただ淫行のために体を動かしていた。

まるで泥の泉のように溢れ出るドロドロしたものが胸から込み上げ、情欲処理以外の思考を封じてくる。

今の言葉も、このマッサージも、その裏にはどす黒い欲望がべったりとこびりついているのだ。

だから、俺は気づかない。

柚姉の反応が普通ではないことを。

「今日は本当、暑いね……エアコン利いてないのかな……んあぁ」

風呂上がりなのと性的興奮が合わさったからか柚姉の頬は上気して赤くなり、じわりと玉のような汗を掻いていた。

「ちょ、ちょっとストップ総くん！　先、アイス食べちゃうから」

暑くて仕方がないのか、柚姉は食べようと置いていたアイスを手に取って口に運んだ。

「んん、ひゃ……あ、冷たっ」

だが、放置していたアイスは溶け始めていて、柚姉の口から零れて胸にかかってしまった。

「……ごく」

「えっ？　総くん、ちょ、ちょっと……」

柚姉の豊満な胸に流れる白濁のミルクアイス。

俺はそんな扇情的な光景に我慢が出来なくなり、零れたアイスごと胸を揉みしだいていく。

「あ、そんな待って、アイスが冷たくて、んっ……！」

そんな制止の言葉はもう俺には届かない。

ローションのように、とまでいかないが、汗とアイスで濡れた乳房は光を反射させ、白く綺麗な肌の美しさをより一層引き立てた。本当だったら舐め取りたいところだ。

夢中で揉みしだいている内に、指先がなにか固いものに触れた。

「ひゃんっ‼」

そこで柚姉はひときわ大きな嬌声をあげた。

どうやら興奮によって顔を出した乳首に触れてしまったらしい。

だが、流石に反応が過剰な気がした。もう一度、今度は親指と人差し指の腹で両方の乳首をつまんだ。

「ひゃあんっ‼」

それは一瞬、俺が戸惑ってしまうほどに大きな声であった。手が止まったことで俺の困惑に気づいたのか、柚姉は振り向いて荒い息を整えながらある事実を告白した。

「驚かせて、ごめんね。実はお姉ちゃん、その……昔から乳首が敏感なの。ブラが擦れたり、うつ伏せになるだけでピクってなっちゃって。あはは、変だよねこんなの、今日は特に敏感みたいで……だから総くん、マッサージはもうじゅうぶ……きゃ！」

「………」

俺は柚姉の言葉を遮って、再び乳房をマッサージし始めた。

なんだそれは、なんだそれは、なんだそれは！

俺が感じたのは、自分の愛撫の力だけで姉を感じさせられて無かったことへの落胆か。今までその体質に気づけなかった鈍感な自分への失望か。いやそのどちらも、それ以外の感情もすべて、俺の中の情欲が塗り潰していく。

柚姉の、感じやすい乳首の存在が、俺を堪らなく興奮させていた。

「ダメだって総くん……あぁ、これ以上は……んんっ、お姉ちゃんがおかしくなっちゃうから……」

「いいんだよ、おかしくなっても」

むしろ、おかしくなった柚姉が見たいのだ。

柚姉の制止する声にさえ興奮を煽られ、乳首を人差し指と親指でつまみ、ねじり、刺激を与えていく。

乳房を揉みながら乳首を刺激する動きを徐々に激しくさせていく。

それは俺が自慰をする時の、篠宮さんが俺の性器を口でしごき上げる時の終盤で見せる動きと同じだ。

つまりはイクため、イカせるための動きだ。

柚姉も言葉にならない声を漏らし、息を切らせていた。

俺の限りない情欲は、ただ一点の望みへと集約する。

柚姉にイッて欲しい。

相手に快楽を与え、そして絶頂へと誘うことがなにものにも勝る悦びだと今は信じてやまなかった。

「も、もう……我慢が、出来ない……」

絶頂への最後の階段に足をかけた柚姉に痛いぐらいの刺激を与えると、甘美な嬌声と体を快楽に震わせ、

そして――――柚姉は果てた。

「んっ、んんんっ‼」

体を大きく震わせた柚姉は、くた、と頭を完全にソファの背もたれに預け、息を荒げて天井を見上げている。俺は柚姉の胸から手を離し、顔を上げるとようやく柚姉の顔をちゃんと見ることが出来た。

柚姉は十六年間一緒に過ごした中で一度も見たことがない、女の顔をしていた。

柚姉は普段ののんびりした言動とは違い、どちらかと言えば美人系の女性だ。

普段の立ち振る舞いのせいで子供っぽく思われるが、今は大人しか出せない淫靡な魅力を振り撒いている。

口の端から垂れるアイスは今すぐ舐めたくなるし、汗とアイスが塗り込まれた乳房は極上のデザートに思え、そしてアソコからメスの匂いがするように思えてならない。

「……やった」

俺は乳房のその先、腹やへそを越えて柚姉が履いていたショーパンを見た。

太ももの表面を伝うように、透明な愛液が流れていたのが小さくだが確認出来たのだ。

柚姉は絶頂した。

感じやすい体質が手伝ったとはいえ、俺の手で柚姉を絶頂へと押し上げたのだ。

その証たる愛液に俺は無意識に手を伸ばす。

「……っ！」

それを避けるように柚姉は勢いよくソファから立ち上がった。柚姉はシャツを直して廊下へと向かい、その途中で立ち止まった。

そこで馬鹿な俺はようやく、事の重大さに思い至った。

「ご、ごめんね。お姉ちゃんがその……えと……本当にごめんね。お姉ちゃんもう一回シャワー浴びたらすぐバイト行くから！」

なにを言っていいのか分からない様子で柚姉は早口で言い、一回も振り向くことなくバスルームへと小走りで去って行った。

息が詰まるような嫌悪感が胸を締め付け、いつのまにか掻いていた汗が冷えて嫌なモノになっていた。

俺は、俺はなにをしているんだ。

たとえ記憶を改竄したとしても、それは部位が変わっただけの『ただのマッサージ』であることに変わりはない。しかし、俺は実の姉になんてことを――。

こんな気分なのに俺の性器は痛いぐらいに勃起し、本当は罪悪感など覚えていないだろうと自分自身に主張しているようで、自己嫌悪が増していく。

ふらふらと俺は自室に向かいベッドに倒れ込む。なにもかもを忘れようと必死に目を閉じた。

どうか、これが夢でありますように、と。


日付が変わってすぐの時刻に、俺は目を覚ました。

なにか悪夢にうなされて起きた気がするが、現実がそれ以上に最悪な状況であることを思い出す。

まだ頭の中でいろんな感情がごちゃまぜになっていて、酔ったように気分が悪い。

柚姉はまだ帰ってないのか?

自室のカーテンは閉められておらず、月明かりが部屋を照らしていることに気づく。

いつもはカーテンを閉めずにうたた寝をしてしまうと、柚姉が様子を見に来て閉めてくれるのだが。

いや、なに考えているんだ俺は。もう、『いつも』の関係じゃないかもしれないのだ。

明日、正確には今日の朝にはどんな顔をして柚姉に会えばいいのだろうか。

俺はそんなことを考えながら、水でも飲もうと階段を降りて行った。

一階に降り、キッチンに続く廊下の途中でなにかを踏みつける。

なんだ、と俺は携帯を明かり代わりにして持ち上げてみるとそれは衣類だった。

見覚えがあるストッキング、見覚えがある黒のタイトスカート。

それらはまるでお伽話に出てくる道しるべのように、持ち主がリビングに向かっていることを示していた。

不思議に思いながらその跡を追っていくと、リビングのドアの前に黒い大人っぽいショーツが脱ぎ捨ててあるのを見つける。

これは柚姉の――？

恐る恐る手にすると、それにはまだ温もりが残っていて、クロッチがなにか透明な液体で濡れていた。

いったいなにがあったのか、という頭に浮かんだ疑問符はドアの向こうから人の気配を感じたことによって吹き飛ばされた。

俺は音を立てぬようにドアまで忍び寄り、下着を握りしめたままそっと隙間から中の様子を窺う。

「……っ……ぁ……」

そこには予想通り柚姉がいて、暗い部屋の中でその姿が月光に照らされていた。だが、柚姉の格好と様子を目に捉えると、俺の体に雷に打たれたような衝撃が走った。

「あぁ……ダメ……こんな、こと……こんなことダメなのに……あぁ！」

柚姉はソファに足を乗せて大きく開脚するような格好で座っていた。

なにより衝撃的なのは、一糸纏わぬ姿だったからだ。辺りにはブラウスやジャケットが放り投げ出されている。よく見ると柚姉がいつも塾講師のバイトへ行く時のスーツだと分かった。

柚姉の手はみっともなく開かれた股間にあてがわれ、もう片方の手で自身の胸を揉み上げていた。

俺は石化したようにそこから動けなくなった。その様子を……姉が自慰をするのを見守るしかなかった。

柚姉の手が、短く整えられた陰毛を撫で、その下にある外陰唇をなぞるように刺激していく。

割れ目の端にある豆を弄る度に、柚姉は快感の声をあげる。

「はぁ……でも、もう我慢出来ない……くぅ……バイト中、ずっと濡れていたんだもん……総くんのマッサージを思い出して、ずっと……んん‼」

柚姉は、今なんと言った？

濡れていた？　なぜ。

俺のマッサージを思い出して？　まさか。

「んあ……分からないよ、だって……ただ、おっぱいを揉まれていただけなのに……んっ……それなのに、体が熱くて、もどかしくて、わたし……ひぐ、もうやだ……まるで、発情期の猫みたいに……ああん‼」

片手はすでに十分に濡れたヴァギナに指を入れて、もう片方の手も乳首をこねるように執拗に責め立てていた。

こんなに大きな声を柚姉が発するのを聞くのは久しい。その様子を見て、酒が入ってることにすぐに気づいた。

俺は訳が分からないながらも、ただドアの向こうで繰り広げられている姉のオナニーを見て、無意識に自身の性器を握っていた。

「あぁ……イク、イッちゃう……総くんのことを考えて、イッちゃうなんて……んん！　……ごめんね、こんなお姉ちゃんで……あ、あああああああああん‼」

そして、柚姉はマッサージの時と同じか、それ以上の嬌声と激しさで絶頂を迎えた。

ビクッビクッ、と柚姉の体が痙攣するのを見届けると、俺は急いでその場を去った。

気づかれぬよう足音を立てない最大限のスピードで自室へと戻り、ドアを背に座り込んだ。

「はぁ……はぁ……」

イッた柚姉と感覚がシンクロしているみたいに、俺も息を荒げて興奮状態に陥っていた。

そして部屋に入って、ようやく俺は柚姉の黒い下着を握りしめたままであることに気づいた。

「……」

俺は迷わずそれに顔を埋めた。

柔らかい生地が頬を受け止め、甘い香りが鼻腔をくすぐる。それは錯覚だったかもしれないが、俺は夢中になって息を吸い込む。そして、クロッチに付いた液体を舐める。

甘く禁忌的な味がするこの愛液が、柚姉の性器から分泌されたかと思うとそれだけで胸が喜びに踊った。

そしてヴァギナが接していただろう部分を亀頭に巻いて、そのままショーツごと肉棒をしごき上げた。

男性の下着より何倍も気持ち良い肌触りが俺に未知の快感を与え、そして柚姉の名前を呼んであっという間に射精する。

ドクドクと、ゼラチンのような塊の精液が柚姉の下着を汚していった。

イシュタルとの会話を思い出す。

俺が改竄でやった行為で、彼女達が俺を求めるようになるという話。

柚姉もそうなのか、ただの一回のあの行いで。

じゃあ、高原さんも篠宮さんも俺のことを？

それを利用すれば彼女達を抱くことが出来るのか？
いや、俺は抱きたいのだ。高原さんも、篠宮さんも、そして……柚姉も。
俺は初めて改竄術を使ったあとのトイレで感じた高揚を再び覚え始めていた。
そして、これが本当の情欲だと気づかされる。
今まで以上に、俺は彼女達と最後までの行為を求めるようになっていた。
俺は本当の自分を見つけたのだった。

五話　彼女達と夜のひととき

芽森総太が姉に禁忌的な感情を抱いた日のこと。

【午後八時二十七分　篠宮宅】

「すずはー、ちゃんとユニフォーム洗濯に出しときなさいよー」

「うにゃ〜い」

台所から聞こえる母親の催促に、鈴羽は気の抜けた返事をしながら棒アイス片手に縁側へと向かった。

篠宮家は学校や街の中心街から少々離れているものの、農業で成功した鈴羽の曾祖父《そうそふ》が建てた立派な純和風な住宅である。

ご近所からは「篠宮の屋敷」とまで言われ、鈴羽本人も友達からお金持ち扱いされることもあるが、本人にはあまり実感は無い。家が大きいだけで、多額の小遣いや高価な物を与えられているわけではないのだ。

風呂上がりのタンクトップと短パン姿で、鈴羽は縁側に座って涼を取ることにした。

夜風に当たり、空に浮かぶ月や庭の池で泳ぐ祖父の鯉を眺めながら、今日あったことや明日以降について考えるのだ。

幸い今日は綺麗な月が半分ぐらい満ちた形で夜空に輝いていた。

思い出すのは当然、今日の部活のこと。インハイの選抜にも影響するタイム測定があったからだ。

(今日の走りは最高だったなぁ。自分でもウソみたいに思えるほどハードリングのタイミングはばっちしだし、タイムも自己記録更新だし――)

「うふ、うふふふ、ふへへへへ」

「おんやぁ、すぅずぅはぁ。なぁんか、ええことでもあったかぁ？」

「あ、うん。部活で良い結果出せたんだよ、お爺ちゃん」

「そぉーかぁ。そりゃぁ、良かったなぁ」

縁側に面した部屋で新聞を読んでいた祖父が、いつものののんびりとした口調で鈴羽に話しかけた。

出すつもりのなかった笑い声が漏れていたことに鈴羽は気づいて、少し気恥ずかしそうに返事をした。

再び月へと視線を戻し、手にした棒アイスを咥えた。

(記録更新はやっぱり、総太くんのおかげかな。今日は無理言って授業終わってすぐの放課後に呼び出しちゃったし、明日改めてお礼言わないと)

校舎裏でのことを思い出していたせいか、鈴羽は自分がだんだん妙な気持ちになっていることに気づいた。

彼女が棒アイスを舐める様が、『あの時』の舐め方や咥え方の再現になっているからだ。

当然アイスは冷たく細いから、総太のおちんぽとは似ても似つかない。でも少しずつ溶けて、ベトベトしたものが口の周りを汚していく感覚は似ていたのかもしれなかった。

「ちゅむ……んっ……」

鈴羽は手を上下にゆっくり動かし、自分でも密かに気に入っている少し肉厚な唇にアイスの表面を滑らせていく。

（ああ、お爺ちゃんがすぐ後ろにいるのに、なにやってるんだろう）

本当はタイム測定の後、彼女はおちんぽミルクを祝杯として飲みたかったのだ。

タイム測定後、校庭の端で総太を見つけた時、駆け寄って一緒に喜びを分かち合いたかった。そして、彼に負担をかけることになるけど、いつものように部活後も西校舎裏で会いたかったのだ。

それが出来なかったのはなぜなのだろう。

総太がただの友人であり、恋人ではないから？

確かに、あの場で駆け寄ったら陸上部員どころか、他の運動部にも二人の関係を誤解されるだろう。

それを避けようとして、思い留まったのかもしれない。

だが、それは篠宮鈴羽が芽森総太とそういう関係になるのを拒んでいることになるのだろうか。

彼のことが好きなのは鈴羽本人も自覚している。少なくとも友達として。

でもそれ以上の感情はあるのだろうか？

ただ校舎裏で話し、おちんぽミルクを飲んでいる時に近くにいるだけの関係である総太に対しての、鈴羽が抱く気持ちはなんなのだろうか。

（別に『そう』なることを強く望んでいる訳じゃない。総太くんはたまたまあんな変わった所で出会った仲間？　みたいなものだから、ちょっと親しみ易くて話していても楽しい『友達』なだけで。でも、だからといって『そう』なることが嫌な訳でも……あれ、でも嫌いじゃないってことは、えと、えと、えと……）

「ん……うひゃぁっ⁉」

素《す》っ頓狂《とんきょう》な声をあげ、鈴羽は思わず大きく体を震わせた。体の反応に数秒遅れて、なにが起きたのか次第に理解が追いついた。激しい動きに溶けかかったアイスが耐え切れずに崩れ、太ももに大きな塊として落ちたのだ。持っていたアイスの棒も体を震わせた際に落としてしまい、その棒が足に弾かれて飛んでいった。

その行方《ゆくえ》は――。

「こぉりゃああ、すずはぁ‼ 鯉の池に、アイスなんて入れるんじゃなかぁあ‼ すぐとってきー‼」

「ご、ごめん！ お爺ちゃん！」

先ほどまでののんびりとしたいつもの祖父から打って変わって、恐ろしい剣幕で怒鳴られ、鈴羽はすぐサンダルを履いてバケツを持ち、池から棒とアイスが落ちた辺りの水を掬い上げた。

どたばたと作業を終え、鈴羽は軽く息を漏らす。家族同様にかわいがっている鯉のことになると、鈴羽の祖父は激昂するのだ。昔、池に手を入れて遊んでいた小学生の鈴羽の頭を殴ったほどだ。

（……あれ、なに考えていたっけ。なにか悩みごとがあったような……まぁ、いっか）

祖父の逆鱗に触れた騒ぎで、すっかり鈴羽の頭からは先ほどまでの苦悩を忘れてしまった。もともと、切り替えが早い性格のせいもあるだろう。

そして思い出すこともすぐに止め、鈴羽は自室の布団に入って、いつも通りの一日を終えた。

■

【午後十時十四分　高原宅】

「はぁ、一体わたしなにやってるんだろ……」

一時間を超える思考の末、高原恵美はそんな残念な気持ちになっていた。

彼女は今、自室で上はパジャマ、下はバスタオルを巻いた珍妙《ちんみょう》な姿をしていた。

ピンクと白の壁紙やインテリアで飾った自室のベッドの上に、いくつもの下着が並べられている光景も普段ならば見られない特殊な状況だった。

ブラとショーツで柄が揃ってないものを合わせ十八枚、その内ペアで揃っているのは九枚。これは氷山の一角で、全部で何枚あるかは恵美自身も数えたことがない。だが、この三倍は堅いと確信していた。

恵美は友達と下着の話などしたことがないから、女子高生の平均的な下着の所持枚数なんて分からない。けれど、自分はその平均を大きく超えている事は自覚していた。小さめとはいえタンスの引き出しが一段まるまる下着で埋まっているのだから無理もない。

昔は別段おかしいとは思っていなかったけど、流石に高校生になって下着がタンスを占領し始めた時に気づいた。自分の一番所持数の多い衣類が、スカートでもトップスでもなくショーツだなんて、変じゃないかと。

しかし、重要なのはそこじゃない。問題なのは『明日なにを穿いていくか』だ。

『高原さん、今いいかな？』

最近、クラスメイトの芽森総太はそう言って頻繁に下着を見せて欲しいと頼んでくる。

お人好しな彼女はそれを了承し、快く見せてきた。下着ぐらい別に見せてもなんともないものだと、彼女は『記憶』しているからだ。

だから見せることに不満がある訳でもないし、写真を撮られるのが嫌なわけじゃない

ただ、別の問題が彼女の頭を悩ませていた。迂闊に下着選びで手を抜くことが出来なくなったのである。

綺麗なものじゃないとダメとか意味がない、なんてことはないと思っていながらも、人様に見せるならなるべく綺麗な下着を身に着けたいと考えるのはやはり彼女の根が真面目な性格のせいだろうか。

なので、こうして翌朝に悩まないように念入りな選考が必要なのだ。

「これは、どうかな……」

迷った手が一つの下着を掴み、すでに穿いている下着の上に皺や食い込みが無いよう注意して穿き、バスタオルを外して姿見の前に立った。

穿いているのは灰色の生地に、耳と目とヒゲが記号化された猫の黒いシルエットが小さく散りばめられたデザインのショーツだ。明日はキャラモノの日なので、ベッドの上に陳列された下着達もキャラクターが描かれたモノばかりだ。

正直この日が一番困るのだ。

キャラモノはかわいらしいけど、子供っぽくも見えてしまう。

男子がどう思うのかは分からないが、少なくとも穿く本人にとっては一番自信が無い日なのだ。

それでも、もう三年以上続けたこのサイクルを崩す訳にもいかず、悩みに悩んでいる内にいつの間にか一時間以上も恵美は下着とにらめっこしていたのだ。

「こんなことしてるの、家族にも見せられないよ……」

一人でランジェリーファッションショーをする姿を鏡越しに見て、彼女はまた溜息をついた。

けれど、それを別に面倒とも思ってもいなかった。

今まで下着を集めるなんて一度も他人に明かしたことのない趣味を一人で楽しんでいたが、総太と下着についてて話せるようになって、この趣味の新たな楽しみ方を彼女は覚えていた。

なにかを収集する趣味を持つ人間が欲するのは、より貴重なモノと、それを自慢出来る相手だというのは漫画で見た台詞だ。今の彼女はまさに、その後者の欲求を初めて満たした状況なのだ。

内心で心を躍らせていることは恥ずかしいから気づかないふりをして、鏡とにらめっこを続ける。

「でも、せっかくなら……」

彼女は思い立ち、タンスの奥から大切に小さな箱に入れて保管していた下着を取り出した。

これは恵美が持っている中では最も高級なものだ。

イタリアにある会社の輸入品だが、セールで安くなっていて普段は手の届かぬこの高級ランジェリーにたまたま手が届いてしまったため、勢いで買ってしまったのだ。

その日の晩、全財産の八割以上も下着に使ってしまった後悔で溜息と共に先ほどと同じ「わたし、なにしてるんだろ」という言葉を口にしたのを覚えている。

けれど、輝くような白色の高級素材を使った気品に溢れるこの逸品は、まるでシルクのような手触りで、今では一番のお気に入りになっていた。

使い古してしまうことを恐れて普段から気軽に穿くようなことは出来ず、今までこの上等な下着を穿いて一日を過ごした日はなかった。

これを穿いた自分を、彼はなんて言ってくれるのか、と夢想する。

それは純粋に収集家として一番自信のある品に対する他人の評価が気になるという気持ちだ。

試しに穿いてみて、姿見の前に立ってみる。

やはり違う。

この自然な光沢はラメ素材みたいな安っぽいものではないし、シンプルながら計算された形はヒップラインを綺麗に見せてくれそうだ。

手触りを確かめるため、恵美は指先で下着の前部分をなぞる。すべすべで人肌では作り出せぬ心地良さだ。

これを穿いた自分を総太が食い入るように見てくれる場面を想像する。

日直終わりに声をかけられたあの日のことを考えると、下着を擦る手の動きが速くなっていく。

少しずつ、今までとは違う感情の波が立ってくる。寄せては返すその波に合わせて、心拍数や呼吸が次第に乱れていく。

手触りの良い布越しにぐにぐにと陰唇のひだやクリトリスを刺激すると、もっと体を責め立てたいという欲望に頭が支配されていく。

「はぁ……ふっ……ぅん……」

もう片方の手は背後に回し、お尻を撫でるように、また揉むようにして下着の肌触りを確かめていく。

前を刺激する指が二本に増え、太もも同士を擦り合わせて性の快感という波に身を任せていく。

ここ最近、恵美の自慰をする回数はとても増えていた。それは決まって今のような下着を選ぶ時で、一度は朝の着替え中に「時間に余裕があるから」と行為に及びそうになったが、流石に思い留まった。

しかし、今みたいな夜の時間帯だといつの間にか手が伸びてしまい、どうにも止められないのだ。

(本当……なにやってるんだろ……)

鏡に映る、立ったまま自慰をする自身を見て、恵美はそんなことを思う。

なにかいやらしいものを見たわけでもないのに、恵美はどうしようもなく性欲に駆られてしまっていた。

いや、夢中になっている時いつも思うことは一つだ。

それは……。

(芽森くんと私が――)

突然ノック音が部屋に響き、快感に委ねていた体が一瞬固まる。

恵美は慌てて手を止めてドアに向き直る。ドアの向こうから、妹の怜美《れみ》が話しかけてきた。

「お姉ちゃーん、お風呂って入ったー？」

「う、うん！　入ったよー。だから怜美が入ったら、お湯抜いていいからー」

「分かったー」

ドアの向こうから妹の気配が消えると、ふうと安堵の息を漏らす。

さっきとはまた別の意味で、彼女の心臓は大きくドクンドクンと鼓動していた。

なんだか興が削がれ、もう続けることは出来ないほど焦りの精神的疲労は大きかった。

「しまったなぁ……これ、汚しちゃった」

一番のお気に入りを下に穿いていた下着ごと脱ぐと、透明で粘着質な液体が直に穿いていた下着を湿らせていた。その上に穿いていたお気に入りの逸品までも少しだが汚してしまっていたのだった。とてもじゃないがこのままタンスに戻せる状態ではない。

お気に入りの逸品は洗濯に回し、明日はさっき穿いた猫のものにせざるを得なかった。あれだけ悩んでいたのに、決める時は投げ遣りに決めたことにまた溜息をつきたくなったが、これ以上続ける気にはなれなかった。

さっさとベッドの上の下着も片付け、就寝のための下着とパジャマに着替えてベッドに入る。

消灯した部屋の天井を見つめ、さっきの続きを考える。

自分が行為中に考えること。彼女はその正体が薄々分かっていたが、はっきりと言葉にはしなかった。

ここ最近彼女の自慰回数が増えたのも、その妄想が原因だった。今までの何倍も多くなり、生活に支障をきたす日もいつかくるのではないかと彼女は危惧していた。

今までふわふわと考えてきたことだが、ちゃんと考えた方がいいのかもしれないと思う。

ちゃんと言葉にして、自分がなにに欲情しているのか自覚するべきなのか。

しかし、恵美はそれをなんとなくためらった。

それを認識してしまうと『いつも通りの明日』が来ないような、そんなあやふやな不安に襲われたからだ。

(今はまだいいかな……いいことに、しよ)

疑問の解答は先に伸ばし、高原恵美は眠りに入り、いつもより少し興奮した一日を終えた。

■

【午前〇時九分　芽森宅前】

視界が歪み、ちゃんとまっすぐ歩けているかも自信が無い状態で芽森柚香は自宅を目指していた。

柚香は今、誰が見ても酩酊していることが分かる酔っ払いであった。

塾講師のバイト中もずっと切なくナニカを求め続ける感情を抑えながら、以前から予定されていた女子会に出席したのだが、完全に逆効果だった。

一緒に飲んだ友達には風邪だと思われ心配されたが、本当は違うことを柚香本人がよく分かっていた。

(もう、なんでわたしこんなになっちゃったんだろ)

落ち着けと自分に言い聞かせる。相手は自分の弟なのだ、と。

だが、体の疼きが治まらず、柚香の頭の中はマッサージの時のことでいっぱいだ。

そしてなにより困っていたのは、この火照った体を自ら慰めたくて仕方ないことだった。

公衆トイレや野外でするという最後の一線は踏み止まったが、この劣情と酔いでふらふらな千鳥足で家に辿り着くまでは遠い道のりだった。友達が家まで送ろうかと申し出たのを断ったことを、今更ながら後悔する。

ほとんど倒れ込むように玄関をくぐり、靴を脱ぎ捨てたところで柚香の理性は限界を迎えた。

ストッキングを脱ぎ散らかし、スカートのチャックを下ろして廊下に脱ぎ捨て、下着も途中で脱ぎ捨てた。弟がもう寝ているかどうかも確認せぬまま、次々と衣服を脱ぎ捨てながらリビングに向かい、そして電気も付けずソファに下半身裸で座った。

座った場所は夕方と同じ。

普段の柚香ならありえない行儀の悪さだったが、自分を慰めるにはこの場所しかないのである。

ジャケットも脱いで息苦しいブラウスのボタンも外し、ブラも取り払った。

そして、すでにピンッと乳首が突き出した胸を自分の手で揉み始めた。触りもしてないのに乳首が顔を出しているのは、柚香にとって初めてのことだった。

「こ、こんなに興奮して、わたしは……もう、んんんっ……はぁ……あぁ……」

両手を使い少々乱暴な手つきで、必死に弟のマッサージを再現しようとする。

しぼり、つまみ、寄せ、加えていつも自分が自慰をしているように乳首を指先でちょんちょんと弄る。

いつもブラに擦れるだけで反応する敏感な胸が嫌になるのだが、自慰の時ばかりはと、その体質を思う存分利用して快楽を得ようとする自分が情けない。

視線を下ろすと、自分の秘部がテカテカと月明かりを反射しているのが見える。触らなくても分かるほど、アソコが愛液で濡れているようだ。

だがもっと良く見てみたくて、足を徐々に大きく開いていく。

（わたし……総くんを思って、どんだけ濡らしちゃったんだろう……）

みっともないほどに股を開き、下ろしていた足をソファに乗せて、M字開脚の体勢になっていく。

「うわっ……」

自分でも驚くほど、柚香の秘部はいやらしく乱れていた。

愛液は今までに見たことがないほど溢れ、一瞬知らない間に漏らしていたのかと思ってしまったほどだ。

それを優しく、愛でるように、割れ目を指先でなぞっていく。

「あっ、ダメ……こんな、こと……こんなことダメなのに……あぁ！」

ただ陰唇をなぞるだけ、クリトリスに触れるだけで今まで感じたことのないような快感を覚える。

ここまで発情した性器に入れるのが自分の指だということに、柚香はなぜか少し申し訳なさを感じながらも、人差し指を少しずつ陰唇の間に押し込んでいく。

まだ一度も男のモノを通したことがないアソコは普段なら指一本でさえも窮屈《きゅうくつ》だが、この湯のように熱くなった大量の愛液のおかげで、今日はすんなりと指を入れることが出来た。

「はぁ……でも、もう我慢出来ない……くぅ……バイト中、ずっと濡れていたんだもん……総くんのマッサージを思い出して、ずっと……んん‼」

敏感になった膣壁の、お気に入りの場所に指先が擦れる度に体が震えるほどの快楽が脳を刺激する。もっと激しく、もっと気持ちよくと指先を小刻みに動かすとびちゃびちゃと性器が音を立てる。

「んあ……分からないよ、だって……ただ、おっぱいを揉まれていただけなのに……んっ……それなのに、体が熱くて、もどかしくて、わたし……ひぐ、もうやだ……まるで、発情期の猫みたいに……ああん‼」

もしもだ。

この指が、弟のものだったら、これ以上の快楽が押し寄せるのだろうかと柚香は夢想する。

そう考えた途端、熱く濡れた膣が今まで以上にキュッと引き締まった。

まるで欲しがるように反応する体に、柚香は顔から火が出そうなほど羞恥を感じていた。

しかしそれでも指の動きは止められなくて、知り尽くした自分の弱い所を責めていく。

(こんな風に……こんな風に……あぁ、ダメ……わたし、考えちゃってる……マッサージのことだけじゃなくて、総くんとエッチなことしてるのを想像しちゃってる……)

体が反り返りそうな快感に堪えながらも、今、この指は弟の物だから容赦なんかしない、と思い込むように指を動かし続ける。

もう片方の胸を揉んでいる手も同様に、激しく乳首を弄り続ける。

(もっと激しく、もっといやらしく……もっとわたしを愛でて欲しい。たった一人のわたしの弟……かわいい、かわいい総くん……そう……イカせて……お姉ちゃんをイカせて、総くん……！)

指で捻る乳首責めに加え、膣に挿入した指も滅茶苦茶に肉襞を引っ掻き回す。

そして、絶頂の予感がきた。

「あぁ……イク、イッちゃう……総くんのことを考えて、イッちゃうなんて……んん！　……ごめんね、こんなお姉ちゃんで……あ、あああああん‼」

今まで感じたことがない解放感を味わいながら、柚香は果てた。

「はぁ……はぁ……」

普段なら一度イッってしまえばすぐ冷静になる彼女だったが、今回ばかりは酔いが残ってるのもあってなかなか興奮が醒めなかった。

だが、今の自分がとんでもない格好をしていることはふらふらの柚香の頭でも理解出来た。

全裸でソファに座り、股を大きく開いて、その中心からはとめどなく愛液を垂らしているのだ。

おそらく顔も、発情した痴女のように淫らなモノになってるだろう。

(こんな姿、総くんに見られたら死んじゃいそう……)

ふらつきながらもなんとか立ち上がり、周囲の衣類を拾い上げていく。暗いのと頭がボーッとしてたのもあり、拾ったものの確認もしなかった。脱衣所にある洗濯かごにシャツや靴下などを放り込み、汚してしまったソファの後始末もさっさと終える。

(はぁ……明日から、どんな顔で総くんに接すればいいんだろ……相手は血を分けた弟なのに……)

自室のベッドに潜り込み、午前一時前に芽森柚香は、いつもとは決定的に変わってしまった一日を終えた。

六話　如月明衣と恋人

暗い暗い闇の中。

なにも無い暗闇の中で俺は漂うように、浮かぶように、そして沈むように存在していた。

俺の心境の変化でも表してるのか、まるでこの真っ暗な空間は俺の情欲そのもののようだった。

『うにゃ、ようやくそちの中に眠る情欲のすべてを自覚したかにゃ』

その闇の中に、白い少女の姿がロウソクの灯りのように浮かび上がった。

背丈は昨晩見たものよりさらに少し伸び、今は小学生高学年、十二、三歳ほどだろうか。

イシュタルは俺を熟した果実を見るような、期待の念がこもった瞳で見つめてくる。

ああ、ようやく分かったよ。今まで無意識に蓋をしていた情欲が、間欠泉《かんけつせん》のように噴き上がったみたいな感じだ。イシュタルが言った『情欲による絶望』ってのが今なら想像出来る。顔見知りだろうと家族だろうと、俺は手を出す奴なんだ。

『うにゃうにゃ、それでこそ我が認めた男にゃ。それじゃ、明日からの淫行に我も力を貸してやろうにゃ』

力を貸す？

イシュタルは無重力の中をふわふわとこちらに近づき、俺の胸をクッション代わりにして停止する。

上半身を預けるように、イシュタルは俺の胸に寄りかかった。揺れる長髪が猫の姿だった時の毛並みを思わせ、彼女の神々しさを遺憾なく発揮させていた。

『割合で言えば、現在の我の力は三割程度の充電率にゃ。これほど溜まれば、さらなる力をそちに授けることも出来るにゃ』

どうやらイシュタルへの感情エネルギーの供給は順調のようだ。

『我に限らず、神というのは人間の思考を操ることに長《た》けておる。人間世界を管理するための上位存在故の特権かにゃ。ちなみに言うと、そちに与えた改竄術もそういう神の特権を変質させて授けたものにゃ』

なるほど。今まで考えてこなかったが、確かに性愛の神と記憶操作だなんて一見関わり無いよな。けどそれは人間を超えた超常の存在共通の特権的な能力だったのか。

『そして、その特権を使えば面白いことが出来るにゃ。小娘達の弱い部分を見破る……とかにゃ』

なんとなくイシュタルが人間には見えないものが視えるというのが理解出来たが、それを自分に伝えた結果がどうなるのかはいまいち分からない。

『にゃはは、まぁいずれ分かるだろうにゃ。うにゃ、それでだにゃ……』

と、ここで急にイシュタルの言葉が歯切れ悪くなる。いつも饒舌に語る口がまごつく様子を初めて見た。

『そのためのにゃ……儀式がいるのにゃ。にゃに、とても簡易で簡素で簡単なものにゃが……』

イシュタルが言い淀むなんてどんな儀式なのだろうか。そこまで無理はしなくていい、と言いたくなる。

『うにゃ!? じゃ、じゃあ改竄術を授けた時みたいに脳みそガリガリの方がいいのかにゃ！ また、あの痛みを味わいたいかにゃ!?』

初めて改竄術を使った時のことを思い出す。頭が割れるような激痛は二度と体験したくない。

『嫌だろう!? 嫌だろうにゃ！ だからこの方法が一番なのにゃ！ と、とりあえず目を瞑れ！』

そもそも改竄術だけで俺は十分なのだが……仕方なく、言われるがままに俺は瞼を閉じる。

『絶対に目を開けてはならんにゃ。儀式が中断されてしまうからにゃ……こ、これは儀式だからにゃ』

目を閉じた俺の首筋になにか温かいものが触れた。

これはイシュタルの腕？

どうやらイシュタルは腕を俺の首に手をやり、俺の頭を固定して……と、そんなことを考えてる最中に、俺の唇になにか柔らかいものが触れる。

一体、これは……。

『うにゃあ！　目を開けるなと言っただろうがにゃ！』

俺が正体を見ようと開けたまぶたの隙間から見えたもの、それは俺の鼻筋目掛けて迫ってくるイシュタルの額だった。


今日もベッドからの自由落下の、痛覚による強制目覚ましを食らった。今回は顔面から床に落ちたために、鼻に言葉に出来ないような痛みを感じる。

大ダメージを受けた鼻を押さえながら俺はいつも通りに登校していた。

今朝、意を決してダイニングに行ったのだが、そこに柚姉の姿はなかった。

テーブルの上に一枚のメモが置いてあり、そこにはすでに家を出たことを伝える柚姉からのメッセージが綴《つづ》ってあった。なんだか避けられているような気がして、軽く憂鬱《ゆううつ》な気分になるが昨日のことを思えば仕方ないのかもしれない。あれはマッサージの度合いを超えていた。

「……まぁ、今は柚姉のことばかり悩んでも仕方ないか」

校舎に入り教室へと向かう途中、俺は廊下で立ち止まった。

いや、具体的にはそうさせられたのだ。

なぜなら、俺の行く手を阻むようにとある女子生徒が仁王立ちしていたからだ。

「あの、なにか用でも……」

「芽森総太ね？」

キリッとした瞳が、鋭い眼光と共に俺を真正面から射抜く。

凛とした雰囲気を纏い、やや長めのショートヘアに、前髪の赤い髪留めが印象的だ。

おそらく同学年で、しかも最近見た記憶がある。確か彼女は――。

「私は三組の如月明衣《きさらぎめい》、陸上部よ」

そうだ、昨日篠宮さんの部活を見学していた時に見た記憶がある。陸上部とわざわざ言う辺り、用件もそれに関係してくるのだろうか。けれど陸上部と言われても、篠宮さんと（ただの）友人関係であるぐらいしか繋がりが無いのだが。

「えーと、陸上部の如月さんはどんな用件で――」

「放課後ちょっと付き合ってもらえるかしら。場所は西校舎三階の第二視聴覚室。そこで聞かせて欲しいの、篠宮とあなたとの関係について」

「え……？」

その言葉に、時間が一瞬止まる。彼女は今、なんて言った？

フィールドも出していないのに体が全く動かず、俺は如月明衣がそのまま立ち去るのを黙って見送るしかなかった。

昼休み。

「はぁ……」

「どうしたの？　溜息ついて、なんだか元気がないけど」

「あ、いや、なんでもないよ。なんでも」

俺は校舎一階の隅にある女子トイレの個室に高原さんと二人で入っていた。

ここもいわゆる『あまり人が来ない場所』であり、昨日の廊下よりも安全な場所なのでこれからはここを定位置にしようかと思っている。

なんの定位置かと聞かれれば、それはもちろん高原さんの下着を見せてもらうための、である。

今日は場所が安全を保証してくれるため、いつもとは違う方法をとっていた。

「やっぱり、これはその……恥ずかしいよ……」

「うーん、でもいつも持ってもらうのも悪いしさ」

そう、俺は洋式の便座に座りドアを背に立つ高原さんのスカートを、自分の手で大きくめくっているのだ。

片手で大きく裾を持ち上げると、かわいい猫柄の下着を纏った股が丸見えだ。その光景を、もう片方の手で持った携帯で写真を撮る。

『自分の手でスカートをめくる』という男子にとって夢のようなシチュエーションだ。性的なことをしているという感覚が増し、俺は正直この行為だけで性器が膨らみそうな気がした。

「今日は猫の柄か。いいね、これもかわいらしいよ」

「うん、子供っぽくないか心配だったんだけど」

「いやいや、高原さんが選んだんだもの。間違いない、いいセンスだよ」

「ほ、本当？　よかったぁ……」

個室という狭さのおかげで、いつも以上に高原さんのショーツを間近で見ていた。

灰色の生地に記号化された猫が散りばめられたデザイン。

仮に白地に猫のプリントがデカデカと書かれていればそりゃ子供っぽい。ほとんどギャグみたいなものだろう。しかしこれはデザインが良いおかげであまり幼稚さは感じない。

かわいらしい猫と、彼女の太ももやショーツに包まれた陰唇の柔らかそうな膨らみがとても柔和で癒される。

舐めるようにショーツを眺めていると、軽い眩暈《めまい》を覚える。

……なんだこれ？

一秒と続かなかった眩暈が治まると、目の前の景色が微妙に違って見えてきた。具体的になにが、という訳ではないのだが、視覚そのものが脳に『ある行動』を訴えかけてくるようだ。

『彼女のショーツに息を吹きかけろ』と。

俺はその意味は分からなかったが、なぜか従うべきだということは理解する。

ただやはり戸惑いの念もあったので、さっきみたいに溜息を漏らすようにしてその行動を決行した。

「はぁ……」

「ひゃあっ⁉」

想像通り、というか当たり前だが高原さんは大きく驚きの声をあげた。

「ごめん高原さん。驚かせちゃった？」

「い……いや大丈夫だよ！」

顔を上げて高原さんの顔を見ると、彼女の頬はいつも以上に紅潮していた。最近は割と下着を見せる行為に慣れてきたのか、初めての時ほど顔を赤らめなかった彼女が、今まで見たことないほどに真っ赤に染めていた。

「ん？」

「め、芽森くん？」

俺はなにか嗅ぎ覚えがある匂いを察知して、ショーツに顔をさらに近づける。

これは確か柚姉をイカせた時に嗅いだ……。と思い当たったその時、昼休みの終了を告げるチャイムが響き渡った。

それと同時に高原さんは背にしたドアを大きく開け、外に跳び退くように個室を出た。

「つ、次の授業が始まるから私急ぐね……‼」

そう言い残して、高原さんはほぼ走るような勢いで女子トイレを出て行った。

俺はその急な反応に圧倒され、なにも言えずに便器に座っているしかなかった。

彼女の、羞恥で真っ赤に染まった表情に俺の息子はすっかり元気になってしまったのだが。

さて、授業まであと五分。どうしようか。

俺は悩んだ末、遅れるのを覚悟で竿を握った。


放課後。

俺と目を合わせないようにそそくさと教室を出る高原さんを尻目に俺も教室を出る。

どうやら嫌われた訳ではなさそうだが、今日はもう会話は出来ないだろう。

俺はあの逃走行為の意図をなんとなく察して、そう判断した。

柚姉に続いて高原さんも？　なんて期待を持ちながら廊下を歩いていると、その幸福な気持ちを打ち崩す出来事があったことを思い出す。

如月明衣。

彼女の呼び出しと、「篠宮さんとの関係について聞かせて」という発言。

どう考えても俺と篠宮さんが定期的に行っているアレについての言及だろう。

このまま無視して帰っても解決にはならない。その情報を教師や他生徒に言われても困るわけだし……いや、すでに言われている可能性もある。

そうなっていた場合はなんとかその相手を聞き出して、記憶改竄術で強引にでも揉み消すしかない。

つまりはどっちにしろ彼女と会わなければいけない、という結論に至り憂鬱な気持ちを隠せない。

如月明衣とは話す内容以前に苦手なタイプだ、特にあの鋭い眼光とか。

仕方なく俺は向かう先を下駄箱から西校舎に変えると、その途中で篠宮さんに遭遇する。

「あ、偶然。総太くんじゃない」

「やあ、篠宮さん。ああ、そうか陸上部は今日休みなのか」

「うん、なんか顧問の先生が出張ってことと、たまには休部日があってもいいだろって部長がねー。あたしも今日は自主練お休みにしよっかなってことで、今帰るとこ」

同じ陸上部の如月明衣が放課後に呼び出したのは、そういうことだったのか。

「総太くんも今帰りなの？　なら、その……一緒に帰らない？　ほら、最近駅前に出来た鉄板焼き屋あるじゃん、あれ行きたいんだけどなかなか女子友で行くって言ってくれる人が居なくてねー。総太くんって、そこそこ食べられるタイプでしょ？」

「ごめん篠宮さん。実はもう用事が入っててさ、また次の機会にってことでいいかな」

「あー……そっか。先約が入ってるなら仕方ないなぁ。じゃ、また今度誘わせてもらうよ。流石に女子一人で鉄板焼き……ってのもね」

「恥ずかしさより食欲を優先すると思ってたよ」

「なっ！　そんなことないし！　あたしも少しはセケンテーを気にするし！」

いつものように軽く笑い合って、俺達はその場を後にする。

えーと、西校舎にはこの角を曲がって――。

「……あーぁ……待っ……たのに」

背後でなにか篠宮さんが独りごちていたが、残念ながらその呟きは俺の耳にまで届かなかった。


西校舎の第二視聴覚室前に到着した。

先ほど篠宮さんには如月明衣のことは、あえて黙っていた。たとえ如月明衣に篠宮さんの淫乱な姿を見られていたとしても、その記憶を俺は消すことが出来る。

だから篠宮さんに余計な心労を背負わせることは無駄なことだし、知らせる必要がないと思ったのだ。

だが、記憶を消すと言っても簡単なことではない。

他に誰かに教えてないかを聞き出し、俺と篠宮さんの関係について怪しまれないように上手く記憶を変える必要がある。

戦《いくさ》の前のような気持ちで、俺は心の中で自分の頭にハチマキを巻くイメージをして、気合を入れる。

すでに開錠されていたドアを開け、教室内へと足を踏み入れた。

「遅いじゃない。呼び出した人間が先に来るのが礼儀とはいえ、女性を待たせるのは感心しないわよ」

普段使う教室よりも大きく、少し上等な机が並ぶ教室の中央に、如月明衣は立っていた。

その出で立ちはまさに『待ち構えていた』という印象を受けた。俺の中での彼女のイメージは「待ちかねたぞ」とでも言う魔王に固まりつつあった。

「それで、まずここに呼び出した理由を聞きたいんだけど」

「理由？　それは朝にも言ったじゃない。あなたに篠宮鈴羽のことを聞きたいって」

やはり、俺の予想は外れてくれないか。

このままフィールドをこまめに出しつつ、彼女から上手く情報を――。

「で、あなたは篠宮のどこに惚れたの？　なんで付き合おうと思ったの？」

「…………は？」

「ん？　まさか誤魔化す気？　無駄よ。私は知っているんだもの。あなた、篠宮と付き合ってるんでしょ？」

「いや、全然。ただの友達で――」

「誤魔化さないで」

彼女はピシャリと言い切る。

なんだかややこしいことになっている気がして、俺は不安を抱きつつあった。

「私は昨日、篠宮があなたにどこかで落ち合おうと相談してるのを聞いたし、部活中も篠宮が校庭端にいるあなたに視線を送ってるのを見たのよ？」

「いや、見たのよ？　て言われても……そもそも、仮に付き合ってるとしてなんで如月さんがそんなことを聞く必要が？」

「なぜって、それは…………実は私は部の公序良俗を守る役目を任されてて」

「ぜったい嘘だ。今考えただろ、それ」

なんだか腹を括って来た俺が馬鹿みたいだ。これなら篠宮さんと鉄板焼き屋に行けばよかったな……。

「ともかく、私は篠宮に彼氏が出来たなんて信じられないのよ。だってあの篠宮よ？　中学から陸上一筋で、身なりとかにも無頓着で、恋愛関係の話より今日の帰りはどこで買い食いしようかなんて話題の方を好む篠宮よ？　そんな篠宮に、彼氏が出来るなんてそんなこと……」

彼女が挙げた情報は俺も知らないこともあったが、なんとなく想像出来た。特に最後のは。

ここで俺は以前、友人から聞いたある話を思い出す。

篠宮さんは一年の頃は高跳びの選手であり、ハードル走に転向したのは数ヵ月経ってからなのだそうだ。

彼女はもっと走る競技がしたかったそうだが、その才能は主に『跳躍』の方が大きかったそうだ。なので、最初は才能を買われて高跳びの選手だったわけだが、結局は間を取ってハードル走を選んだそうだ。

そして、彼女が一年の頃に築き上げた成績は今でも現役の高跳び選手達に引けを取らない輝かしいものばかりで、それが選手達からはあまり好ましく思われていないと。

確かに、途中で自分のやりたいことを優先して転向した相手の記録に、必死でやってる自分達が追い付けないというのは面白くないだろう。

そして昨日の練習風景を見る限り、如月明衣は走り高跳びの選手なのだろう。

他の種目でも大成した選手が残した置き土産のような記録を越せず、そんな相手が男相手にうつつを抜かしていると思い、我慢出来ずに彼氏相手にその不満をぶつけに来た。

あくまで予想だが、大筋はそんなところだろう。

なんともはた迷惑な話だし、そもそもそれは誤解だ。

「ちょっと、聞いてる？」

「あぁ、聞いてるよ。でも、別に陸上部が恋愛禁止というわけじゃないだろう？　そこまで必死になることか？」

「そうよ。同じ部の部員が不純異性交遊をしているのを見たら、なにか言いたくなるものでしょう」

「不純って……相談したり、目線を送ってただけだろ」

「あとはそうね……校舎裏で淫行に及んでいたことぐらいだけれど」

「えっ」

……おい、待て。今、なんと言った。

「い、いんこう……？」

「……？　西校舎の裏であなた篠宮にフェラさせていたじゃない。まぁ、漫画でもよくあるし、高校生で恋人を作ったら、みんなしたくなるんでしょうけど」

ここに来て、俺はこの如月明衣がヤバい人間なのではと思い始めた。

俺と篠宮さんの情事を見られたことも危険だが、彼女自身の感性も危ういもののように思えた。

「……いや、どんな漫画だよ」

「あら、ごめんなさい。あなたは少女漫画なんて読む柄ではなかったわね。じゃあ、あれは篠宮が言い出したことなのかしら」

　俺も昔は柚姉の持っていた少女漫画を読んだことはあったが、そんな過激な描写は無かったような……いや、今はそんなことどうでもいい。

「つけていたのか……あの場所まで」

「顧問からの伝言があって、篠宮を探していたのよ。それで、あなたのモノを篠宮が……」

「あぁ、分かった。分かった。もういい。言わないでくれ……」

「分かった？　分かったということは認めるのね。やっぱり、そうなんじゃない」

なんという注意不足。あそこは校舎側からは窓がないし、塀と校舎に挟まれて出入り出来る場所も限られている。心理フィールドでこまめに確認していれば、防げたことなのに。

「どうせ、お互いの自宅でも隙を見て交わっているのでしょう？　まったく、どうして篠宮が……」

　ぶつぶつと呟き始める如月明衣をよそに、俺は必死で頭を働かせる。どうすればいい、どうすればこの状況を打開出来る？

　とりあえず会話を続けなければと、俺は思ったことを適当に述べる。

「もしかして羨ましいのか？」

「……なにを言っているのかしら。私は部活前に淫行をする部員の恋人がどんな男か……いや、不純異性交遊をするのはどうなのかと思っただけよ」

　……ほう。

　適当に言ったのだが、もしや本当に羨ましくて突っかかってきたのかもしれない。そもそも、最初に聞いてきたのが「どこに惚れた？」と「なんで付き合おうと思ったの？」なのだ。単に色恋沙汰に興味があるだけなのかもしれない。

　ここで俺は心理フィールドを展開する。

　眉をひそめて不機嫌顔の如月が、ぴたりとその動きを止めた。

［篠宮の　彼氏と　一緒に　第二視聴覚室に　居る］

　浮かび上がる文字を見つめていると、良い改竄内容を思いついた。どうにも彼女は恋人関係に憧れている節がある。

　なら、実際の気分を味わわせてあげようではないか。

　限定神力・記憶改竄開始《Now rewriting》――――。

［『私の』　彼氏と　一緒に　第二視聴覚室に　居る］

　色褪せた世界から帰還し、俺は反応を見るために再び問いかけた。

「で、改めて聞くけど、今日呼び出した用事ってなにかな？」

「用事？　そんなの決まってるでしょう……？」

　如月が俺の近くへとゆっくりと、歩み寄ってくる。そして、俺の目の前まで近づくと……。

「それは総太と会いたかったからー、えへへー」

　と言って、抱き付いてきた。

　え？　……あれ？

　あまりにも想像してなかった反応に困惑する。

　これがさっきまでピリピリしていた如月明衣だというのだろうか。一瞬、誰の声なのか分からなかった。

「あのー、如月さん？　なんか性格が変わって――」

「もう、さん付けなんてよそよそしいわよ。私達付き合ってるんだから、明衣って呼んで。そうだ、私もそろそろニックネームで呼ぼうかしら……総たん、というのはどうかしら」

そう言って、彼女は俺の胸板に頬ずりをするように自分の顔を押し付けてきた。

確かに、俺は彼女の記憶を改竄して自分の彼氏と一緒にいるように思わせた。

しかしこの反応は予想外で、予想以上だ。

恋人の前では別人のように振る舞う人間がいること自体は珍しい訳ではないが、ここまで極端な人間はそうそういない気もする。

目下で揺れる黒髪がふとこちらを見上げてきた。アーモンド型の瞳が、さっきまでと違い純粋な光を宿している。

「ねえ、総たん。下向いてくれるかしら」

「こ、こうか？」

デレッデレな如月に俺はまだ馴染めず、言われるがまま顔を俺より小柄な彼女に向ける。

あれ、こういう体勢は最近したような——。

「えい」

そんな軽い声と共に、如月は背伸びして自分と俺の唇を重ねた。

彼女の突然の行動に、脳が一瞬フリーズする。

そして、驚きで思わず後ずさろうとするのを、如月は俺の首に腕を絡めることで制し、おまけに舌を俺の口の中へと強引に入れてきた。

俺の舌に絡まるヌメリとした感覚を、最初は苦しく感じた。しかし、だんだんとそれは快感へと変わって

いく。普段なら絶対に他人と触れ合わない口内で、他人の舌が蠢くのは新鮮な感覚だった。

「ん……ぷは……ふっ……あは……」

慣れない……いや、それどころか初めての口づけなので、上手く息継ぎが出来ずに口を放した。

「いっぱいしましょう。ねぇ？」

だが、如月は我慢が出来ないようですぐに舌による求愛を要求する。俺の口内で舌と唾液をいやらしく絡ませている間、俺は彼女と一体化しているような感覚を覚える。

もはやどちらのものか判別出来ないぐらいに唾液は混ざり合い、獣のように荒い息は問答無用でお互いの肺を満たしていく。

もう何分経っただろう。

濡れたキスが交わされる音と、時折漏れる甘い吐息は不意に止んだ。

「はぁ……はぁ……やっと、解放された……」

「ふふ、どうする？　今日は最後まで……する？」

俺を見上げる如月の頬は赤く染まり、首に回されていた手はいつの間にかブラウスのボタンを数個外して、胸の谷間をアピールさせて俺を誘ってくる。

正直、俺はここまでの行為を彼女とする気はなかった。

きっと如月は過激な少女漫画の読み過ぎかなにかだろう。恋人と校舎内で『最後』まで行うなんてことをするような人間には、とても見えなかったからだ。

誰かに見つかるかもしれないという危険性を考えてここでやめるべきだろう。

昨日までの俺であればそう判断したかもしれない。

「ああ、最後までしよう」

俺は再び、彼女の柔らかな唇に自分の唇を重ね、そのまま視聴覚室の机の上へと如月を押し倒した。

我慢や理性なんてものは、昨晩すべて吹き飛んでしまったのだ。

こんな機会をみすみす捨てられるほど、今の俺の情欲の猛りは大人しいものではなかった。

彼女を抱きたい。彼女を犯したい。彼女のすべてを感じたい。

今朝初めて会話した相手にそんなことを考えてしまうほど、俺の情欲はどうしようもない状態だった。

うん？　……なんだ、また眩暈が……。

唐突に、昼休みの時と同じ眩暈に襲われた。

それもまたすぐに治まり、またしても目の前の風景がどこか違ったように見えてくる。

俺の視界は淡く光るラインを捉えていた。改竄術の時に浮かび上がる、記憶の文章のような白い光だ。

そのラインは彼女の口から下へと伸びていた。

これをどう活用するべきかは、すぐに理解した。触れ合っていた唇を離し、光るラインに沿うように舌を這わせる。その細い首筋に口づけをして、時折舌先で舐める。

「んん……もう、そんな弱い所ばかり……あっ……」

これがイシュタルの言っていた新しく授けた力なのだろうか。今の俺は次にどうすればいいのか、どうやれば効果的に性的快感を与えられるのかが、直感的に把握出来ていた。

首筋を通り過ぎると、皮膚の下から浮き出た鎖骨をなぞるように舌を動かしていく。

彼女も篠宮さんと同様に日焼けした肌をしているのだが、舐め心地に悪い箇所は無かった。若い女性というのはどれだけ日に焼かれようとも肌の柔らかさを保てるのかと、俺は感動に似た高揚感に包まれる。

そして露出している肌を一通り舐め終えると舌による愛撫を止め、如月のブラウスのボタンに手をかけた。

「じ、自分でするわよ……」

「いや、待てない」

乱暴とまでいかないが、急かすように残りのボタンをすべて外すと、そのままブラウスを果実の皮のように剥いた。

服の下にはスポーティーな無地の白いブラが、小ぶりな膨らみを包み隠すように覆っていた。昨日柚姉のものを体験してしまったせいか、余計にそれは寂しいものに感じた。

だからといって、俺はそれを無価値と思うタイプではない。慣れぬ手つきで如月の背後に手を回して、ホックに手を掛ける。体勢としては如月を抱きしめるような形になっていた。

「私は逃げないわよ……ふふ」

耳元で如月が笑みをこぼした。それは必死になっている俺の姿を見た反応なのか、それとも激しく自分を求められているという事実に対してだろうか。

未だにこいつの価値観が分からないが、確かに俺は如月明衣を求めていた……正確には、その体をだ。

ようやくホックを外すと、ブラを上にずらす。そしてその慎ましい胸が現れる。……如月が机の上で仰向けの体勢をしていたので小さいと思ってしまったが、十分な膨らみがあった。両手でしっかりと掴めるほどの大きさのおっぱいは、指先の力でふにふにと形を変えた。

乳首と乳輪は綺麗なピンク色をしていて、そこにも淡い光のラインが指示を出すように引かれていた。

俺はそれに従い、乳輪のふちをなぞって焦らす。乳首に触れるか触れないかの感覚で指を這わせ、不意に爪先で固くなった突起を弾いた。

「いゃんっ……！」

今まで聞いた中で一番かわいらしい声が出た。顔全体を紅潮させ、じんわり汗を掻いて快楽を味わっている如月の顔はとても惚けていて、淫靡だった。

如月の体が感じやすいものなのかどうかは分からないが、きっと昨日の柚姉相手よりかは上手く出来ているはずだ。このラインは相手を感じさせる場所を示し、従うことで、間接的に俺の情欲を高める役割も持っているようだ。昨日の柚姉へのマッサージと同様に、自分の手で女性を感じさせるという興奮を再び実感していた。

我慢出来ず、俺は彼女の小ぶりな胸に食らいつくように口づけをする。

本当に食べてしまいたいほどのサイズの柔らかい胸が俺の舌や唇を優しく押し返す。極上の果実を舐めるように、時には吸うようにして的確に如月に快感を与え続ける。

「やんっ……胸、弱……いからぁ……やっ、やぁ……！」

この教室は防音設備が整っているからか、彼女はなにも憚《はばか》ることなく甲高い声を漏らしていた。

小さめの乳首を軽く歯で挟み、コリコリとその感触を確かめる。

「あっ……ほんと、感じやすい所ばかり……んん、ずるいわよ……！」

本当に自分でもどうかしてしまったのかというぐらいに手際よく、そして確実な愛撫を繰り返した。

胸への愛撫を手に任せ、舌先は彼女の脇腹やヘソなどの敏感なポイントを舐めながら、スカートをめくる。

日に焼けた足は細くも、しっかりとした筋肉が付いている。そして日焼けが薄くなる足の付け根の先に、ブラ同様にシンプルな柄のショーツが彼女の一番大事な場所を包んでいた。

「……脱がせるから、腰浮かしてくれ」

如月が控えめに腰を浮かす姿に生唾をごくりと飲み込んでから、俺は彼女のショーツに手をかける。そして禁断のベールを剥ぎ取るようにショーツを腰から下ろして、足から引き抜いた。

「……すごい」

遮る布が無くなったそこには確かめなくてもまだ誰にも侵入を許していないことを確信出来る、綺麗で色の薄い割れ目があった。

形自体はネットなどで見たことがあったが、実物を見るのは初めてだった。やはり実物は画像で見るよりも受ける印象が異なっていた。

俺は薄く生え揃った陰毛を掻き分け、その奥にある外陰唇を両手の親指で広げて中を観察する。

「そ、そんなにじっくりと……そ、総たんがそうしたいならいいんだけど……」

「綺麗だよ、とても」

広げた割れ目の間は肉のヒダの密集地帯だった。赤いヒダはピクピクと痙攣していて、すでに愛液でテカテカと光り輝いている。

すでに痛いぐらい膨張した肉棒を取り出すため、制服のズボンを下着も一緒にすべて一息に脱ぎ捨てた。

誂えてあるかのように机は俺の腰より少し低めの高さだったので、そのまま正常位で挿入しようとする。

「あぁ……来て……来て、総たん。私に愛を注いで」

まるで官能小説のような台詞も、きっとどこからか拝借したものなのだろう。そんなあざとさを感じさせる言葉にも、俺の情欲は反応した。

名前を呼ばれること自体がある種の快感をもたらしたのか、彼女の猫が甘えるような声に魅了されていた。

「今日は……無しでいいから、そのまま生で……ね？」

「メイ……！」

それに対して俺は、上っ面だけの心のこもっていない名前呼びで返事をする。

如月はまだ誰にも許していないだろう挿入を、簡単に、それも生で許していた。

俺は初めての性交に対する感慨深さを感じるよりも、早く入れた後の快楽を感じたかった。初めての行為だが手間取ることもなく膣口に照準を合わせ、ためらうこともなく肉棒を彼女の体内へと突き進めていく。

俺は膣壁が絡みつく感触に、如月は純粋な苦しさからか、二人とも息を漏らす。

ちょっとずつちょっとずつ前進を続けた俺の竿は、ついに完全に鞘へと収納された。

性器を全方位から圧迫され、温められるこの感触は自慰やフェラでは到底味わえない快感だった。

「全部、全部入った……温かいのと硬いのと大きいのが、全部伝わってくる……」

如月は本当に愛おしいように、肉棒の先端辺りが収まっているであろう下腹部をそっと撫でた。

「動くぞ、メイ」

「え、ええ……いいわ」

なんとか挿入の感触に耐えると、今度は腰を動かすことで擦れる快感が俺の竿を震え上がらせた。快感の波に、腰がぞわぞわとする。カリ首が狭い膣内で肉ヒダを引っ掛けながら後退し、また奥へと進んでいく。

その度に搾り取られるような感覚が、大きくなった肉棒を襲う。

「あぁ、すごい……私の中身が、すべて持っていかれそうになる……こ、こんなの経験したこと……ないっ」

「はぁ、はぁ……痛むか？」

俺は割れ目からピストン運動で見え隠れする竿に、血が混じっていることに気づいた。如月自身は気づいていないようだが痛みは感じているだろう。

「そう……ねっ……んんっ、総たんとは、初めてじゃないのに……スキンを付けてないから、かしら……でも、いいのよ、気にしなくて。優しい総たん……あなたの好きなようにして」

その言葉に、血を見て怯んだ俺の心は再び情欲で滾った。

腰を引き、そしてまた押し込む。その度にペニスから全身へと快感の電流が駆け巡る。

如月があげる声が痛みからなのか快感からなのかも分からないが、そこに艶やかさを感じた。

俺は自分のペースでだんだんとピストン運動の速さを増していく。

掻き混ぜられた愛液がじゅぱじゅぱと、キス音の数倍も大きく卑猥な水音を出していた。激しい運動に揺さぶられ、スチール製の机がギシギシと音を立てる。

まだ十分にほぐれたとは言えない陸上部員の引き締まった処女マンコを、俺は引っ掻き回すように出し入れする。鍛えた体が今は俺の肉棒から精子を搾り取ることだけに使われていると思うと、限界だ。

「あっ、あっ……もう、そんな……ああぁ、ダメ、イク……」

キュッと如月の膣が引き締まるのと、俺が射精感を我慢出来なくなったのはほぼ同時だった。

「やぁ、あっ、あぁぁぁぁあああん‼」

教室内に響く嬌声と共に、如月の膣は俺の肉棒から精液を搾り上げた。大量の熱い奔流が、竿の中から外へ一斉に吐き出されていく。精液以外に精気まで抜かれていくような感覚だった。

ドロドロしたもので膣の中が満たされていく感覚を、きっと如月は感じているのだろう。

机の上で仰向けになっている如月が、顔だけで俺を見上げた。

「はぁ……はぁ……もう、いきなり激しいじゃない……」

「悪い……でも、次はそっちにも合わせるよ」

「え、次って……」

竿を膣内から抜く時、ヒダに擦れる感触だけでまた勃起してしまう。とても一回じゃ満足出来ない。

「この教室、何時までとってある？」

「……最終下校時間までだけれど」

俺はチラッと壁に掛けてあった時計を見やり、「あと三回はいけるよ」と言って再び口づけを交わした。

「えっ……ふ……んっ、んあ……」

今度はこちらが如月の口内に舌を差し入れる番だ。

すでに疲れ切っていた如月は抵抗出来ず、言葉にならない声をあげて、ただこちらの舌を受け入れるだけだった。上から覆いかぶさるように如月に口づけしながら、指先で小さな乳首をこりこりと弄る。

キスしたままではラインは見えないが、そろそろコツも分かってきた。傷つけないように気をつけながらも、時折きゅうっと指の腹で乳首の先を潰してやる。

「やぁっ、あっ、らめ、それ弱いから……」

その反応に俺は満足して、如月を机から降ろした。ふらふらの如月は膝から崩れそうになり、慌てて腕を支え、ゆっくりとタイルカーペットの床に膝をつかせた。

「ご、ごめんなさい」

「気にするな……そのまま、尻をこっちに向けてくれ」

如月の腰を掴むと俺の意図が通じたのか、少し恥らいながらも床に手をついて、膝立ちの下半身を突き出す、いわゆる『女豹のポーズ』になる。床がカーペット地だから痛くはないだろう。

短く「脱がすぞ」とだけ言って、俺は如月の突き上げた尻からスカートをはぎ取った。再び、濡れに濡れた如月のヴァギナが俺の前に差し出された。

顔を伏せている如月がどんな表情をしているか分からないが、文句一つ言わないところを見るに、『恋人』が望むならこれぐらいは平気なのだろう。

差し出された如月の腰に、膝立ちの格好で竿を握って自分の腰を突き出した。ぐちゅじゅ、と乾く間もなく濡れたままの亀頭が、再び熱い挿入感を覚えた。

「あっ！　これ、ふか……深い……んんぅ！」

確かにさっきまでと違い、如月の奥の奥まで肉棒が呑み込まれていくのを感じる。入れるどころか、如月を貫いてしまっているかのような感覚の中で、ぎこちないが、腰を前後に動かし始める。

さっきよりも深く、奥までピストン出来るのが分かる。深くなればなるほど、如月の膣内は俺の肉棒を離すまいと、きゅうきゅうと締め上げてきた。

二度目の限界は、すぐだった。

「だ、出すぞ……！」

「また、くる……のね……ん、んんんっ‼」

射精中の敏感なカリはヒダヒダのしごきに堪えきれず、先ほど注いだ精液へさらに新しい情欲の塊を混ぜ合わせた。今度はもっと、膣内の奥の奥、子宮により近い所で。

「はぁ……はぁ……」

流石に連続で搾られた俺は、竿を抜くとそのまま腰を下ろした。頭がぐらぐらして思考がおぼつかない。ただ気持ち良いという感覚だけが体の中で血流のように駆け回る。

「まだよ」

息も絶え絶えに汗でじわりと肌を濡らしていた如月が四つん這いで俺に近寄ってくる。手を後ろについて足を投げ出したままの俺は、ただそれを見守っていた。そして俺の伸ばした足に跨るように移動した如月は、愛液と精液でどろどろの竿を躊躇なく握ると、ぐちゃぐちゃと音を立ててしごき始めた
「あと二回、するんでしょう」

ぬるぬるになった如月の指先が絞り上げる圧迫感に我慢出来ず、竿はすぐに完全な形になる。

如月はその固くなったモノを手で確認すると、ゆっくりとヴァギナを亀頭へと導き挿入を果たした。

足をM字に開いた如月は手を俺の腹について、恥も外聞もない格好で腰を前後させ始めた。

「こん、どは……んんっ、私が動いて……あげるわ」

その言葉通り、如月は性器を俺の竿に擦り合せてきた。お互いの陰毛がベタベタに濡れ、絡み合っている。

自分でペースを調整出来ないせいで、さっきよりも何倍も大きい快感の波が俺の腰を襲う。

しかし如月も消耗しているのか、たまに動きを止めて発情期の猫のように荒い息を吐き出していた。

先を促すように俺が如月の乳首を弄ると、膣がきゅっと締まった。快感で顔を歪ませた顔で、如月はまた腰を前後に振り始める。しばらくすると俺の玉袋が引き締まり、射精の準備をしているのが分かった。

三度目の射精と、『四回戦目』が始まるのはそう遠くないことだった。

視聴覚室に響く女の艶めかしい声と、腰を打ちつける音。

すでに三回も射精していたが、漲る情欲は衰えを未だ見せず、「あと三回はいける」なんて冗談半分な言葉は現実のものとなりそうであった。

机の上にぐったりと上半身を預けている如月を俺は後ろから、動物の交尾のように腰を打ちつけていた。

「ん、総たん、すごいっ……ぅ、じゃない……総たんのモノが、奥の……くぅ……奥まで、深く……んん！」

如月明衣はマラソンの最中のように息を乱し、こちらに振り返りもせずなんとか言葉を紡いでいた。

俺は四回戦目になってても初めてのセックスの快感に溺れ、抑えきれず自分勝手に激しく動いていた。

いつの間にか全裸となっていた彼女の白い背中を見ながら、肉棒を奥の方まで味わわせている。始めは壁に手をついた状態だった如月だが、一時間以上も続くこの性行為で疲労がピークに達したのか、机に寄り掛かるとそのまま動けなくなり、ただ俺のピストンで喘ぎながら腰を揺らすだけとなっていた。

陸上部で鍛えられた体といえど、使い慣れない部位を酷使するのは相当体力を使うようだ。

その弱々しくなった彼女の体に、俺は無遠慮に「射精をさせろ」と言わんばかりに肉棒を突き続ける。

「ダメっ……総たん、イクっ！　……また、イっちゃう……」

「ああ……これで、四回目……だ、くぅっ！」

彼女の細い腰を掴んで、膣の中を掻き回す。三回分の精液が溢れ返り、彼女の足を伝っていた。

どろどろの熱い肉壺の中で今まで以上に深く、そして奥の奥へと彼女の膣壁を肉棒で押し広げていく。

性器を襲う絞り上げるような圧迫感に、俺は生命力を根こそぎ奪われそうな感覚に陥る。

自分がペースを握っているはずなのに、逆に相手から「早く出して」と責め立てられているかのように、射精感が限界まで高まり、そして。

「んんんっ！　あああぁっ！」

もはやどちらの声かも分からぬ快楽の咆哮をあげ、俺はようやく抱えていた情欲すべてを吐き出した。

七話　芽森柚香とマッサージ器具

如月明衣の改竄を取り消すかどうか、すごく迷った。

本来俺は、彼女が恋人というものに憧れを持っているように思えたから、記憶を改竄して実際に彼氏が出来た時の反応を見てやりたかっただけだった。

だから適当なところで教室を出て記憶を戻す、そのはずだった。

「えへへー、総たん。下の階まで腕を組んで帰りましょう」

俺の右腕に手を回した如月は、まだ改竄された状態のままだ。

「あー、さっき言ったこと覚えてる？　ちゃんと約束したよな。俺達の仲は……」

後々改竄を解くなら、この恋人ごっこが誰かに見られたら面倒だ。なにせ改竄を解けば、如月の中にこの出来事は一片たりとも残らないのだから。

「もちろんよ、私達の関係は周囲の人間には秘密にしておくんでしょう。総たん、恥ずかしがり屋なんだから。本性はあーんなに激しい獣なのに」

獣。

確かに、さっきまでの猛り方を思えばそう表現されても仕方がない。

今になって冷静に考えれば、俺は彼女の中に計四回も精を放ってしまった訳だ。

彼女がそのことについてなんら言及しないところを見ると今日は安全日なのかもしれないが、真相は知れない。あの種子達が実を結ばないことを祈るばかりだ。

「でも、今は腕を組んで帰りましょう？　実際、まだふらふらするのよ。これぐらいのわがままを言ってもいいでしょう？」

「そうだけど、校舎内にまだ誰か残ってたら――」

「腕を、組んで、帰る、のよ？」

「……はい」

やはり、彼女は苦手である。

微笑んでいるのに目が笑っていないこの表情には、絶対に自分を曲げないという強い意志があった。

彼氏にその表情はどうかと思うが、改竄による偽物である俺がこれ以上どうこう言う気も無ければ、気力も無かった。

「それじゃ、行くわよ。もう下校時間ギリギリなんだから」

「……ああ」

そう、俺達は付き合っている訳じゃない。

如月が持つ恋愛感情は、俺が改竄した記憶によって生み出された錯覚でしかない。

それを知る俺は、彼女を都合のいいセフレぐらいにしか感じていなかった。

情欲が、黒く醜いものが、現状を肯定する限り、俺はそんな堂々と同級生の肉体を毒牙にかけることを否定出来ない。

これでいいのか、なんて今更な正義感や倫理観が湧くことはなかったが、ただ――俺も変わったんだなと、今の自身に対するそんな感想を抱いた。

しかし、自嘲的な思いも、自虐的な笑みも当然なかった。


「ただいま……」

すでに日が沈みかけた薄暗い夕焼けの中をふらふら歩いて、俺は自宅に帰還した。

如月との行為で疲弊したというのもあるが、如月本人を相手にするのにもだいぶ神経をすり減らしたのだ。

一階に着いたら離れる約束だったのに、結局昇降口まで腕を組まれっぱなしだった。誰かに見られてなければいいが。

まぁ、あの時間帯なら教員ぐらいしか残ってないだろうし心配はいらないか。

「お帰り、総くん」

「あっ」

リビングに入ると、ソファに座っていた柚姉の姿が一番に目に飛び込んできた。昨日と同じ、Tシャツにショーパン姿のラフな格好だ。

忘れていた……忘れていたっ……忘れていたっ‼

昨日のことも、それで気まずい思いをしたことも、すべて如月明衣という台風のような存在によって頭から吹き飛んでいた。

脳が急速に思考速度を上げ、俺は混乱した頭でなんとか会話を試みる。

「えーと、あの柚姉‼　その、昨日は……」

「よかったー。帰りが遅かったからなにかあったのかと思って、お姉ちゃん心配しちゃった」

柚姉は俺の話を遮り、いつも通りに俺の心配をして、いつも通りに学校帰りの俺を迎えたのだった。

あまりにも当たり前に振る舞われたために、俺は一瞬昨晩の出来事がただの夢ではないかと思ってしまう。

だけど、それはありえない。

柚姉の胸の柔らかさも、柚姉が一人で乱れていた光景も克明に覚えているのだから。

「お母さん達どうやら出張が決まったらしくて、しばらく帰ってこれないらしいの。だから総くんが帰ってくるまでご飯待ってたんだけど……もしかして、食べてきちゃったかな？」

「え、あー、えーとまだ……なんだけど今日はもういいかなぁって」

なんでもない日常会話なのに緊張して上手く言葉が出なかった。

だが、どうやら柚姉は昨日のことについて話そうという気はないらしい。

これが大学生の大人な対応というやつだろうか。俺は未だに混乱している頭でそんなことを考えた。

「そうなんだ。もしかして食欲がないの？　大丈夫？　日光に当てられて熱中症とかになったんじゃ……」

「いや、食欲ないけど別に病気とかじゃないからっ！　今日はもう寝――」

「待って」

自室に向かおうと階段の方へ体を向けた時、俺の制服を柚姉は掴んだ。

なんだろう、と顔だけで振り向くと、そこには俺よりも少しだけ背が低い柚姉が耳を赤くしてうつむいていた。

「その……今日も、マッサージしてくれないかな……」

久しぶりに入る柚姉の部屋。最後に入ったのはいつだったたか。

相変わらず整理整頓が行き届いた室内は、白い壁紙や物が少ないこともあって清潔感が溢れる部屋だ。

ベッド脇のテーブルに置いてある家族写真や、ネックレスなどのアクセサリーが唯一の飾り気だろうか。

「今日は、その……仰向けでやってもらおうかなって」

「……あ、ああ。いいよ」

そう言って、柚姉は昨日と同様に着ていたTシャツを脱いでいく。

今は風呂上りではないので、下にはブラが着用してあった。

黒く大人っぽい落ち着いたデザインをしたブラは、柚姉の胸の白さをいっそう引き立てていた。

心臓が高鳴り、少しずつ俺の体が興奮状態に移っていくのが分かる。

今日、散々如月と性交に及んだにも関わらず、だ。

人間の心臓が鼓動する回数というのは一生の内に決まっており、若い頃からマラソンなどの長時間脈拍数が多くなるスポーツをする人間は長生き出来ないと言われている。

これが嘘か真かは知らないが、仮に本当なら俺は今日一日でいったいどれほどの人生を削ったのだろうか。

如月との性交で生命力が奪われると感じたが、あながち間違いではないのかもしれない。

柚姉は黒いブラも外し、ベッドの上に横たわった。

どうせマッサージする時にはすべて見せることになるのに、片手で胸を押さえるような格好で。

いや、これは柚姉がこのマッサージになんらかの『特別な感情』を抱いている証拠なのではないだろうか。

だんだんイシュタルの話が現実味を帯びてきたように思え、俺は半信半疑だったあの話を信じかけていた。

「じゃあ、始めるね」

「う、うんお願い……」

「……柚姉、手で隠されてたらマッサージ出来ないよ」

「あっ、そ、そうだよね。あはは……」

柚姉は照れ笑いをしながら、手をどけて俺にそのすべてを曝け出した。

前回と違うのは、柚姉が仰向けだということだ。

——やはり、すごい。

俺は二度目となる光景に、やはり今回も息を呑むように見入ってしまう。重力に影響されることで胸は普段より小さくというか、平らに見えるというのはどこかで聞いた話だ。

だが、柚姉の胸はそんなのは微々たる問題だと言わんばかりに綺麗な形を保ったままだった。

そしてその頂点に位置する場所は、早くも乳首が姿を現していた。

もしかすると柚姉は俺が帰ってくる前から触っていたのだろうか？　そんな考えを持たせるほど、柚姉の胸はすでに『出来上がって』いた。

俺はベッドに膝立ちをするように乗り、柚姉の体の横から手を伸ばすようにしてマッサージを開始した。

すぐに力強く揉むことはせず、まずは表面を撫でるようにこの柔らかな白丘に触れていく。

「……っ……本当、最近凝りが酷くてね……っ……ちょっと、運動不足なのかな」

柚姉はマッサージをされながらそんな世間話を、こちらの返答を期待していない独り言のように呟く。

まだまだ序の口の触り方だというのに、早くも柚姉に小さな変化が表れた。

それで隠しているつもりなのだろうが、こんなの俺でなくても気づいてしまうだろう。

「昔から、体が柔らかいことしか自慢が無いぐらいで、運動が苦手でね……ぁ……そ、総くんは中学の時はすごかったのに——ひゃあぅ!!」

突然、甲高い嬌声が柚姉の呟きを中断させる。

原因は俺が撫でる最中に、人差し指と親指の腹で乳首を一瞬引っ張るような動きをさせたからである。

徐々に体温が上がる胸を撫でながらも、俺は時折シュッと乳首を瞬間的に刺激する。

「……ひゃ……そんな……あ、待って……ん……」

ああ、柚姉の体はなんて感じやすいのだろうか。

イシュタルからの授かった力も必要ないほどに、俺はすでに柚姉の性感帯を掌握しつつあった。

「ダメ……ん……そんな、そんな……」

「あ、ごめん痛かった?」

そう言って、俺は急に手の動きを遅くして、また表面をなぞるだけのマッサージに切り替えた。もちろん、わざとである。

「うう……その……総くん」

「なに、柚姉」

「痛くなかったから、さっきみたいに……してくれないかな……」

「具体的に言うとどの辺かな?」

「えっ……」

俺の中の情欲が実姉を苛めたくて仕方がないようで、そんな意地悪を言ってみる。昨日はなんだかんだの勢いで、柚姉は自分から乳首が敏感などと口走ったが、やはり改めて聞かれると恥ずかしいのだろう。

柚姉は興奮からなのか、それとも恥ずかしさからなのか。顔を紅潮させながら口を動かす。

「ち……っ……かな」

「ごめん、聞こえなかった」

俺は完全に手を止めていた。

柚姉はこのままだと興奮から醒めてしまうと判断したのか、意を決するように言った。

「乳首……もっとお姉ちゃんの乳首を中心にほぐして欲しい……もっと強く、強く……頼めるかな、総くん」

これじゃあどちらが年上なのかも分からぬほど、柚姉は儚げな声で俺に頼んだ。か弱い少女のように俺を見上げる柚姉はとても可憐であった。俺が弟として柚姉に接していた時では、こんな弱々しい姿など姉として絶対に見せてくれなかっただろう。

「分かったよ、じゃあ……」

俺は改めて手を伸ばそうとした時、ベッド脇のテーブルにあるものを見つける。それは柚姉が昔から使っている、肩のツボを押す棒状のマッサージ器具であった。

ここで俺の情欲は、改竄術の新たな利用法を思いつく。

「柚姉、この道具使ってもいいかな」

「うん、いいけど……」

柚姉にマッサージ器具を見せ、承諾を得た。

俺はここで一度立ち上がって、柚姉に背を向ける。あとは――。

「**総くんに　マッサージ棒で　おっぱいを　マッサージされちゃう……**」

限定神力・記憶改竄開始《Now rewriting》――。

『準備』を終えて、俺は振り返った。

「じゃあ、この『肉棒』を使うね」

「う、うん……っ」

俺が振り向くと柚姉の息を呑む声が聞こえそうなほど、意識が釘付けになっているのが分かる。

まぁ、当然だろう。

いくらツボ押し棒と同じ感覚だとはいえ、『弟の勃起した肉棒』を見せられたのだから。

俺はズボンのジッパーを下ろし、すでに膨らんでいた性器を露出させていたのだ。

「す、すごいね……小学生の頃、一緒にお風呂入ってた時とは……全然、その形とか……」

「そりゃあね、もう高校生なんだし。それを言えば柚姉のおっぱいだって、昨日見たときはすごい驚いたよ」

俺は驚愕する柚姉と会話しながら、今度は仰向けの柚姉に跨るように膝立ちする。

柚姉の両腕を俺の膝の間で挟むような体勢で、俺の眼下には彼女の胸と顔と肩だけが見える状態になる。

なにも出来ない柚姉は、首だけを上げて俺のピクピクと震えるペニスに釘付けになっていた。

「では……」

そう言って、俺は自分の肉棒を片手で持って柚姉の胸に近づける。

それは初めてフェラをされた時や、今日の如月との行為の時のように……いや、相手が姉である分それ以上の期待感と緊張を持った。

亀頭が乳輪辺りに近づき、そして――触れた。

「ひぁあうっ⁉」

その反応に、言葉が出なかった。

なんと、なんと至福の感覚なのだろう。

俺の硬い棒が柚姉の柔らかな果実に受け止められつつも、ほど良い反発力で押し返してくる。

肉、というどんな布や素材にも出せぬ生々しいこの触り心地に魅了され、俺はどんどん手や腰を動かし続けた。

カリが乳首に触れる度に柚姉は啼き、竿が乳房の表面を撫でる度に俺は震える。

そして――ついに。

「……もっと、激しくいくね」

「う、うん……」

俺は肉棒を柚姉の胸の谷間へと沈めていく。

自分の性器が完全に柚姉のおっぱいに包まれるというだけで、俺の興奮の度合いは増していく。

両手で胸を中央に寄せると、俺の性器は全方向から餅のような柔らかさに包まれビクビクと反応する。

「うわ……すごい、全部入っちゃったね」

「柚姉のおっぱいが大きいからだよ……」

俺は手で胸を固定したまま、腰を前後に少しずつ動かす。

ふよふよと水風船のような感触の中で、熱い肉棒が前後にその媚肉の波を掻き分けるのが分かった。

柚姉のおっぱいが、弟である俺の肉棒に犯されている。

野蛮に振る舞う肉棒に揺れるおっぱいを目の前にして、俺はふよっとした瑞々しい肌の感触で果ててしまいそうなほど発情していた。

「はぁ……ふっ……あぁ、む、胸の中で……総くんの熱いのが……すご、すごい……」

俺は柚姉の胸をしっかり押さえながらも、指先で乳首をつまんで弄ることも忘れない。親指と人差し指の腹で乳首をこねるように弄ぶ。こんなに敏感なのだ、また性器に触れずともイッてしまうだろう。

快感に悶える柚姉の様子を見ていた俺の視覚がなにかに気づいた。

柚姉が胸以外にも性感を覚えている？

俺は不審がられないよう、自然にチラッと背後を見やる。

なんと柚姉の下半身ではまた別の痴態が繰り広げられていた。

柚姉は穿いていたままの状態のショーパンやショーツの下に右手を差し込み、自慰行為をしていたのだ。

俺からは死角になるため、気づかないとでも思ったのだろうか。

弟を前にして己の性器を触るとは、これは勇気があると言うべきか自制心が無いというべきか。

姉相手にパイズリを仕掛ける俺が言えたことじゃないか――。

徐々に速まる腰、熱がこもる二人分の吐息、柚姉が自身の性器を触れる度に放たれる嬌声。

もうこれはセックスも同然である。

自分達の性器同士を擦れ合わせ、性的快感にお互いに身を震わせる。

俺だけじゃなく、最早柚姉もこれをただのマッサージとは思っていないだろう。

姉弟同士で、俺達は卑しくも貪欲に性欲を満たそうと快感を求め続けているのだ。

「あっ……いっ……ダメ……それは……」

そろそろ柚姉は限界らしい。やはりと言うか、すでに四回抜いてきた俺よりも早い。

なら、まずは柚姉をイカせることに集中しようじゃないか。

俺は乳首への愛撫にもスパートをかけ、視覚効果でしかないが肉棒を柚姉の眼前にも迫る勢いで押し付けて淫乱な気持ちを助長させる。

「あっ……いっちゃ……ダメ……総くんが、いる……のに」

そんなことを言いながらも柚姉は濡れた瞳で俺の肉棒を見つめながら、自分の性器を弄る手を止めない。

そしてそれぞれの動きがこれ以上ないほどに加速した時――。

「んっ、んん……ひぁああん‼」

ひときわ大きな嬌声を放ち、柚姉は快楽の頂点まで登り詰めた。

「はぁ……はぁ……」

上気する肌に汗が光り輝き、脱力した柚姉は乱れていた時と同じか、それ以上に扇情的だった。

だが、俺はまだイッていない。

俺は振り返り、柚姉がだらしなく手を入れっぱなしにしている股間部分へと手を伸ばす。

もうこのまま、『これ以上』のことへと進もうとして。

「……ん？」

ふと視線を感じて顔を上げると、ベッドの奥にある柚姉が使っているデスクが目に入る。

きっちり綺麗に整理されているデスクの上に、とても黒い……漆塗りの置物のような黒猫が鎮座していた。

驚きに声をあげる前に、猫が口を開く。

――イシュタルを信用するな。

それは実際に発せられた声ではなく、直接頭に響くような感覚であった。

男のものか女のものか、はたまた年寄りか子供のものかも判別出来ず、ただ内容だけが直接伝わってくる。

それは改竄術を初めて使った時に、その使い方を脳に叩きこまれた時の感覚に似ていた。

なんだ、この猫は？

理解が追いつかない。

いつからそこにいた？　イシュタルを信じるな？　なんでイシュタルのことを？

もしや、この猫も――。

「……？　どうしたの総くん？」

「ゆ、柚姉！　部屋に猫が――」

俺は正面を向いて柚姉にそう伝え、再び振り返るとそこには猫の姿は無かった。

まるで幻のように、最初から存在しなかったかのように。

だが居た、確実にあの猫は居たんだ。

「猫？　ん～、窓は開けてないと思うんだけどな」

柚姉が起き上がり、俺もそれに合わせてベッドから降りて身だしなみを整える。柚姉はブラを付けずにTシャツを着て、窓の点検を始める。

「やっぱり、窓は開いてないね」

「……ごめん、じゃあ俺の見間違いかも」

「ううん、別に謝らなくていいって」

そう言って一段落すると、なんだか急に柚姉が居心地悪そうに顔を赤らめる。

さっきまでの行為を思い出したのか、顔を俺から背けていた。

「そ、それじゃお姉ちゃんお風呂入れてくるね。というか、そのまま入ってくるから……！」

柚姉は顔を赤らめたまま足早に部屋を出て行き、後には俺だけが残された。

少し残念に思いながらも、俺も柚姉の部屋を出て自室に戻っていった。

さっきの猫の正体はいったい？　あれも神なのか？　このことをイシュタルに伝えるべきか？　しかし、『イシュタルを信じるな』という言葉が引っ掛かる……。

頭の中は「？」マークで埋め尽くされ、俺は自室のドアを背にそのままへたり込んだ。

情欲を今までで一番発散したであろう、薔薇の庭園のように華やかな一日の最後にとんでもない棘が残ってしまった。

たった一つの黒い薔薇のおかげで、頭の中からは情欲は吹き飛んでしまった。

「…………」

ただ、俺の体は「まだ射精を終えていない」と強く訴えかけ、アレを直立させていた。

このままでは冷静に考え事をすることも出来ないだろう。

俺は柚姉の部屋からちゃっかり持ってきた黒いブラと、昨日持ってきたままだった黒いショーツで自分の息子を鎮めることにした。

八話　改竄術と習慣

『うにゃ、とうとう童貞を捨てたようだにゃ。あんな好条件な相手を見つけるとは、そちは性愛の神である我だけでなく幸運の神にも魅入られておるのかもにゃ』

ああ、そうだな。確かにラッキーだったよ。

俺は夢の中でいつものようにイシュタルと会い、今日あった出来事を伝えていた。

イシュタルは、もはや足元という概念も無くなった宇宙空間のような暗闇の中で足を優雅に動かして、遊泳しながら聞いていた。

どうやら俺と精神を繋いではいるが、本当にイシュタルは俺の見たことはなにも知らないらしい。それは出来ないからなのか、それとも俺のプライバシーのためにあえてしないのかは分からないが。

俺は如月との出会いから、その後なし崩し的に性行為をしたことや、帰ってから柚姉が自分からマッサージを希望してきたことまでを話したが、結局あの黒猫については話さなかった。

さんざん迷った結果なのだが、やはりあの「信用するな」の一言が気にかかった。

『ただ、いただけないのは子を成す可能性を作ったことかにゃ。まぁ、その点は案ずるにゃ。今度は不妊の術でもかけられるように力を授けてやろうかにゃ。次からはそちの意思でも使えるようにしてやるから、面倒事は起こさぬよう努めるにゃ』

それは、助かるな。

別にあの黒猫の言葉通りにイシュタルを信用しなくなった訳ではない。

確かにイシュタルは怪しくなるほど俺に都合が良すぎる存在だが、それは俺からエネルギーを貰っているイシュタル自身にも得があるためだ。そう不自然なことじゃない。

とはいえ、あの黒猫がイシュタル同様に超常の存在なのも確かだ。

なら、あの言葉には俺が想像も出来ないような神々の複雑な事情があるのかもしれない。

だとしたらただの人間である俺がどうこう出来るものでもないだろう。俺はあの警告を現状維持の保留事項ということにした。基本的に面倒くさがり屋な性格なのだ、俺は。

『それで、これからどうするにゃ？　あの優等生娘や運動娘も恋人関係という手でいくかにゃ？　嫉妬娘の改竄を一旦取り消せば、危険もなかろう』

確かに、それが一番手っ取り早い方法かもしれない。でも、折角だから試してみたいことがあるんだ。

『試してみたいこと……にゃ？』

イシュタルは友人から悪戯の計画を聞く子供のように純粋な期待がこもった目で俺を見つめる。

ああ、今度は恋愛関係になっていない人間から性行為を持ちかけてもらうように挑戦してみようと思う。

俺もまた、夏休みに友達と近所の山を冒険する予定を立てていた小学生時代のようにその計画を語る。

『にゃるほど、となれば一番可能性があるのは……』

おそらく柚姉だろう。でも柚姉は姉の面子というのを気にする所があるから、そう簡単にいかないかもしれない。ま、策がない訳じゃないが。

『ふむ、なかなか面白そうじゃにゃいか。それが果たされる時を、我は楽しみにしておるにゃ』

そう言ってイシュタルはくるんっと俺の目の前で体を横回転させる。

俺は無意識ながら、その様子をじっと見つめていた。

もう中学生ほどの体になっただろうか、やはり本番行為というのは一番エネルギーが集まるものらしい。

これぐらいになってくると、俺も興味をそそられない訳でもない。

イシュタルは依然としてモフモフした毛皮のブラとショーツ姿だけなので、体のラインなんて丸見えであり、その肢体はただ一言「美しい」と言う他なかった。

情欲とはまた別の、美的感覚に訴えてくるような、綺麗な細い線でイシュタルの体は構成されている。

足の太さや胸と尻の大きさなどはまだ成長の余地を残すも完成されつつあり、個人個人の好みやフェティシズムを超えた、雄の本能を直接揺さぶるような、そんな幼さと美しさが融合した体が俺の目の前まで近づいていた。厳密には眉をひそめてこちらを見つめるイシュタルの目が、だ。

『ほう、ついに我の体に興味を持ち始めたかにゃ……だがにゃ、再三に渡って言ったであろう。我の体は人間には触れさせせんとにゃ』

あぁ、確かにそれはその……だ、だって仕方ないだろ。イシュタルは人間では考えられないほどかわいい訳だし、体つきだって彫刻みたいに白くて綺麗で、イシュタルの宣言通りきっと世の男性はみんなイシュタルに……。

『ぶっ、ぶわぁ、馬鹿なことを言ってんじゃないにゃあああああ‼』

どうやら褒め殺し作戦は失敗に終わったようで、俺は例によってベッドからのダイブで目を覚ました。

今回は対策としてクッションやら座布団やらをベッド脇に置いておいたが、イシュタルの叫びに吹っ飛ばされるように現実の俺の体も吹っ飛んで意味をなさなかった。具体的に言うと、俺の頭部はクッションの谷を越えて向こう岸のガラステーブルの角に直撃した。

そろそろ洒落にならないので、これからはいつも以上に気をつけてイシュタルと接することにしよう。

さて。今日は休日なので、俺は気分を変える意味を込めて隣町の繁華街に行くことにした。

単純に大型の本屋やら家電量販店を回って楽しむというのが目的だが、最近はもっぱら改竄術を使って楽しむことが多い。

なので友人を誘わず、一人で最寄りの駅へと自転車を走らせる。

その途中、見知った人物を見かけて一旦自転車を停止させた。

「紗江子《さえこ》さん、おはようございます」

「あら、おはよう総太君。これからお出かけ？」

「ええ、そんなとこです」

低めの植木で出来た垣根を挟み、住宅の庭に立っていた女性に俺は挨拶をする。

この人は俺の母の友人である笹部紗江子《ささべさえこ》さんだ。

昔から忙しかった俺の両親に変わって、俺や柚姉の面倒を度々見てくれていた人物でもある。

今ではゴミ出しの時や近所のスーパーで出会うほどだが、変わらずご近所付き合いをしてくれている。

紗江子さんはガーデニングのために大きな帽子を被り、淡い水色のTシャツとジーンズのラフな格好だ。

「今日も暑いですね。これだけ暑いと、ガーデニングも大変じゃないですか」

「そうね、帽子を被っていても汗が止まらなくて困るわ本当。総太君の方こそ、帽子も被らず大丈夫なの？」

「まあ、これぐらいなら大丈夫ですよ」

「いいわねぇ、若い人は」

紗江子さんは既婚者で年齢は俺の母親より一回りぐらい若いだろうが、多分三十は過ぎているだろう。

だが彼女はまだ二十代と言っても通用するほどの美貌を持っていた。

趣味のガーデニングのせいで直射日光に晒される機会も多そうなのに、肌や髪に荒れた所は見受けられない。

帽子の下には緩くカールした髪に、たれ目気味な目と小さな口。そして泣きぼくろが柔和な印象を与える、おっとりした女性だ。

体つきもあくまで服の上からだが、もともと小柄なのもあってだらしなく肥えた所も無いように見える。

それでいて人柄は年相応の落ち着きや上品さも感じられて、素直に尊敬出来る人物だ。

そんな恩人相手に――――。

「車が無いですけど、他の人はお出かけですか？」

「そうなの。主人は夕方まで釣りに出かけて、息子は友人と旅行だって朝から出て行ったわ。だから、今日はのんびりガーデニングが出来るのよ」

「そう、ですか」

俺は改竄術を発動させた。

色彩と時間が失われた世界で、一つの文章が浮かび上がる。

「　**芽森さんとこの　総太君と　いつものように　挨拶をしている**　」

すでに実姉にも手を出した俺には、見境も躊躇いもなかった。

限定神力・記憶改竄開始《Now rewriting》――――。

「じゃあ、中に入ってきてくれるかしら」

「はい、お邪魔します」

俺は自転車を敷地内に停めて、綺麗に整えられた花壇が並ぶ庭へと足を踏み入れる。

「あ、もうちょいあっちの方でいいですか？」

「え？　ええ、かまわないわよ」

二人で垣根が高い場所まで移動して、道路や隣家から見えない位置に移動する。

「それじゃあ……」

紗江子さんは手に着けていた園芸用の軍手を外して、俺のズボンに手をかけた。

その動きに迷いはなく、俺が改竄した通り「いつものように『フェラをする』」行動だった。

ボタンも外してズボンと下着を最低限、行為の邪魔にならない位置まで下ろすと、半勃ちぐらいの大きさの性器が外気に触れる。本来ならもっと勃起していてもおかしくないシチュエーションなのだが、やはり昨日の五回分が効いているようだ。

だが、このまま勃たないかもしれないという心配はいらないだろう。

「あら、疲れてるのかしら。若いのに少し元気がないわね」

しゃがんだ紗江子さんは半分ぐらい皮を被っている俺のペニスを両手で優しく包むように持って、始めはマッサージするように刺激してくる。

本当に疲れをほぐすマッサージのように、肉棒が穏やかな気持ち良さに包まれる。

始めは性的な快感ではなかったのに、いつの間にか俺の竿は固さを増していった。

やはりこの辺りは経験の差なのだろうか。

篠宮さんの時とは違い、紗江子さんの手つきは慣れたもので、俺の竿は早々に完全な姿になっていく。

それに加え、やはり顔見知り相手というのは背徳感を感じ、おまけに人妻である紗江子さんの自宅敷地内での禁忌的な行為である。まるで旦那さんから紗江子さんを寝取ったような気持ちになり、俺は近所の人妻によるフェラチオという禁断の快感を新たに覚えていた。

これで勃たない訳がなかった。

「これからどんどん暑くなるから、体調管理は気をつけないと里香《りか》さん心配するわよ？」

「はい、母さんには心配かけないよう気をつけま……ぅんっ！」

何気ない世間話に気を取られたからか、紗江子さんの気軽な性器への口づけに不覚にも情けない声が漏れてしまった。

このさり気なさや遠慮の無さは篠宮さんとの間にはなかったものだ。

おそらく、篠宮さんの『運動後の一杯』と『ただの挨拶』という改竄対象の差が出ているのだろう。

前者はなんらかの感情を抱いてもおかしくないが、後者はあまり感情が挟む余地がない。

だからなのか、紗江子さんには恥ずかしさや性的興奮は見られず、ただ作業的に俺のペニスを舐めて擦って吸い上げてくる。

その機械的、またはある種のぞんざいさに、この状況を作った俺自身が羞恥を感じていた。

経験豊富そうな人妻からの愛撫に思わず声をあげてしまったのに、相手はそれをまるで意に介さず、当然のように振る舞っているのだ。

まるで声をあげて感じている俺がおかしいかのような錯覚に陥り始めていた。

「お姉さんは……ンム……柚香ちゃんは元気？　また、里香さんが夫婦揃って……チュパ……出張に行ったから一人で家事を担当してるんでしょ？」

「そう……ですね。俺も手伝っていますし……っ……なんとかしてますよ。これがはじめて……ん……って訳じゃありませんし」

ただの挨拶故に紗江子さんは普段通りに俺に話しかけてきて、本気でこの行為に挑んでいないようだ。

しかし、それでも紗江子さんの手さばきや舌使いは篠宮さんよりも格段に上手かった。

唇で亀頭だけを包み込んで舌でじっくりカリや鈴口を責めながら竿は右手で勢いよく刺激したり、舌や手を使わずに口を窄《すぼ》めて唇と口内の内壁だけでしごき上げたり、紗江子さんは予想外に技巧派だった。

俺は快楽に耐えように顔をうつむけると、紗江子さんのたれ目気味の目と視線が交わる。

どちらかというと紗江子さんは大人しそうなM気質な見た目だが、その顔は蕩けてもいないし赤らめてもいない。

そんないつもの表情でいるのに、紗江子さんは音を立ててじゅぼじゅぼと竿を咥え頭を動かしていた。

声を必死に抑えている俺の方がおかしく思えてきて、一方的に与えられる快楽を耐えるしかなかった。

「そうねえ、乳首も弄った方が出やすいかしら」

「えっ！」

「ほら、シャツをめくりなさい」

その言葉に反応する前に、紗江子さんは竿を咥えたまま手を俺のシャツの中へと忍び込ませてきた。

快感でいっぱいいっぱいだった俺はそれに従うことしか出来ず、シャツの裾を持って内科検診を受けるかのようにめくった。

乳首を責められるというのは俺にとって初めてだ。男性でも感じる人間はいるとは聞いていたが、自分で試したことはなかった。

紗江子さんは腰を落としたまま、まるで万歳をするかのように両手を俺の胸へと伸ばす。竿を咥えたままなので上を向くことも出来ずにいたが、紗江子さんは手探りで乳首の位置を探り当てた。

紗江子さんに触られたことで、俺は初めて自分の乳首が立っていることに気づいた。

細い指先が俺の乳首をつまみ、捻った。その時、ほんの微弱ながら俺は快感を覚えた。

「じゅむ、んちゅ……普段、乳首は弄るの？」

「い、いや、全然触ったことなんかないです……んぅ！」

「ふふふ、総太くんは開発しなくても感じるタイプなのね」

長い付き合いだが、俺は紗江子さんがそんな淫らで蠱惑的な笑みを浮かべるのを初めて見た気がした。

それから紗江子さんは竿から口を離さなくなり、じゅぼじゅぼと前後に頭を揺らしながら、俺の乳首を爪先で弾き、また指で捻った。

その度に俺の乳首からは、ヒリヒリとした痛みに似た快感が生まれる。単純に皮膚をつねられて痛むのに似た感覚なのに、慣れれば慣れるほどそれは紛れもない快感だった。

紗江子さんのおかげで新しい性癖の扉が開きそうになった時、竿がビクビクと震えるのが分かった。

「んっ……あら、そろそろ……チュ……出そうなの？」

「はい……そろそろ……」

自分から言わずとも、紗江子さんは俺の限界が近づいてきたことに気づいたようだ。

すると紗江子さんは少し長めの髪を邪魔にならないよう手で耳にかけて、ストロークの感覚をだんだんと短くしていく。乳首を弄っていた手も俺の腰について、しっかりと肉棒を咥え込もうとする体勢になる。

カリや裏筋を重点的に責められ、俺はとうとう耐え切れずに紗江子さんの肩を掴んで前かがみになった。

すると、俺の視界にひときわ目立つ色が目に入る。

しゃがんだ紗江子さんの丸まった背中やうっすらと浮かぶブラのラインの先に、腰を下ろしたせいでジーンズのウエストが下にずれて、尻の上ら辺から真っ赤な下着が見えていたのだ。

この人の性格的にまさか見せパンを穿いている訳ではないだろうし、単純にシャツの裾が短かったりジーンズが大きかったりしたのだろう。

フェラがただの挨拶と改竄された紗江子さんがわざと俺に見せているという訳でもなく、これは本当に偶然で見えた光景だった。

さっきまでやられっぱなしだった俺は、ようやく相手の無防備な姿を見たような気がして興奮のギアが二段ぐらい上がった。見かけによらず派手な下着を着けているという、仲が良い近隣の人妻の秘密を知って、俺の中の射精感がみるみる込み上げてくる。

紗江子さんの、咥えたまま肉棒を絞り上げ、タマから精子を吸い上げようとでもするかのような口淫に、増々足に力が入らなくなってくる。

俺は出来るだけこの光景を見ていたくて、必死に我慢をし続けたがスパートをかけた紗江子さんのテクニックに十秒と保たずに限界が訪れた。

「で……出ます……っ」

俺は快感に瞼を閉じることも出来ず、紗江子さんの赤い下着とお尻を見つめたまま紗江子さんの口内で射精した。

ドクッドクッ、と俺の情欲が凝縮したような本日一発目の濃いザーメンが紗江子さんの口の中を満たしていく。紗江子さんはそれを喉に詰まらせることもなく飲み込んでしまった。

咥えてから飲み込むまでの一連の動作を見ていると、きっと紗江子さんは旦那さんとの夜の営みも上手なのだろう。そう思うと、旦那さんが羨ましく思えてくる。

「ゴク……ん、お粗末さまでした」

俺を見上げて微笑みながらそんなことを言う紗江子さん。

だが、俺は相手の顔ではなくその下の胸元が緩んだシャツの中へと視線を釘づけにされ、

「いや、その……ありがとうございます」

「ふふ、別にお礼を言うことじゃないでしょ？」

着けているブラも真っ赤であることを確認した。

俺はフラフラのままパンツとズボンを穿いて、表に停めてあった自転車へと移動した。

「悪いわね、出かける途中なのに。ちょっと時間取り過ぎちゃったかしら」

「いや、約束してた訳じゃないですから全然平気ですよ。それじゃ、紗江子さんも熱中症に気をつけてください」

「ええ、ありがとう。いってらっしゃい」

俺は自転車に跨って、再び駅へと向かった。

夏の熱気の中、向かい風が涼しくて気持ち良く、また清々しい。

しかし、そんな涼風を浴びても、俺の脳内で未だにぐるぐるとリフレインする紗江子さんのフェラ顔と赤いショーツのイメージで熱くなる頭は、なかなかクールダウンしそうにはなかった。

駅に着いた俺は自転車を駐輪所に停め、切符を買う。学校には徒歩通学なので、定期というものは持ったことがない。一度、あのピッとかざすのをやってみたいものだ。

目的地の繁華街へは電車で二つ先の駅まで移動する。そこまで行かなければ遊ぶ場所が無いということを改めて考えれば、俺の住んでいる所はどちらかと言えば田舎なのかもしれない。

現にこうして電車に乗っている今も、この車両には俺を含め数人しか乗客がいない。

その数少ない乗客の中の一人に俺は目を留めた。ドア付近に立っている女子だ。

デニムのショートパンツに飾り気のない黒いワンピースを着て、服同様に黒い帽子を被った少女だ。あまりファッションに興味がなさそうな、幼さの残る地味な格好だった。肩まである黒髪や爪にもなにか付けることもなく、靴も履き古されたスニーカーだ。

タスキ掛けしたバッグにはなにやらアニメのキャラっぽいストラップが付いているので、大人しい性格の娘なのだろうと思った。

年は俺より幼いだろうか、中学生……いや、大人びた小学生にも見える。

しかし、一番注目したのはあの夏らしく露出した生足であった。なんとなくイシュタルのそれと重ねて見てしまっていたのだ。

普段は年下にあまり興味が湧かないのだが、同じくらいの背格好のイシュタルを連日見ていると、これはこれで良いものなのかもと思えてくる。

不自然に思われない程度に周囲を見回して、他の客の様子を窺う。

このまま少女に近づいたら、他の乗客には怪しまれるだろうが、まぁそれは改竄術でなんとでもなる。

あの少女に触ることは出来なくはない、か。

だが少々迷っていた。

これから行うのは今までより、明らかに失敗する確率が高いからだ。

けど、このまま見送って情欲をもやもや溜め込むのも性に合わないので、勇気を振り絞ることにした。

『次はー〇〇ー、〇〇でございます。お降りの際は――』

そろそろ駅に停まる。

ここで彼女が降りたらその時点でアウトだが、その時は大人しく諦めよう。

プシュウと炭酸が抜けるような音と共にドアが開くが、どうやら少女には降りる気配がない。

その瞬間、心理フィールドを展開させる。改竄対象は今この車両にいる少女以外の乗客と、これから入ってくる乗客だ。

俺は十を超える人間の思考に狙いを定める。改竄の内容は二種類だ。

それは『この駅で降りる』または『この車両に乗らない』というものだった。

改竄を終えると乗っていた乗客は次々に降りていき、乗車しようとした客は全員別の車両に移っていった。

その光景に少女は不思議がっていたが、どうやら場所を移動するほど気味悪がった訳ではないらしく、そのままドア付近に立ち続けた。

ドアが閉じて再び電車が動き出すと、この車両には俺と少女しかいない……理想の状況が出来上がった。

俺は立ち上がって行動を開始する。

やることは単純明快、痴漢である。

目撃者が誰も居なくなったこの状況では、触ること自体は簡単だろう。

しかし、もし少女が勇敢な心の持ち主なら大声を出され、他の車両の人間を呼ばれてしまうかもしれない。

それを……正確にはそうしようとする『心』を妨害するための改竄術の利用法を思いついたのだが、それが確実に作用する保証はない。

でも今更後には引けないと思い、俺はそっと少女の背後へと忍び寄った。

ドアのガラスに顔が映らぬよう気をつけながら少女の背後に立つと、時間の余裕もあまりないためさっそく小振りなヒップへ手を伸ばす。

まずは手の甲で様子見……とはいかず、いきなり手のひらでゆっくりと撫で回していく。身長差があるので俺は少し前屈みになりながら、手の中で小ぶりな尻の感触を味わう。

すでに近づいた時点で怪しまれているのだ、段階を踏む必要はない。

俺の痴漢行為に彼女は、顔を見ずとも分かるほどに怯えや恐怖に小さく震え始めた。

その瞬間に、心理フィールドを展開した。

［**怖い……初めて痴漢……されてる……誰か……後ろの怖い……**］

想像通りとはいえ、嫌悪と恐怖に彩られた少女の脳内を見ていると流石に少しだけ罪悪感を覚える。

『怖い』を別の感情にすり替えるというのも案として考えていたが、数が多くてすべては改竄出来なさそうなので、俺は当初の予定通りに改竄を終える。

限定神力・記憶改竄開始《Now rewriting》――――。

俺は時と色を取り戻した世界で再び尻を触り撫で回す。少女が弱々しく手で阻止しようとするが、それ抵抗にも満たないあっけない脆さの守りだった。

やはり如月の、高校生のものに比べると小さく頼りないような形がショートパンツの上からでも分かる。

そんな俺の遠慮の無い手つきを受けた少女は心なしか、触れられることに対する怯えや恐怖による震えが小さくなった気がする。

再びフィールドを出してみる。

［**『またいつものように』痴漢されてる**］

［**今日こそ　言わなきゃ……　やめてくださいって**］

［**でも　もうあたし　抵抗も　出来てないし……**］

どうやら成功のようである。

この改竄術を得て一か月以上が経過したが、俺はようやく改竄術で一番安定した利用法を見出していた。

それは『習慣』の書き換えである。

すでに経験したこと、何回も繰り返し起こることには、人間誰しも慣れが生じてくる。

慣れは疑問の生じる余地や、習慣をやめる切っ掛けを喪失させる。

ノートを友人に貸すことも、運動後にスポドリを飲むことも、弟にマッサージを頼むことも、近所の高校生に挨拶することも、すべて今までに何回も経験したことがある、『習慣』になっていることだ。

自分の記憶を百パーセント信じる人間しかこの世にいない訳はない。

だが、同じ刺激にだんだんと慣れるように彼女達の脳は『習慣』を疑うことはない。

だから今、この少女も、すでに自分が何回も何回も痴漢されてきて、それを受けて入れているという記憶へ改竄したため、慣れが生じているはずだ。

つまり、俺が今からどんな行為をしようとも少女にとってはすでに経験済みのことであり、今更やめてくださいと、抵抗する切っ掛けも失っている筈だ。

とはいうものの、少女の性格次第では我慢の限界だと考える可能性も十分にあった。

この少女のルックスや後ろ姿から大丈夫だろうと賭けに出たのだが、見事俺は賭けに勝ったらしい。

「あっ……」

強く抵抗をしないことを確認すると、俺は手をさらに下へ伸ばす。

触れた太ももは張りがどうこうという以前に、細くとてもか弱い印象を持った。

だが未熟の果実でありながらも、すべすべと実に手触りが良い。

俺は触れながら、性感を見分ける視覚を使う。どうやらこの少女は首筋辺りが弱いらしい。背後から責めるにはピッタリのポイントである。

俺はおもむろに首筋に口づけする。

「やっ……やだ……」

少女はどうやら声を聞かれることが恥ずかしいようで、慌てて手で口を塞いだ。これなら少々強めに責めても自分で声を抑えてくれるだろう。

時折フィールドを出して確認しているとはいえ第三者に見られる可能性はあるのだ。

俺は指先が滑るように移動するなめらかな太ももから手を上げていき、再び腰を撫で回す。

首筋にも変わらずキスと舌先で的確に快感のツボを刺激しながら、小ぶりな腰や股間や尻に手を這わせる。

少女の体は、怯えからくる震えが止まらないようだった。

その様子に、俺は性的なことをしているというより、愛くるしい小動物を愛でているような気分になってくる。それは人間が自分のエゴを愛玩動物に押し付けるのと同様に、俺の穢れた情欲を少女に押し付けていることは理解している。

正直、こんなにも嫌がる少女を相手にするのは、開いてはいけない扉を開けてしまった気分だった。今までの非現実的なシチュエーションと違い、明確に自分が性犯罪者なのだと自覚させる電車という場所も追い打ちをかける。

しかし、その罪悪感を跳ね除ける暴力的な情欲が、俺にこれ以上のことを望ませていた。

「…………っ⁉」

俺は少女の腰に手をかけ、フックとチャックを下ろしてショートパンツを下にずらした。我慢の限界だったのか、少女はか弱い手で止めに入るが、赤子の手を捻るようにその手を払い除けた。それは、無駄な抵抗であることをあらかじめ分かっていたかのような弱々しさだった。

そして現れたのは桃のように小さい双丘と、それを包んでいるピンクのかわいらしいショーツだった。

ここまで来たら、射精しなければ俺の情欲は収まらなかった。だが挿入するにしても時間がないし、この状況でセックスまで行く気分ではなかった。

なので、それ以外の方法で済ませることにする。俺はすでに完全に勃起した性器をズボンのチャックの隙間から取り出し、少女の肩を優しく押して壁に手を付かせた後に、己のソレを少女の尻に押し付けた。

そして、身長差や揺れに四苦八苦しながらも少女の尻に擦り付け、ペニスを刺激し始めた。

尻の割れ目がちょうど俺のペニスを挟み、ショーツの肌触りが俺の性的快感をくすぐる。

「うっ……き、汚い……ううっ」

少女は激しく尻に押し付けられているものの正体が分かると、とても小さい蚊の鳴く声のような嫌がる言葉を漏らした。その声はなんとも加虐心を煽る、幼い少女特有のソプラノボイスだった。

少女の腰を両手で引き寄せて自分の股間を押し付けることで、なんとか俺は絶頂に達するほどの快楽を得られそうだった。時間が無いから最初からトップスピードである。

赤黒い凶悪な肉棒が、低反発の桃尻を包むピンクのショーツに我慢汁や匂いを乱暴に染み込ませていく。

俺は両手で少女の尻肉を中央に寄せ、出来るだけペニスと尻が触れ合うようにした。

こんな雑な行為でも、電車の中、そして自分より年下の少女を性の捌け口にしているということもあって俺はとても興奮していた。どうやら俺は新しいシチュエーションに欲情するらしい。

流石にぶっかけは出来ない。最後に記憶を消してなにも証拠が残らない状況の方が、完全犯罪のようで俺は好きだった。

「くっ……」

立ちバックのように俺は少女の細い腰を掴んで引き寄せる。

少女の尻で肉棒を押し潰し、腰を動かして快楽を貪る。

未熟で薄い尻は少し硬い感触だったが、その方が竿には圧迫感があってちょうどいい。

しかし、本当に少女の腰は細い。片手で押さえることも簡単だった。

そうなると、もう片方の手が自由になる。俺は少女の黒いワンピースをめくって、空いた片手でその中へと侵入する。

「や……やぁっ！」

手に張り付くような肌には、如月には無いなめらかさがあった。幼い子供特有の肌質だった。

すべすべの腹の上で手をすべらせ、その上に薄い胸を覆うブラの感触があった。まだ膨らみ始めたばかりの青い果実だ。ブラというよりタンクトップに近いその布地の上から、膨らみを指先でつまむ。しこりのような固さがあり、柚姉や如月のものとはだいぶ感触が違う。幼い少女の胸はこれが平均なのだろうか。

そんな事を考えながら胸に手を回し、腰を上下させていると、射精感が込み上げてくる。

薄い尻に押し付けた肉棒が敏感になり、ショーツの柔らかい生地が裏筋にこぼれた我慢汁を拭い去る度に、甘く痺れるような刺激を感じていた。

あぁ……我慢できない。

俺は少女のショーツの端を指先でつまんで手前にひっぱり、下着と尻の間に隙間を作る。

そして、その隙間へと情欲の赴くままに、肉棒を挿し入れた。

「っぁ⁉」

少女の塞いだ口の間から一層甲高い驚きの声が漏れ出た。布一枚越しだった熱い男根の感触を、今は直に感じているのだろう。

幼い少女の尻の、その柔肌の感触はまた格別だった。

ショーツの下で、卑猥なシルエットの膨らみがもぞもぞと上下する。

それを上から撫でつけると、快感と共に少女の下着に我慢汁の染みを作った。その湿り気は、ショーツだけでなく、腰を上下させる度に彼女の薄い尻にも塗り込まれていく。

揺れる車内で曲げ続ける膝の辛さを忘れるぐらいに、小さな尻への交尾のようなピストンに俺は夢中だった。限界寸前だった射精感が、今か今かと解放の時を待っていた。

ピリピリした快楽と一緒に、精液がせり上がってくる感覚が抑えきれなくなる。

んっ、出る……出る……。

俺は腰を動かしながら、いつでも出せるようにポケットにしまっていたティッシュを取り出した。

射精感にギリギリまで耐え、俺は腰を高くして亀頭をショーツの腰の部分から露出させた。まるでトンネルを潜ったかのように、足を通す穴から入れた肉棒をウェスト部分から顔を出させたのだ。

その出てきた亀頭にティッシュをあてがい、俺は乱暴に腰を振ってスパートをかけた。

いくぞ……いくぞ……んっ、いく。

「あっ……」

射精の脈動を尻で感じてか、少女は短い声をあげた。

ぶるぶる震える腰と共に、快感が一気に流れ出て脳内でも気持ち良さが溢れ返る。

そして、俺はついに真っ白な情欲の塊を吐き出し、激しくも短い快楽に果てた。

「……はぁ」

って、まずい。もう電車がホームにだいぶ近づいていた。

俺は一息ついてから、慌てて少女や自分のズボンを直し、精子付きのティッシュを少女の鞄へと放り捨てた。すぐ降りないといけないので、悪いが捨てておいてもらおう。

証拠になりそうなものは無い……これで大丈夫なはずだ。

電車が目的地の駅に着き、反対側のドアが開くと、俺は呆然とした少女を置いて踵を返す。

そして振り向くことなく電車を降りた。


「さて、と」

駅前のロータリーに出たが、ぶっちゃけもう充分なほどに情欲を発散してしまった。

今日は普通の高校生らしく街をぶらつこうかと思っていると、背後から声をかけられた。

「あ、もしかしてそこにいるのは総太くんー？」

「ん？」

振り返るとそこには、元気いっぱいな笑顔を浮かべた篠宮さんがこちらに向かって駆けてくるところだった。今日はハーフパンツにノースリーブのワンピースという私服姿だ。

初めて見る篠宮さんの私服姿に一瞬、目を奪われてしまった。

半年以上、あの校舎裏で会話を交わしていても、制服や陸上部のユニフォーム姿以外の篠宮さんを見るのは初めてだったからだ。

手足を大きく露出したその装いはまるでわんぱくな男子小学生のようだったが、それでも活動的な篠宮さんの印象にぴったりで良く似合っていた。

「もしかしてさっきの電車に乗ってた？　うわぁ、すごい偶然。今回はほんっとうに偶然で驚いたよ」

「今回は？」

俺の反応に、慌てて篠宮さんは手を振って「なんでもない、なんでもないから」と誤魔化された。

「……まぁ、いいか。それで、篠宮さんも一人？」

まさかの出会いに気持ちが高ぶる。おまけに、この場には二人しかいないじゃないか。

「そだよ。今日は新しく出来たファミレスの視察なんだよ。あたし気が済むまで店に入り浸りたいタイプだから、一人で来た方が気楽なんだよねー。そういう総太くんは？」

聞かれて少し考えるが、返せそうな答えはなかった。

なにせ、情欲処理のためにブラブラと繁華街へとやってきたのだ。しかし、それもすでに充分解消された感じでもある。私服姿の篠宮さんに少し催したが、ここに来るまでに二発も出してしまっているのだ。毒気の無い篠宮さんの笑顔に当てられたという面もある。

「まぁ、ただ遊びに出かけただけ、というか……本当の事を言えば特に予定は無いんだよね。本屋や家電量販店を見て回るぐらい、かな」

「そうなの？　……ん～、じゃ、じゃあ一緒にファミレス行かない？」

篠宮さんは名案だ、とばかりに手を打った。

「いいの？　一人の方が気楽だってさっき」

「一人より二人の方が楽しいでしょ？　さぁさぁさぁ」

少々強引な篠宮さんに背中を押されて、俺はファミレスへ連行されることになった。まぁ、俺も満更でもないので素直にそれに従うことにした。

そして、入ったファミレスには――予想外の人物がいたのだった。

九話　篠宮鈴羽と如月明衣

篠宮さんに連れられてきたのは大手のチェーン店ではなく、聞いたことも無い名前の飲食店だった。

店の外見がやたらと凝っていて、骨董品店のような優雅な古めかしさが人工的に作られていた。

「前に部で話題になったんだけど、クレープの種類が半端ないらしくてさ。今日中に制覇出来るかなぁ」

「制覇することは前提なんだ……」

二人で店内に足を踏み入れると、外の熱気とは打って変わって爽やかな涼風が俺達の肌を撫でる。

駅から結構歩いたし、肌を出す格好の篠宮さんも額や露出した肩から汗を流していることだし、はやく座席についてなにか飲み物を頼みたい気分だ。幸い、店はそこそこ繁盛しているものの席に余裕はあるらしく、俺と篠宮さんはウェイトレスにすぐ席へと案内してもらった。

店内の装いやウェイトレスの制服も普通のファミレスよりデザイン性を重視され、各テーブルにはオシャレなテーブルクロスまで敷かれている。

もしかして割と高めの店なのではと内心で少し焦っていると――。

「あっ」

「え？」

通り過ぎようとしたボックス席に座っていた、一人の人物に目が留まる。

タイトなジーンズとカジュアルな白のシャツを着て、学校でも付けていた赤い髪留めで前髪を分けた如月明衣がそこに居た。

向こうも面食らったような顔を浮かべるも、俺の隣にいた篠宮さんの存在に気づくとすぐに表情が変わる。

「あら、篠宮とそう……いえ、隣のクラスの芽森くんじゃない。どうしたの二人でこんな所へ？　もしかして、もしかしてだけどデート……とかかしら？」

口元は愛想笑いをしているのに、その瞳はとても冷ややかな如月明衣がこちらを見つめていた。

なぜ如月がこんな所に？

そんな疑問が浮かぶと同時に、俺の脳内ではこの望まぬ邂逅をどう潜り抜けるかという問題に慌てふためいていた。

おそらく……いや、彼女は怒っている。目の前の如月が魔王のように映る。

如月の嫉妬心が強いのは、彼女の目の上のたんこぶである篠宮さんの彼氏と勘違いした俺に、八つ当たり的に詰め寄ってきたことからも分かる。

というか今の表情で分かる。一見微笑んでいるようでいて、目が笑っていないのだから。

最終手段として如月の改竄を解くというのも手だが、改竄内容を考えれば出来れば解きたくはない。

今まで話したことも無い相手に、二人っきりで恋人について話す機会などこの先あるとは思えなかった。

ならばどうする、と俺が身も心も硬直させていると、

「や、やだなぁ明衣ちゃん。総太くんとはたまたま駅で会っただけでそんなデートとかじゃないって〜」

少し慌てたような早口で、篠宮さんが凍りかけた空気を打破した。

「ふうん、そう。総太くん、と、たまたま、ねえ？」

ああ、でも如月は全然信用していない。それどころか、篠宮さんの俺への呼び名に反応してしまっている。そしてなし崩し的に如月と相席することになったのだが、正直俺はもう帰りたい気分だった。

「へえ、篠宮に男の友達がいたとはねえ。その手の色恋沙汰には興味ゼロだと思ってたわ」

「だから総太くんはそういう相手じゃなくて本当にただの友達だってばー」

四人掛けのボックス席で、俺の向かい側に座る篠宮さんと如月は、先ほどから俺の話題で話してばかりだ。

それを間近で聞いている俺は内心穏やかではないのだが、両名とも俺との性的なアレコレには話さないようしてくれていた。まぁ如月にはあれだけ念を押した訳だし、篠宮さんもどうやら西校舎裏は部員にも秘密の憩いの場らしく、あの場所でのことは話さなかった。

「でも、すごい偶然だねぇ、あたしと総太くんが会ったのもそうだけど、まさか明衣ちゃんがこの店に来てるなんて。あれ、でも確かこの間部で話題になった時、明衣ちゃんあんま興味なさげだったと思うんだけど」

「そうね、実は話題になったのを思い出して、彼氏とのデートに使えないかと思って下見に来たのよ」

ブゴゴ、とストローで飲んでいたジンジャーエールに息を逆流させてしまい、音を立ててしまった。

「ええ、明衣ちゃんって恋人居るの⁉　うわあ、知らなかったぁ」

篠宮さんも驚きの声と共に、六皿目のクレープに差し込んだナイフの手を止める。

当の如月は悠然とした態度でアイスコーヒーに口を付けた。

「あ、これは秘密よ。それで、芽森くんに男子としての意見を聞いてもいいかしら」

「え？　ああ別にかまわないけど……」

俺はアイコンタクトで「なに言ってんだ如月」と訴えるも、彼女の凛とした瞳はそれを無視した。

「普通、デートコースって彼氏が決めるものよね。別に私個人はそういうのに拘《こだわ》りはないけど、世間の常識的にね。それで、彼女がこうやっていそいそと彼との初デートを楽しみにどこへ行こうかと思案してる中、他の女性と一緒にいられる彼ってなにを考えているのだと思う？」

「ええ、それってもしかして明衣ちゃんの彼氏が浮気してるってこと？」

「しているって確証はないけど、してるかもって疑惑があるのよ。ねえ、芽森くん。そういう男はどうすればいいのかしら？」

如月は遠回しに、というか直接的に今の状況について、俺の心情を問うてきた。

やはりまだ俺と篠宮さんの関係を疑っているようだ。よくよく考えると、俺と篠宮さんの関係を誤魔化すために如月と恋人関係になったというのに、また同じ問いかけに苦しむことになろうとは。

「いや、多分その彼氏は浮気してないと思うよ。きっと、如月さんの勘違いだって」

「あら、どうしてそう思うのかしら」

如月の目がスウっと細くなって、眼光の鋭さが増したような気がした。

どうやら下手なフォローは逆効果らしい。ならここは思い切って――。

「だって、如月さんってこうはっきり言うのは恥ずかしいけど、美人だし運動も勉強も出来るし、才色兼備な女性なんだから、そんな魅力的な如月さんを裏切るような男なんていないって。それに――」

俺は己が知る限りの褒め言葉で如月を賛美する。やけくそ気味に発動した褒め殺し作戦だ。イシュタルという前例を思うと悪手のように思えたが、とっさに出た行動がこれだったのだ。

そんな俺のやけっぱちな言葉を如月はずっと、怖いぐらいに黙って聞いていた。

「……そうね、きっと私の思い過ごしね。悪かったわね、ほとんど初対面のあなたにこんなことを聞いて。あ、ちょっと席を外すわよ」

聞き終えた如月はボックス席から立ち上がると、俺の横を通過してお手洗いへ向かっていく。

俺の隣を通過するその瞬間、彼女の顔が昨日俺に抱き付いてきた時以上にデレデレと笑みが零れた顔だったことを確認した。

どうやら褒め殺し作戦が功を奏したようで、俺はふうっと息をついた。

「……ねえ、総太くん」

そこで俺はハッと今の作戦が抱えるリスクに気づく。

如月からの疑いというか怒りは治まったものの、今の発言を隣で聞いていた篠宮さんは俺のことをどう思うのか。

恐る恐る俺は対面席に座る彼女の顔を窺うと、心なしかムスッとしているような……。

「『ミルク』、飲んでもいいかな」

「……え？」

てっきり、今度は俺と如月の関係を怪しまれる番かと思ったのだが、どうやらそうではないらしい。

杞憂に終わって良かったものの、しかし変な質問だ。ここのメニューに牛乳があるかは知らないが、別に俺に断りを入れる必要はないと思うのだが。

「別にいいんじゃない」

「分かった、ありがとう」

そう言うと篠宮さんはテーブルクロスをくぐり、机の下に潜り込んだ。

突然の行動に俺は理解が追いつかない。

「篠宮さん？　なにか落し物でも……って、一体なにを⁉」

「ん？　だからミルクを貰おうと」

テーブルの下に潜り込んだ篠宮さんが俺のズボンに手をかけ、チャックを下ろして性器を取り出そうとしていた。

慌てて俺はテーブルにぴったり腹を付けて、テーブルクロスで篠宮さんの姿を見えないようにする。しかしその間にも彼女の細い手が俺の肉棒を取り出し、刺激し始める。

俺は小声で布越しに話しかける。

「ちょっと、篠宮さんどうしたの急に。ダメだって」

「なんで？　いいじゃん。あたしもよく分からないけど、なんだか今すぐとても飲みたくなったの」

そうだった、彼女にとってこれはスポドリを飲むに等しいほどの日常的な行為。

一体なにがトリガーとなって篠宮さんが急に飲みたくなったのかは分からないが、今はまずい。

もしこんな状況で如月が帰ってきたら……。

「あのう、篠宮さん？　あとであげるから今はちょっと……んっ！」

不意にやってきた暖かく湿ったものに包み込まれる感覚。どうやらもう口に咥えたらしい。

テーブルクロスがあるので篠宮さんが次になにをしてくるのか分からず、肉棒に与えられる快楽すべてが不意打ちだった。

ねっとりとした唇の感触が俺の竿を上下に走り、カリを磨くように曲線的に動き、そして舌が鈴口をピンポイントに責める。

本日三回目となる性的な快楽に俺の性器はぐんぐんと逞しくなっていくのが、見ずとも感覚で分かる。

やはり技術の面でいえば紗江子さんには敵わないが、このぎこちなさというのはまた代えがたい技能のように思える。

作業的に抜かれるより、やはり相手が懸命にしてくれる方が……って、待て待て流されてはいけない。

「篠宮さ――」

「あれ？　篠宮はどこいったのかしら？」

その声に、俺は身を強張らせる。首だけで振り向くと、そこには席を外していた如月が戻ってきていた。

どうやら如月の声は篠宮さんにまで届いていないようで、今も俺の股間に甘い攻撃が続いていた。

カリ首を咥えられ、鈴口の敏感なところに舌先が這う度に、快感で体が震えそうになるのを堪える。

「えっと、ちょっと気分が悪いって外の空気を……」

「へえ、まぁあれだけクレープ食べてれば無理もないわね」

どうやら如月にはバレていないようだが、フェラをされながらの会話は快楽との我慢比べだった。思わず表情を気持ち良さで緩めたら、すぐに如月に勘付かれてしまう。そして、テーブルクロスの下の状況を知られれば……考えたくもないほど面倒なことになるに決まっている。

如月は座席に置いてあった自分の鞄を手に取る。よかった、どうやらもう帰るらしい。

財布からアイスコーヒー代だけテーブルに置いて、こちらを見やる。

「それじゃ、私はこれで失礼させてもらうわ」

そして、如月は俺の耳元に口を近づけ。

「さっきの言葉、言い訳のためとはいえ嬉しかったわよ。総たん」

意図的に甘美な響きを持たせた言葉と吐息が、俺の耳朶をくすぐった。それに反応してビクン、と俺の性器が一度だけ大きく脈動するように震える。

篠宮さんと一緒に居た時には絶対に出さないような色っぽい声音に頭が痺れた。

竿にピンと固い芯が通ったように、また一段と固さが増した。

すると、直後に特大の快感がやってきた。肉棒が奥まで咥え込まれたようで、根元から亀頭の先までをヌメっとした温かな感触が上下する。ポンプで水をくみ上げるかのように、その上下する感触が精液を竿の先から吐き出させようと責め立ててきた。

「……んっ」

「あら？　どうかした？」

まずい。

俺が不覚にも漏らした声に反応して、如月は自分の顔をこっちの顔に近づけてまじまじと見つめる。

「なんだか、息苦しそうだけど」

「いや、そんなことは……」

「それに机にもたれかかるように座ってるし」

如月の本気で心配するような視線が俺の全身を観察する。俺の股間辺りでわずかに動くテーブルクロスを見つけられるわけにはいかない……だから、その前に——。

「如月」

「なに……んんっ」

俺は自分の唇で彼女の唇を塞いだ。

注意を引くためにキスをするなんて褒め殺しと並んで古典的だが、如月は多分キスが嫌いではないはずだ。

店内でディープキスをする訳にもいかないので、唇だけの交わりをあっさりと離す。

……意外にも少し口惜しく思ってしまうほど、フェラをされながらの口づけというのは気持ち良かった。

「えっと、仲直りのキス……かな」

「……そう。じゃあ、今度はこっちからね」

え、と漏らした声ごと塞ぐように、如月は再び唇を接触させてきた。

首に手を回され、動けない状態で如月は舌を進入させてきて、俺の口内のあちらこちらを舐め始める。如月の舌が俺の歯茎をなぞり、歯に守られている敏感な口内の粘膜をチロチロと舐め上げてくる。唐突な如月の行動に動揺しながら、俺も応えるように如月の舌に自身の舌を絡ませる。その気持ち良さに勝てなかった。

その快感は下半身にもしっかり伝わっていた。射精の前兆、竿の下の袋がきゅっと収縮するのが分かった。

興奮高ぶる肉棒の反応を察知したのか、篠宮さんは亀頭を咥えた状態で竿を手で擦る動きを速めていく。

俺は自身の射精感の限界が見え始めた。

感覚だけでじゅるじゅると唾液と我慢汁が混ざり合っているのが分かり、その快感をゆっくり味わうことも出来ずに、如月に口内を犯されていた。

快感の波に溺れ、肉棒の敏感さが限界を迎え、情欲の塊の放出を抑えきれなかった。せり上がってくる射精感に我慢できず、俺は如月とキスしたまま篠宮さんの温かな口内に射精した。

「んんっ！　……ぷは……はぁ、はぁ」

射精の解放感と、自由に息を吸えるようになった解放感が同時に俺の中で溢れた。

当然、篠宮さんはそれに終わらず奥の奥まで吸い上げるように竿をしゃぶり続けた。射精直後の敏感な竿に浴びせられる快感に、俺は女子のように声を出してしまうのを手で口を押さえて踏み止まる。

それから脱力して、俺は息を切らしてテーブルに突っ伏した。

「ふふ、もしかしてキスだけで？　もう総たんたら興奮し過ぎよ……続きはまた今度しましょ」

最後の言葉は耳元で囁かれ、そして如月の姿は遠ざかっていった。

俺はぼうっと不思議な感情に支配されながら、その姿を見送った。

周囲を見回すと、客や従業員の何名かと目が合い慌てて視線を逸らされた。

別に放っといてもよかったのだがなんとなく恥ずかしかったので、記憶改竄で全員残らず今の光景を見なかったことにしておいた。

それからテーブルクロスを持ち上げて、テーブルの下の様子を見てみる。

そこにはチャックを開けてむき出しになった俺の性器と、それを舌で綺麗にしている篠宮さんの姿があった。

「んん……なんだかいつにも増して勢いが良かったね……」

そう言って口の端に精液の筋を垂らした篠宮さんが、俺の肉棒を掃除するように舐めていた。

どうやら如月がいたことは全く気づいていなかったらしい。

テーブル下が暗かったせいでいつもより口周りを精液で汚してしまった彼女は、とても淫靡だった。

暗がりでこっそりと男性の精液を摂取する彼女はさしずめ、淫魔のようだった。

「ごちそうさま、総太くん」

口元に精液を付けて笑顔を見せる篠宮さんと、甘美な囁きをしてくれる如月明衣。

うちの陸上部はレベル高いな、と的の外れた感想を浮かべて、惚けることしかできなかった。

幕間Side如月明衣

喫茶店を後にした明衣は、路上で一度店の方を振り返る。あっさりと店を出たものの、
本当は総太ともっと一緒に居たかったし、なんだったらこのまま初デートへ赴きたい心境だった。

しかし、それは二人きりでなければ意味がないのだ。

(……よりにもよって、休日まで篠宮と一緒にいるだなんて。本当……よりにもよって!)

涼しげな顔をしながら店から視線を外して再び歩き出すも、内心はまだ少し荒れ模様のようであった。

自身の鈴羽への感情が嫉妬からくるものだとは理解している。

しかし同じ陸上部員として、あの天才肌は越えなければいけない壁であり、
簡単に気を許せるものではない。

総太が身の潔白を証明するために鈴羽の目の前で自分を褒めちぎる、
なんて回りくどい方法は明衣の溜飲をいくらかは下げてくれた。そして、
その後の周りに見せつけるかのようなキスで充分に明衣は『恋人』とのコミュニケーションに満足した。

今でも、キスを思い出すだけで幸せな気持ちになる。

それでもこの後も総太が鈴羽と行動を共にするかと思うと、良い気分ではない。

こんな幸せと嫉妬が半々の状態では、最良の初デートなんて叶いはしないと明衣は理解していた。

これから計画を立てるのだ、焦らずじっくりと決めてから臨んだ方がいい。

(そうよ。せっかくの初デートなんだから……初、よね?
行った記憶がないのだから、初めてに決まって……?)

その時、急に頭の中に靄がかかったかのように記憶が不鮮明になる。

ありもしない総太と明衣の馴れ初めの記憶を掘り起こそうとするのを、改竄術が止めに入る。

曖昧模糊とする記憶の検索を、明衣は特に不審がらずに中止した。

(まぁ、いいわね。とりあえず、メモした場所に順番に回りましょう。
あの店に、あのスポットに…………最後にあそこにも行かないと)

十話　芽森柚香とエプロン

その後、篠宮さんとファミレスで談笑しつつ休日の昼下がりを過ごした。

俺が二杯目のジンジャーエールを飲み干した時には、二十近く種類があるクレープの半数以上が彼女の胃に収まっていた。

彼女がよく食べる人間だというのは分かっていたが、実際に目の当たりにすると圧倒される。これほど甘いものを摂取して尚、あのスレンダーなプロポーションを保っているのは驚愕すべきことだ。

胸までスレンダーなのが玉に瑕だろうか、と失礼な感想が心の隅に過《よぎ》る。

「おっと、ごめん篠宮さん。今、両親がいないから晩飯が、俺そろそろかえ……」

「えっ⁉　総太くん、今なんて？」

時計を確認して告げたその一言に、篠宮さんは思いのほか食いついた。

目をカッと見開き、テーブルに乗り出してくる篠宮さんの迫力に圧されつつ答える。

「いや、だからそろそろ帰らないと」

「じゃなくて、その前！」

「両親がいないから晩飯を……」

「両親が不在ってことは、総太くんは今家では――」

「うん、姉と二人っきりだけど」

「……そうか、総太くんお姉ちゃんがいたんだっけ」

あんなに熱く迫ってきた篠宮さんは、頭に冷水をかけられたように脱力しながら席に座り直す。

「門限が大丈夫なら、これからもう一軒行く予定だったのに……」

「そうだったんだ……えっ⁉　篠宮さんまだ食べる気だったの？」

今度はこちらが驚く番だった。

流石にストレートな指摘だったからか、篠宮さんはばつが悪そうに照れ笑いで誤魔化した。

「ま、まぁ腹八分目がいいって言うし、今日はこれぐらいでいっか。うん、ちょっと自分でもテンション上げ過ぎたかも……うん、充分充分」

篠宮さんはうんうんと頷いて、さっきまでのクレープを思い出しているかのように瞼を閉じて幸せそうな顔をした……いや、頬がかすかに朱に染まっている。『ミルク』を口にした記憶も思い出しているようだ。

「それで晩飯の用意もあるからそろそろ帰らないと」

「んー。じゃあ、あたしも一緒に出ようかな。クレープ制覇はまた今度にしよ」

そう言って、俺達は自分の手荷物と伝票と如月が置いていったコーヒー代を持って席を立つ。

篠宮さんが「まとめて会計してくる」と、伝票と俺が取り出したジンジャーエール代を持ってレジへ小走りで向かっていった。個人的に彼女のクレープ代がいくらになっていたのかが地味に気になっていたのだが、遠目で見た感じお札が二種類必要なほどの額にはなったらしい。

そういえば、篠宮家はあの街で一・二を争う大きさの屋敷だと聞いたことがある。ひょっとして篠宮さんはお嬢様なのだろうか。

頭の中で髪を縦ロールにしてドレスを着た篠宮さんが「～～ですわ」と言うイメージ像が出来上がり、不覚にも笑ってしまう。

「ん？　どうしたの、総太くん？」

「あ、いやなんでもないよ。さぁ、帰ろうか」

そして、二人で並んで駅へと向かっていった。

こうやって仲良く歩いているところをもし如月に見られたら……という考えに一瞬身震いするが、なんとなく居心地は良かった。

隣にいるのは、ただの情欲処理の相手だということは分かっているつもりなのに。


地元の駅前で篠宮さんと別れ、自転車を漕いで我が家に向かう。この時間なら、そろそろ柚姉が夕食作りを始めていてもおかしくない時間だ。

料理は任せて、といつも朝食と夕食を一人で作ってしまう柚姉だが任せっきりなのは弟として忍びない。

「ん？」

自宅前の通りに出た瞬間、人影に気づく。ちょうど俺の家の辺りだ。

日が伸び、まだ夕方でも十分に明るいのでそれが誰なのか俺にははっきりと認識出来た。

そして、それが良くないことの前触れだということも同時に理解する。

「あ、ようやく帰ってきたわね総たん。あと、五分しても帰ってこなかったら自宅にあがらせてもらおうかと思ってたところよ」

「ほんと、勘弁してくれ……」

待っていたのは俺の休日を波乱万丈なものに変えてしまった張本人、如月明衣だった。

彼女は家の塀に背を預ける形で待っていて、おそらく長い時間ここに居たことが窺えた。

「もしかして、帰った後ずっと俺の家の前にいたの？」

「いいえ、あのファミレスを出た後は他のデートスポット候補の店を回っていたわ。それを全部回り終えてから、総たんの家にサプライズ訪問してあげようと思ってたのだけれど……」

「いや、待って。そもそも、なんで俺の家を知っているの⁉」

あまりにも自然な流れで現状の説明をされたが、まずその過程がおかしい。

彼女と恋人関係になったのは昨日のことである。その翌日にデートのプランを立てていたという事実に俺は今更ながら驚く。なんという行動力だ。

だが、計画は立てられても一日で俺の情報を収集するにはいくらなんでも早すぎる。

「なんで、って恋人の自宅ぐらい知っていて当然でしょ？」

彼女の中では何日前から俺と恋仲になったのかは知らないが、それでも改竄に知識は伴わない。それは篠宮さんで学習済みである。

昨日メルアド交換はした（如月本人はなぜかメモリから消えてしまったのだと思っている）けれど、住所までは教えていない。

そこで、俺は心理フィールドを展開させる。

モノクロの如月から、今の発言に関する記憶が文章となって浮かび上がる。

［**なぜか総たんの家を忘れてしまったから、昨日総たんの後をつけていたなんて言えないわね**］

昨日、俺をつけていた……だって？

時間が停止してるために、俺は驚きで声をあげることも身を震わすことも出来ないが動揺は確かにあった。

どうやら如月の行動力は、良くない方向にも働いていているようだ。流石にこれっきりだと思いたいが。

フィールドを解き、如月との会話に戻る。

まだ本題にも入っていないのに、だいぶ精神力を削られた気がする。

「本当はもっとサプライズらしく、驚かせてから渡したかったのけれど仕方ないわね。はい、これ」

「いや、十分驚いたけど……って、これは……」

渡されたのは小さなビニール袋。ファンシーな柄で、一目で俺みたいな男子が行かないようなアクセサリーショップのものだと分かる。手で持った感触からして、中に入っているのは――。

「ブレスレットよ。お揃いの、ね」

考えてみれば、彼女との恋人らしい行いは昨日のセックス以外では無いと言っていい。

彼女の記憶の中では分からないが、実際には「好き」の一言も聞いていない恋人から唐突に自分のことをこれでもかと褒められたのだ。

それはきっと、お揃いのアクセサリーを買ってその日の内に相手に渡したくなるほど嬉しい出来事だったのだろう。

如月は片手にもう一つの袋を持ってどこか誇らしげに、「えへへ」と微笑みながらこちらに見せてくる。

そんな彼女からは先ほどから感じていた剣呑さは消え失せていた。

その仕草と笑顔は、魔王などではなくどこからどうみても恋する乙女である。

俺もつられて、微笑ましい気持ちになった……のだが。

「このブレスレットを身に着けてれば、私達相思相愛よね……だから、篠宮とはなにもないのよね？」

その一言で、空気が一変する。

人間は表情を変えずとも一瞬で場の雰囲気を変えられるのかと、俺は内心で冷や汗を掻きながら的外れな感想を持った。

そういえば、如月は篠宮さんに並々ならぬ嫉妬心を抱えていたのだ。

今にして思えば、ファミレスでの厳しい言及も『相手が篠宮鈴羽だった』ことが原因なのだろう。

「あ、当たり前だ。例え、ブレスレットを身に着けていなかったとしても如月以外の女子を好きになったりはしない」

「そう、それは良かったわ。それじゃあ、また学校でね、総たん。またおやすみのメール送るから」

そう言って、最後まで傍若無人だった如月明衣は帰路につくため歩き出した。

偽りの関係とはいえ、恋人同士のやりとりというのは幸せな気持ちにもなるが結構疲れる。

そう思うと、少しばかりは見返りがあってもいいだろうと思い――――。

限定神力・記憶改竄開始《Now rewriting》――――。

俺は如月の去り際の言葉を、彼女の脳内で書き換えた。

これで、釣り合いが取れるというものだ。


「ただいま……」

ぐったりとやつれたゾンビのように肩を落として俺はようやく自宅の玄関をくぐる。

情欲処理で体力を使ったのもそうだが、今日は精神面で力をだいぶ消費した。

ダイニングキッチンに入ると、俺の力無い声にいつも通りの声が応答する。

「おかえりー、総くん。ちょうど今から晩ごはん作るから、ちょっと待っててねー」

「あ、俺も手伝うよ柚姉」

「ありがと。じゃあ、サラダでも作ってもらおうかな」

あいよ、と了解の意を伝えると、俺は一度部屋に戻って部屋着に着替えてから洗面台で手の洗浄をする。

今日は予想以上に色々あったが、まだ最後の仕事が残っている。

それは柚姉攻略戦の下準備……いや、むしろ「これ」が一番大事になる作戦かもしれない。

柚姉に淫乱の気があるとはいえ、姉弟の壁を向こうから超えさせるのは難しい。

だから、これからの一手一手が重要となるのだ――。

「なんてな」

俺はタオルで手についた水滴をふき取り、キッチンに戻る。

別に仰々しく言う必要も、演出過多に語る必要もないのだ。

「あれ、柚姉。その格好……」

「え？　このエプロンがどうかした？」

結局、やることはいつもと一緒だ。

「**いつもの　エプロン姿で　料理してる　よね？**」

限定神力・記憶改竄開始《Now rewriting》――。

「いや、いつも調理してる時の格好じゃないなぁって」

「あれ、ほんとだ。あはは。お姉ちゃん、うっかりしてたみたい」

柚姉は私服の上にエプロンを着た至極真っ当な調理衣装を「うっかり」と言い、その場で脱ぎ始めた。

エプロンを脱ぎ、シャツも脱ぐと、ボトムも躊躇なく脱ぎ去る。現れる肉感的な太ももと、レースの付いたショーツに包まれた尻。そして柚姉はなんの躊躇いもなく、下着まで外してしまった。

柚姉の裸は、自慰現場を目撃した際に一度見ているはずだった。

しかし、月明かり以外に光源がない薄暗い環境で見たのと電灯の下で見るのとでは大違いであった。

秘部を覆う陰毛は、以前見た時はすでに愛液で濡れていたために、それが女子高生のものより濃く生い茂りつつも綺麗に手入れされているものだということを今回初めて知る。

体も肉付きが良く、むっちりという擬音がこれ以上なく似合う肢体である。

目の前で行われた姉の皮剥きをもっとじっくり眺めていたかったが、再びエプロンを身に着け肝心な所を隠してしまう。

「いつもこの格好でやってるのに、なんで今日は服着たままだったんだろうね」

「きっと、暑さにやられてたんだよ。大丈夫、柚姉？　平気？」

「もう、人のまねしないでよ。それじゃ、サラダお願いね」

そして、『いつも裸エプロン姿で料理をしている』と記憶を書き換えられた柚姉は調理へと戻った。

基本的に夏場で二人だけの夕食の場合は、油が飛び散る料理はしないため、あの軽装でも大丈夫だろう。

この改竄の意図はただ単に柚姉の『本物』の裸エプロンを見たかったからだけではない。

これも『習慣』が絡んでくるのだ。

今までは日常生活の習慣を淫行へと書き換えることで、不審がられずに情欲を解消してきた。

今度は、俺ではなく相手の情欲を煽るために記憶を書き換えるのだ。

記憶を書き換えられて淫行と日常の習慣が同じになっても、そこに性的興奮が加わることは分かっている。

だからこれから毎日少しずつ、柚姉の日常を淫行に変えていく。じれったいが、改竄術の制約上仕方ない。

まずは柚姉の中で淫らな行為への抵抗を減らして快感を増やすことが狙いなのだ。

「今日は総くんの好きなサンマの塩焼きだよ。楽しみに待っててね」

「うん……そうだね」

俺はせわしなく動く柚姉の邪魔にならないよう、食卓の上でサラダを調理していた。

そんな俺の目の前を、裸エプロンの柚姉の後ろ姿が右往左往する。裸エプロンの後ろ姿……つまり尻を完全に露出した状態の柚姉が、だ。大きな桃尻があっちこっちへ動く度に、俺はそれを目で追ってしまう。

柚姉はバストだけでなく、ヒップも大きくまるまるとした安産形だ。

そのプリッとしたヒップが、まるで誘蛾灯のように俺の視線を釘付けにする。この光景を前に、視線を逸らせられる男性など世に居るのだろうか。

おまけに夏場の台所というのは、火を扱うだけにとても暑い。

調理を開始して数分。柚姉もじんわりと汗を掻き始めた。

その雫が柚姉の背中をスーッと通り、尻のでっぱりで減速し、動くことで振り落とされる。

ただそれだけの小さな動きなのに、俺はそれに魅入られていた。

尻だけではない。

色白でピンと背筋を伸ばした背中は汗を掻いていることもあってか、とても眩しく目に映った。生真面目な性格の柚姉らしい姿勢の良さが、裸エプロンという特殊な格好のせいで際立っていた。

そして、何より俺の視線を奪ったのは柚姉が横を向いた際に見える、胸元だった。ただでさえ大きな膨らみが、無防備な姿を晒しているのだ。

横乳が丸見えなのはもちろん、柚姉の大ボリュームのものがエプロンの端からはみ出していたのだ。

いつものシャツの上から着ている姿では気にならなかったのに、生の乳がエプロンを押し上げる姿はとても窮屈そうに見えた。膨らみが大きすぎるせいで、腹にエプロンの生地が完全には密着せず、隙間が出来るほどだった。

横向きになると、飛び出るように自己主張する胸と一緒に柚姉の脇や脇腹も堪能出来た。上の方にある調味料棚に手を伸ばすと、横から見える胸の形と大きく開いた脇がばっちりと見えた。あそこに自分のものを挟んでしごけば、脇と横乳の感触がいっぺんに味わえるだろう。その想像をしただけで、下半身に流れる血流が熱くなるのを感じる。

そしてヒップ同様にむっちりとした太ももやふくらはぎには目立った肌荒れやシミは見えず、柚姉は全身たまご肌なのかもしれない。

それに台所での調理というアットホームさと、汗という健康的なエロスのせいだろうか。奇妙で淫靡な光景にも関わらず、どこか健全な雰囲気も感じられる……俺自身も、改竄術のせいで日常と非日常の境界線が曖昧になってきたのだろうか。

「……くん？　総くん？　どうしたの、さっきからボーッとしてるけど」

「え？　あ、いやごめんごめん。すぐ作るから！」

「本当に大丈夫？　熱中症とかじゃないよね？」

柚姉は心配そうに、俺に顔を近づけて自分と俺の額に手を当てて熱を測り出す。別に手を伸ばせばいいのだから顔を近づける必要はないが、柚姉の昔からの癖だ。

この時、柚姉と俺の間には食卓があるので柚姉は上半身を前に突き出すような体勢をとった。

つまり今、俺が視線を下ろせば……。

「……っ」

生唾をごくりと飲み込んだ。

前屈みになったことで、エプロンと胸の間に隙間が出来て、大きくて深い谷間が見て取れた。手を差し入れたら、手首から先は確実にすべて挟んで埋めてしまうだろう雄大な渓谷だった。

体の前面は背中以上に汗を掻いていたのか、胸元とエプロンの生地が汗でぴっちりと貼り付いていた。

だが、俺が一番注目したのは、その大きな膨らみの先端部分だった。

もしかして……柚姉、乳首立ってる？

大きな胸の先っぽに、完全に硬さを保った形をしている乳頭が浮かび上がっていた。人一倍敏感な性感帯が、こんな肌が直に擦れる服装をしているせいなのか。それとも俺にこんな痴態を見られている事に無意識に反応して、興奮状態になったのか……。

とにかく、柚姉の乳首が固くビンビンに反応していた。

「ちょっと、熱いけどお姉ちゃんとそんなに変わらないから、心配はないかも」

「うん、だから大丈夫だって」

姿勢を戻した柚姉の胸部を、改めて俺はチラリと観察した。

背後からでは分からなかったが二つの突起がエプロンを押し上げて、その存在をしっかりと主張していた。

柚姉は弟の前で、裸エプロンで夕飯の準備をし……そして、発情している。

熱が変わらないのもきっと、俺と柚姉は今同じぐらいの興奮状態になっているからだろう。

その事実が無性に情欲を掻き立て、俺を興奮させた。

我慢出来ないほどの興奮を必死に抑えつけようとしていると……なんだか焦げ臭い匂いが鼻をついた。

原因はすぐに判明する、というより俺の視界に入っていた。

「柚姉、火をかけたままのサンマが……！」

「あ、大変。忘れてた！」

柚姉は慌ててコンロに向かい、焦げかけた魚の救出を始めた。その間も、俺は柚姉の生尻から目が離せなかったわけだが。

落ち着け、これはまだ最初の一歩だ。焦ってはいけない。一歩ずつ、柚姉に色んな性的快楽を教えるのだ。

そうして、俺が実姉という禁忌を犯したように、柚姉にも実の弟という禁断に手を出させるために。

柚姉の中にある情欲を、すべて解放してやりたかった。


夕食後。

「……んっ……ふっ……あぁ、ダメそんな強く」

淫行の日常化も大切だが、マッサージも抜かりなくやっておかねばならないだろう。改竄術を手に入れてからの経験で分かったが、やはり肌と肌との接触が一番お互いの情欲が刺激されるのだ。

食事の後、柚姉は食器を洗うために再び裸エプロン姿になった。

そこからそのままマッサージへ移ったので、俺は薄い布一枚だけの柚姉の上に跨っている。

エプロンですでに改竄を行っているので、胸のマッサージ以上の行為を出来ないのが残念だ。

「柚姉、この辺りが気持ち良いの？」

「んっ！　良い、けど……そんな、強く引っ掻いたら……ダメ……んっ」

エプロン越しに固くなって自己主張する乳首を、俺は人差し指の先でピンピンと弾いていた。

布越しの感覚というのもまた違うらしく、柚姉は時折肩を震わすほどの反応を見せていた。

まるで勃起したペニスのように硬くなった乳首を爪や指の腹で押し潰す。

俺は今、前と同じように柚姉の部屋で、柚姉に馬乗りになる形でマッサージ中だ。今回は俺からマッサージを持ちかけたのだが、柚姉はあっさりと承諾した。まぁ、柚姉にとってこれは弟に肩を揉んでもらうことと同義なのだから遠慮することはないだろう。

声を我慢しようとしなくなったのは、確実に柚姉がこの快感を自覚してきたからだ。『無自覚な体』ではなく『柚姉自身』が、この行為を楽しみ、求めている。

あとはこれをエスカレートさせ、柚姉を禁忌へと引き込むのだ。

「じゃあ、そろそろ直でいくよ」

「……うん」

エプロンの肩ひもを外し、下へずらす。こうなると柚姉の上半身は裸同然だった。エプロンの端からはみ出ていた媚肉が、重力に負けず綺麗な丸い形を保っていた。

俺は自分の情欲を満たすために白く豊満なバストを鷲掴みにして揉んでいく。美しい円形が俺の大きく開いた五指によって歪められ、マシュマロのような柔らかさが癒しと興奮、性的な征服欲を掻き立てては満たしていく。

乳房へのマッサージでも、柚姉は俺の手のひらや指が乳首を掠める度に快感を覚えるような仕草を見せる。もともと敏感な体質が興奮状態に入ったことで、より感度を高めているのだろう。

そろそろだな、と俺は一旦手を止める。

「今日もマッサージ棒使うね、柚姉」

「マッサージ棒……う、うん。いいよ」

気後れすることなく、俺は堂々と柚姉の目の前でチャックを下ろし、すでに勃起した性器を取り出した。

硬くまっすぐにそそり立つ醜悪で凶暴なソレを眼前にして、柚姉はやはり無意識に息を呑む。

俺は柚姉の胸を両側から谷間へ押し付けるようにして、その出来上がったおっぱいサンドイッチの間に肉棒を挿し入れた。

「わっ、や、やっぱりすごい熱いよ？」

「これが普通なんだよ」

「そう、なんだ……」

柚姉は初めて胸に肉棒を挟んだ時のようにその熱さに驚くが、今日はそのまま不思議そうな目で俺の性器をじっと見つめていた。

一度目より二度目の方が手際がいいのは当然のことで、すぐに馬乗りになった状態でベストポジションを探り当て乳房に肉棒を擦り付けるように腰を動かす。

少々汗ばんだバストに抱きしめられた男根は、俺の両手によって生み出された圧迫感を楽しみながら小刻みに前後運動する。大ボリュームのおっぱいで揉まれる感触は、腰が震えるくらいに気持ち良かった。

前に突き出した際、亀頭が柚姉の目と鼻の先までに接近する。

「あっ……」

柚姉は思わず声をあげると、その吐息が若干ながらも我慢汁で濡れ始めた亀頭にかかった。

亀頭に吐息を感じるということは、柚姉も肉棒のオス臭い匂いを嗅いでいるということだろう。

その匂いで柚姉は更なる興奮状態になるだろうが、その前に『先手』を打たねばなるまい。

「柚姉、自分でおっぱい持っててくれない？」

「う、うん……？　分かった。こ、こうかな？」

俺は柚姉の胸を両サイドから挟み込むように押さえていた手を、柚姉自身にやらせる。これはスムーズなピストン運動のためでもあるが、実際はこの前のように自慰行為をさせないためである。

今回の狙いは焦らしプレイなので、昨日のように勝手に一人で気持ち良くなってもらっては困るのだ。

それに俺の両手が空いたことで、より容易に乳首責めとパイズリを同時に行うことが出来る。

「どう、柚姉。気持ちいい？」

「う、うん……でも、ち、乳首は本当……よわ、い、からぁ……」

ゆっくり腰を前後させながら、顔を出した乳首を両手でつまみ、捻る。

腰の動きでたゆんたゆんと揺れる胸の頂上で、ピンと張った乳首が俺の指でつままれていた。乳首の先端をつまんで上に引っ張る。大きな胸がテントのように張り詰めるが、それが肉棒に犯される動きに合わせて小刻みに動いていた。

「マッサージだから、気持ち良い方がいいじゃない」

「そうだけど、これ、は……ちょっと、強い、いぃっ！」

亀頭の先が、谷間から顔を見せては隠れ、隠れては見せを繰り返す。

我慢汁で濡れたカリが柚姉の顔ギリギリまで迫る様は、まさに犯しているという実感があった。

イシュタルから授かった性感を見る目のおかげで、柚姉が感じているのが手に取るように分かる。

淡く光るラインが柚姉の乳首を中心に渦巻き、快感が体全体に広がっていく様が見て取れた。

「あっ……も、もう……い……イッ」

極限まで高められた興奮に、柚姉は切なそうに身をよじる。柚姉の限界を教えるように、光の波紋が生まれる間隔が徐々に短くなっていく。

腰の動きは激しさを増し、年季の入ったベッドがギシギシと軋む。

柚姉は快感で体に力が入っているからか、痛そうなぐらいに胸を中央に押し寄せてくる。

そのせいで生まれる圧迫感が、肉棒を射精に導こうとする。それを俺は腰にぐっと力を入れて、耐える。

俺が先にイクわけにはいかないのだ。

柚姉の顔は艶めかしい苦悶の表情を浮かべ、あとほんの数秒の愛撫で柚姉が果てる。

そして――。

「……はい、じゃあマッサージ終了。俺、そろそろ見たいテレビあるからこの辺でいいよね」

「え？　あ、あの総く……」

「あ、先に入れておいた風呂は柚姉から入っていいよ。たっぷり汗を掻いたんだから」

それだけ言い残し、柚姉が四の五の言う前に部屋から出て行く。後に残されたのは中途半端に情欲を掻き立てられたまま放置され、唖然とする柚姉だけだった。

これからは寸止めで柚姉を焦らす。

どうせこの後隠れて自慰行為に耽るだろうが、やはり一人でイクのと誰かにイカされる快感は違う。

これを繰り返せば、より淫乱な姿の柚姉が見れるはずだ……。

だが、問題もあった。

「寸止めで苦しむのは俺も同じだな……明日は射精しても不自然に思わない改竄をしよう。うん」

熱いヘドロのような情欲が胸中に蠢く感覚に苦しみながら、俺はそんな自分を慰めるべく自室に戻る。

この熱い情欲を解放させるだけなら、このまま竿をしごき立てるだけでイけるだろう。しかし、それだけでは味気ないので俺は携帯を開き高原さんの画像を使うことに決めた。

すると、ちょうどメールの受信を知らせる振動で携帯が揺れる。

「お、ちょうど良いタイミング」

俺は送り主の欄を確認すると、メールに添付された動画ファイルを再生する。

そこに映っていたのは――。

十一話　彼女達と夜のひとときⅡ

【午後七時五十分　篠宮宅】
篠宮家のお風呂は広い。
四、五人が同時に入れそうな広さを持つ浴場で、鈴羽はいつも通りに体を洗っていた。
「フンフンフフーン」

いや、いつもよりちょっと上機嫌……かな。

鼻歌交じりに泡立ったスポンジを肌に滑らせ、リズミカルに引き締まった四肢を白い泡で覆っていく。

凹凸の少なく綺麗な流線型を描く体は日に日に小麦色に焼けていく。

日に当たらない色白な胸にある小さな双丘の頂には、ピンク色の突起が鎮座している。

尻も足との境にほぼ段差が出来ぬほど小ぶりであり、しかしそれは無駄な脂肪がないことも意味している。

色気に欠ける肉体ではあるものの、スポーツ選手としての理想的なバランスを保っているのだ。

「今日は充実した一日を過ごせたなぁ。クレープを制覇出来なかったのは残念だけど、あのお店にはこれからもちょくちょく行ってみようっと」

鈴羽は風呂好きなので、普段から入浴の間は上機嫌なのだが今日はそれに輪をかけてご機嫌であった。

もちろん、その理由は昼間に偶然にも芽森総太と如月明衣に出会えたことである。

明衣とはあまりプライベートで会うことは無いが、それでもすでに一年同じ陸上部で頑張ってきた仲間だと鈴羽は思っている。

そして、芽森総太。

鈴羽が誰とでもフレンドリーに話せるタイプの人間とはいえ、二人っきりでも気兼ねなく会話が出来るほどの異性は彼ぐらいである。

(今年に入ったら、総太くん図書委員じゃなくなるから会う機会が減るかと思ったけど……)

そんなのは杞憂であり、むしろ会う頻度は去年よりも高くなっていた。

それは芽森総太が自発的にあの西校舎裏に訪れるからで、そこで行われるのはいつもの口淫行為である。

鈴羽自身はこれをスポドリを飲むことと同価値と思っているが、そこで生まれる感情は全く違う。

奇妙なことだが、総太が己の情欲のためにさせている行為によって二人の親密度は飛躍的に上がっている。

改竄を行った本人は意図しないことだったが、コミュニケーション方法としてフェラチオというのはただ言葉を交わすよりも効果的だった。

きっと改竄前の関係なら街中で偶然会ったとしても、仲良くファミレスに行こうとはならなかっただろう。

男性器に触れ、ソレを頬張り、精液を飲み込むという淫らな行為が、情欲とは無縁な健全たる友人関係に好影響をもたらしたのである。

だからここ数週間の内で、鈴羽の中で芽森総太という異性はどんどん大きな存在へと変化を遂げていた。

(総太くんのことは好き……友達としてなら、それははっきりと言える。でも……)

十分に体の汚れを落としたのを確認し、鈴羽は泡を洗い落とすためにシャワーの首を掴む。

夏場なので少しぬるいぐらいに設定したお湯が泡と共に、鈴羽の日焼けした肌の上を流れ落ちていく。

しかし、心の中にあるこの自問自答はこの泡のように簡単には消えてくれない。

（最近、家で一人になるとこのことばっかり考えちゃうな……）

如月明衣が言うように、篠宮鈴羽は恋愛意識が薄い。

今まで異性と付き合ったことは無いし、告白されたらなんてことを考えたことも無い。

とはいえ、好きなイケメン芸能人の一人や二人はいるし、男性自体に興味を持たない訳ではない。

だが、これほど身近な存在に心揺れることは今までになかったために鈴羽は戸惑っていた。

（そう、これが素直に恋だって思えないのは、多分『この感情』のせい――――）

自問自答を繰り返す度に、鈴羽の頭の中で再生されるのはすでに十回以上はこなしたあの行為。

あの情景を思い出す度に、鈴羽の心の中で膨れ上がるのは恋とは確実に違うと言えるあの感情。

それは陸上や学業で好成績をあげた際の高揚感とは似て非なる興奮。

情欲とは認識出来ないものの、その原始的な欲望に対して鈴羽はあまりにも耐性が無さすぎた。

「ひゃ……!?」

突然の激しい感覚に、鈴羽は襲われる。

なにが起きたか一瞬理解出来なかったが、改めて自分の周りを確認してみると、どうやらシャワーの水流がある部分に掛かったようだ。

女性の秘部、うっすらと毛が生え始めたばかりの割れ目にである。

（……なんだろう、この感覚。もしかして、気持ちいい……？）

恋愛関係や異性への興味が薄い鈴羽は当然、性に対しても執着は薄かった。

自慰行為自体も、過去に一度だけ試してみただけである。

ただイクことはなく、その時感じた性欲による胸の高まりを鈴羽は快感だと認識出来ず、変な気分としか思わなかった。

そして、最近その感覚が鈴羽を襲うことがよくあった。

それは総太からミルクを貰っている最中や、その時を思い出している今のような状況が多い。

鈴羽の頭の中では、あの校舎裏での出来事はなんでもない日常風景として記憶されている。けれど、体の方はしっかりと興奮を覚えていたのだ。

その興奮によって乳首がピンと立ち、クリトリスや外陰唇辺りがジンジンと熱のような違和感を覚える。

鈴羽にとって、ここまで体が敏感になることは初めての経験だった。

今までなんとも思わなかった感情だが、この瞬間鈴羽にとっては無視出来ない甘い蜜に思えた。

自分しかいない浴場で、鈴羽はためらうことはなかった。

「……あっ！　……んん……ゃう、あうん……っ！」

少しずつ、シャワーの水流を自らの股間へと浴びせていく。

勢いのある水流が、濡れた陰毛の張り付いた割れ目に当たる度、嬌声をあげる。

耐性が無い鈴羽には刺激が強すぎていきなり真正面から当てることは出来ない。

だから勢いが弱まる距離までシャワーの首を離し、少しずつ近づけては身を震わせて遠ざける、という行為をしばし繰り返した。

(なに、これ……びりびりするような……でも、心の底から気持ちいいのが、溢れて……やめられないっ)

ある程度慣れてくると空いている片方の手が恐る恐る自身の陰部へと伸びる。

以前に自慰もどきをして触れた時に、割れ目をなぞってみたり、その上にあるクリトリスを弄れば、あの

『変な感覚』になると鈴羽は記憶していた。

シャワーの絶え間ない刺激を感じながら、人差し指の爪先で軽くクリを引っ掻いてみる。

「ひうんっ！」

電流のような痺れる快感が鈴羽の背中を駆ける。

その痺れに不快感は無く、胸がいっぱいになって息苦しくもあったが、それが快感であることを鈴羽は認識する。

一旦シャワーを脇に置き、両手で陰唇に触れてみる。声を家族に聞かれることはないように、シャワーは流しっぱなしにしてあった。

まだまだこれから生え揃う段階であるその部位には、眉毛ぐらいの長さの毛しかなく、触った感覚もそれに近かった。

しかし、その奥。

固く閉ざされた肉の亀裂を押して刺激する度に、鈴羽は体全体に弱い電流を流されているかのような感覚になる。

そして、その上にあるクリトリスを刺激すると声をあげたくなるほどの激しい感情に襲われる。

ふにふにとした柔らかな感触とは裏腹に、もたらされる快感は熱く野蛮な激しさを持っていた。

無意識に、鈴羽は口の中に人差し指と中指を差し込んでいた。

まるで幼児のおしゃぶりのように指を咥えるのは、咄嗟に声をあげないようにするためである。

だが、本当のところは口寂しいのである。

自慰をほとんど嗜まない鈴羽にとって、性欲とはイコールで総太へのフェラに繋がる。

その結果、条件反射的に本当の性器でなくともなにかをしゃぶるというだけで、鈴羽は性的興奮を覚えるようになっていたのだった。

固く閉じられた処女の割れ目に指を添わせ、上から下へと指先でなぞるだけで、鈴羽はぞくぞくと体が震える。

それは自慰としては実に拙い、膣内に指を入れることもない大人しい行為だった。

「ふぅ、んっ…………あ、やっ！」

ふと視線を陰部から目の前に移すと、そこには鏡があった。

浴場なのだから鏡ぐらいあって当然なのだが、鈴羽はそこに移った自分の姿に面食らう。

赤ん坊のように指をしゃぶる口の端からはよだれが零れて、だらしなく開いた股の中心で手が欲望のままに虫のように這いずり回っている。

すでに理解していたものの、改めて『この感情』の正体を自覚した瞬間を問われれば、おそらくこの瞬間だろうと鈴羽は感じた。

この感情——性欲に自分は溺れている、と。

そして、このドロドロとした熱い欲望が鈴羽の恋心を妨害していた。

気になる男子に劣情を覚えるというのは正常なことなのかが、鈴羽には判断が出来ていなかった。

恋愛の経験も無ければ、友人と恋バナに花を咲かせることもない鈴羽にとって恋とは未知の領域である。

ドラマや小説などの創作物を見る限り、異性を好きになった高校生がこんな淫らな気持ちになるとは鈴羽は素直に受け入れられなかった。

だから自分の気持ちが本当に恋愛感情なのか確信が持てず、この性欲は鈴羽にとって自身の本音を惑わせる不可解な感情なのだった。

それでも、今はその感情に身を委ねることしか出来なかった。

初めて性欲に駆られた鈴羽に、この猛りに逆らう手段などなかったのだから。

「ん……あむ……ひゃ……」

舌を押さえつけるように口にした中指に力がこもる。

割れ目をなぞる刺激に慣れてくると、今度はクリトリスを指先で刺激し始める。

被った皮をめくり、その下に守られていた本当に敏感なところを鈴羽は恐る恐る人差し指でつついてみる。

「――――っ！」

体を後ろに反らし、誤って転倒してしまいそうになるほどの快感が鈴羽の体を貫いた。

（すご……すごすぎ……なんかもう、ヌルヌルだし、ヒリヒリするし……自分の体がこんなことになるなんて、思わなかった……）

そろそろ限界が近い。

それに応じて、指が激しく割れ目をなぞるように動きを加速させる。

「いっ……」

勢い余って中指が肉の亀裂をこじ開けて中に滑り込んでしまった。しかし、膣内は鈴羽が驚くほどに愛液を分泌しており初めての異物を難なく受け入れた。

「ふー……ふー……」

一旦手を止めて、鈴羽は自分の指を咥え込んだ自身の女性器を観察する。

知識としては知っていても、この場所に何かを入れようとしたことなど今まで一度もなかった。むしろ、入る余地など無いと常々思っており、自分の体はまだそんなことが出来るほど成熟していないと考えていたのだ。

しかし、現実にはうっかりと指を滑らせて入ってしまうほど、鈴羽のヴァギナは異物を迎え入れる余裕があった。

鈴羽はゆっくりと、指を前後させる。

指先に張り付く自分の体内の感触が、恐ろしく現実離れしていた。鈴羽の中では、割れ目の内側の感触なんて口の中とさほど変わらないと思っていた。どちらも体内で、粘膜で、べたついた体液が分泌されているからだ。

だが、実際の膣の感触は鈴羽の想像を超えていた。幾重にも重なった肉のフリルのようなものが、自分の指を咥え込んでいた。自分の意思とは関係なく、前後する指に張り付き、引っ張られ、そして擦れるたびに膣の中で快感の波が広がる。

「んんっ……あぅっ、ひぅ……っ！」

中指の第二関節が割れ目の奥へと沈み、そしてべったりと愛液に濡れた姿でまた出てくる。

その繰り返しは徐々に早まり、それと比例するように鈴羽の下腹部に快感が募っていく。

快感で腰が引けそうになりながらもラストスパートをかけた指は止まらず、膣内での抽送運動はさらに速度を上げた。

鈴羽は自分の精神が今まで到達したことの無い場所に上がっていくのを感じた。

食欲でも、陸上による達成感でも得られない直情的な快楽。

そして、その到達点に鈴羽は達した。

「あんっ、くぅ……ひゃ……ひぁんぁあぁん‼」

鈴羽に訪れる人生で初めてのオーガズム。

全身が性感帯になったかのように、イッた後も鈴羽の腰はピクンピクンと弱く震えていた。

まるで快感に押し潰されたかのように、鈴羽はゆっくりと浴場の床に仰向けで倒れ込んだ。

浴場の広さが広さだけに、寝転がってもなに一つ不自由はしなかった。

（……これが、オナニーなんだ……本当……すごい……）

初めての自慰、初めての快感での絶頂を味わい、鈴羽は快楽の津波に圧倒されてしまった。

しかし、そんな感情の濁流の中でも、あの問いは平然と鈴羽の心中に存在し続ける。

（もしこれが、仮に恋だとしたら……今日の昼間に感じたあれは、嫉妬……になっちゃうのかな）

鈴羽の目の前で芽森総太が、如月明衣を褒めたあの時。

それを聞いていた鈴羽の中ではなにか、攻撃的な気持ちが充満していた。

心の中に浮かぶ、ある想像を必死に否定しようという気持ち。

これが、意中の人間を取られたくない嫉妬なのだとしたら、まだ理解は出来る。

（でも、なんであの後おちんぽミルクが飲みたくなったんだろ……）

これはフェラに対する情欲を鈴羽が知覚出来ぬ内は、絶対に理解が出来ないだろう。

情欲によって膨れ上がった恋心は、情欲によってその真偽が疑われていたのだった。

（これが恋なのかなー……）

絶対違うのだが、それを教えてあげることは誰にも出来ないことだった。

■

【午後八時四十八分　如月宅】

如月明衣は、ファミリー向けのマンションに一人暮らしをしていた。正確には父親との二人暮らしなのだが父親は数か月に一度しか船から降りられない類いの職業であり、実質一人も同然だったのだ。

居間を横切り、風呂上がりの明衣は自室へと向かう。

暑いのが苦手な明衣は寝間着の下を穿かずに白いショーツと半袖のシャツだけの格好であった。

付け根からつま先まで露出した脚は鈴羽のより白く、体質的に明衣は日焼けしにくいタイプであるようだ。

父親がいる時は無論絶対にしないが、基本的に人の目がない所ではズボラな性格なのだった。

自室に入ると、ローテーブルに置かれたメモ帳を手に取ってベッドの上に座り込んだ。

そこには店で気になった点やおいしそうと思った料理などが書かれており、明衣はそれで今日行った店を思い起こした。

その情景に恋人である芽森総太を付け加え、二人でいるところを想像すると自然と口の端がほころぶ。

視聴覚室での積極性や、その後のストーキングというダメな方の行動力が目立つ明衣だが、根っこにあるのは純真な恋心である。

総太の予想通り、少し過激な少女漫画の影響で高校生でも恋人ならセックスが当たり前みたいな知識があるものの、それ以外は普通の女子高生である。

オーラルセックスのような口や舌で性器に触れることには抵抗があるし、写真や映像を撮るみたいな羞恥にも耐えられないだろう。

だから、もしそんな行為をするとすれば、それは――

「そろそろ、総たんに『オナニー動画』のメール送ろうかしら」

記憶が改竄されている場合である。

そう、帰り際に放った「おやすみのメール送るから」を総太は自慰行為を撮影したものを送るように改竄したのだ。

こんな痴女のような行いは、例え総太が頼んだとしても難しいだろう。

しかし、明衣は恥ずかしさを感じるものの同時に恋人に初メール送るのと同じぐらい胸が躍っていた。

明衣はベッドの端まで行き、壁に背を付ける。

そして、ショーツを膝ぐらいまでずらして足を閉じた状態がいつもする体勢であった。

携帯のカメラで陰部を捉えると録画ボタンを押してから愛撫を開始する。

（これを総たんが見るのよね……）

それを考えながら弄っていると、普段の数倍の早さで愛液が分泌されるのを明衣は感じた。

本人からしたら、「恋人へ今日あった出来事やおやすみを書いたメールを送るだけ」と同じはずなのに、なにをこんなに興奮しているんだと戸惑っている状態だ。

明衣の自慰はとても手馴れているもので、初めて自慰を行う人間のように恐る恐るといった気配は一切なかった。

まずは気分を高めるために自分の胸元に手をやった。

普段なら自慰のオカズとして少女漫画……明衣本人は知らないことだが正確にはレディースコミックと呼ばれる性描写のある本を片手で持っていた。今回は撮影がメインなので、レディコミの代わりに録画モードにした携帯を片手に持っていた。

しかし、レディコミの代わりに手を使わないでも出来るオカズの準備が出来ている。

それは総太とのセックスを思い出すことだった。

本人にとっては何度も恋人と交わした愛の営みなのかもしれないが、昨日が初体験だったことに変わりはない。

瞼の裏であの激しく突かれる感覚を思い出すと、指の中で捻っていた乳首が固さを増すのが分かる。

柔らかい胸の感触の奥から、だんだんと鼓動のリズムが早くなるのが伝わってくる。

バイク乗りの熟練者がエンジンをかける動作だけでその腕前が分かるように、明衣の静かに、しかし確実に興奮のギアを上げる愛撫は自慰に慣れた者の証だった。

Cカップの綺麗に手の中に収まるサイズの胸を揉み、そして乳首を指先で弾く。

その様を携帯で、自撮りをするように内カメラで見下ろす構図で撮っていた。

胸を揉む快感。携帯で撮っているという羞恥的な快感。

そんな小さな快感が、着実に明衣の体を興奮状態にさせ、下半身にもその変化が訪れているのが分かった。

(ふぅ……今日は、なんだか早いわね……総たんをオカズにしているから? いえ、でもこれが初めてじゃないはず……そんな、今まで総たんでオナニーしたことないはずがないし……)

もやもやした疑問だったが、今考えるべきことでもないため明衣はすぐに自慰へと集中し始めた。

片手で自分の秘部を映しながら、もう片方の手は準備の整った下半身へと伸ばす。

すでに割れ目は熱くぬるぬるになっており、すんなりと指が入りそうだった。

そこで明衣は焦らすように人差し指と中指の二本を、割れ目の上でごしごしと擦り付ける。

指を愛液で濡らすためでもあったが、この挿入前の焦らし行為も、明衣が自覚している好きな愛撫の仕方だった。

そして十分に焦らした後、今度は興奮が醒めない内にまずは人差し指だけを濡れた割れ目の奥へと挿入した。

それから指を曲げ、Gスポットを探り出す。この行為もすでに何十回とやってきたことだ。すぐにお目当ての場所を探り当て、指先ですりすりと擦り始める。

「ぅく……んっ、はぁ」

肉の襞が自分の指を締め付けるいつもの感覚を、明衣は心地良く感じていた。

「くっ……んぁ、あっ……いっ、んくく……ぅぅんっ！」

体を前に倒して、猫のように背中を丸めて明衣は快感に両脚をよじらせる。

物足りなくなってきたところで中指を加え、今度は二本で膣の中を掻き回し始めた自分のデリケートな体内を、細心の注意を払いながら犯していく。

ぐちゅぐちゅと水音を立てながら、愛液に濡れた指が割れ目から抜き挿しを繰り返す。

慣れた手つきでもたらされる快感に指の動きを速めながら、すりすりと太ももを擦り合わせる。

「あっ！　ひゃん！　んんっ！」

マンション住まいとは言え、どれぐらいの防音性があるか明衣は把握している。

なので、一人暮らしであることを利用し、誰憚ることなく快感の声をあげた。

その解放感は一度味わうと病み付きになってしまい、明衣は恥ずかしいと思いながらも喘ぐのを止められなかった。

「あぁ！　……ダメ、んん！　総たんが見るのに…………んん‼　こんなに大声でオナってるのを見られちゃ……あぁぁ‼」

携帯の画面越しに見える性器は、すでに指以上のモノを迎え入れていたためか、すんなりと指二本を咥え込んでピストン運動されていた。

普段ならもう片方の手で胸を責めるのだが、今は携帯を持っているのでそれは叶わない。

しかし、そんなことを気にしなくてもいいほどに明衣は『恋人に見られている』という羞恥を感じ、普段ではありえないほどの興奮状態に陥っていた。

「総たんっ、総たんっ、総たんっ！……」

セックスした時でもこれほど相手の名を呼ぶことはなかった。

しかし今は呼べば呼ぶほどに快感が増すように思えて、明衣はそれ以外の単語を忘れてしまったかのように名を呼び続けた。

液晶画面には性器に指が出し入れされる光景が映し出され、マイクがぐちょぐちょと鳴る淫らな水音を余すことなく拾う。

「あっ、イク！　総たん、イクよ。私、イっちゃうから……イ……んんんっ‼」

携帯を持つ力も無くし、体をくの時に折り曲げて、明衣は全身で絶頂の快感に震えた。

そして、明衣は果てるとコテンと力無さげに横向きに倒れた。

荒い息のまま、後処理よりも先に今のムービーデータをあらかじめ内容を書いておいたメールに添付して送信ボタンを押した。

これで、今の痴態が恋人の元へと送られた。

明衣自身はそれを『見せても平気なもの』と認識しているが、それでも顔が興奮とは別に羞恥で赤くなるほど恥ずかしいことであった。

だが、同時に言いようのない幸福感もあった。

恋人にメールを送る。ただそれだけのことでこれほどの満足感が得られることを、堪能していた。

(これが恋なのよね……)

違うとは言い切れぬものの、やはりそれはどこか間違っていた。

■

【午後九時十六分　高原宅】

繁華街まで遊びに行った妹がなんだか元気がなかった。

夕食時はなんともないように振る舞っていたがどこかいつもと違うことを姉である恵美は見抜いていた。

妹の玲美は恵美以上に大人しく内気な中学二年生の少女である。

今までも何度か大きな悩みごとがあると普段の生活にも変化が出て、その度に恵美が相談に乗っていた。

だから今回も相談に乗ろうと恵美は妹の部屋の前までやってきた。

コンコンと二回ノックをする。

「玲美、入るよ」

恵美は妹の部屋のドアをノックして、中へと入った。

中にいた玲美は帰ってきた時と同じフリルが多めの黒いワンピースとショートパンツ姿のままで、アニメのストラップが付いた鞄もドア付近に放ってあった。

いつもなら部屋着と外着はちゃんと使い分けるのだが、それすらも億劫に思うほどのなにかがあったのだろうと恵美は推察した。

ベッドの上で膝を抱えていた玲美が姉へと顔を向ける。

「どうしたの？　今日、繁華街でなにかあったの？」

そして、玲美が口を開いて告げた言葉は――。

十二話　芽森柚香と仕事

いつも通りの夢の中。

ふわふわと心地良い暗中遊泳も慣れてきて、リラックスしながらイシュタルに今日あった出来事を話した。

家から繁華街へ向かう途中に紗江子さんに咥えてもらい、電車の中で少女の尻を愛で、ファミレスで二人の唇からの責めを受けて、柚姉に仕掛けるこれからの計画について。

ふむ、改めて報告してると俺は毎日最低でも四回以上は出しているんだな。俺が情欲旺盛な高校生であることを考えても、驚きの頻度な気がする。

『そちと我の間にエネルギー供給用のパイプがあるだけとはいえ、人間が神と繋がってなんらかの影響が出ないとは限らないにゃ。知らず知らず、そちがより多くの感情エネルギーを我に渡せるよう、我の力で性交に強い肉体に変質しとるのかも知れないにゃ』

イシュタルがしれっと、とんでもないことを言い出す。

つまり、俺は地力である多大な情欲に加えて、精力絶倫な体をも手に入れようとしているのか。

『不服かにゃ？』

そんな訳あるか、大歓迎だ。

『にゃはは、それは良かったにゃ』

そういって、イシュタルは三角座りの体勢でクルクルとその場で愉快そうに回転していた。

……イシュタルの方からなにも言わないので俺も言及しなかったが、今夜のイシュタルの格好はいつもと違っていた。

いつもの下着のみの半裸ではなく、真っ白なワンピースを着ていたのだ。

柄は無地で、キャミソールみたいに紐を肩にひっかけるタイプなので腕や鎖骨辺りは露出している。

しかし、裾が足首辺りまで長いので全体像で言えば露出は少ない方だろう。

これはやはり、前回の件が尾を引いているのだろうか。

今までイシュタルを怒らせても、次に会った時にはなにもなかったかのように接してくれる。

毎夜会えるとは限らないとはいえ、いつも同じように接してくれることに神様らしい器の大きさを感じていたのだが。

『うにゃ？　まぁ、そちへの牽制って訳ではにゃいんだが、これも力を取り戻しつつある証拠と見ればいいにゃ。しかし、神とはいえ女子《おなご》の服を褒めぬのは男としていかがなものかにゃ』

それもそうだな。似たような場面が如月との間に起きたら、全く同じことを言われそうだ。

ふわっとスカートを翻《ひるがえ》し、それっぽいポーズを決めるイシュタルを見つめる。

ボディーラインは見えなくなったが、イシュタル自身の素材が良いからやはりキマっている。

髪も肌も猫耳も真っ白ながら、それはインクや液晶では絶対に出せない暖かな印象を与える温もりのある白色だった。

ほど良い大きさでワンピースを押し上げる胸に、スカートが翻って露出した足も白く細い。

チラリと見えたつま先から太ももまでのラインは画家が描いたような繊細さを感じさせ――――あ、下着も白レースのに変わってる。

『おいにゃ』

俺の視線の行方に気づいたらしく、イシュタルはその端整な顔を不機嫌に歪ませる。

『本当、そちは情欲の塊よにゃ。それは我としても高く評価してるが、こういう場面では素直に褒めといた方が――――』

あぁ、まずい。

これはダメなパターンである、このままではまた俺の頭部がピンチだ。

いや、しかしさっきの話を考えれば、これはイシュタルにも原因があるのではないか？

『にゃに？』

俺の体が性交に強い体になってるってことは、それだけ「溜まりやすい」体質になってるってことだ。

情欲という精神面での欲求だけなら俺は今まで抑え込んできたが、体までも性交を求めるようになったら抑えがきかない。

『うにゃぁ、さっきは大歓迎と言っておったではにゃいか。分かったにゃ、これからは大目に見てや――――』

ここはイシュタルが抜いてくれるのが筋ってもんじゃ――。

『……』

って、思ったり思わなかったり……いや、違う。ちょっと、調子に乗っただけでこれはそんな……！

『……そうだにゃ。改竄術と引き換えとはいえ、そちは毎日我にエネルギーを供給するし、その日あったことを報告して我を楽しめてくれるしにゃ。うにゃ、今回は特別にゃ』

え、本当に？

いや、冗談半分というか、半分以上またベッドから落下オチだと思ったんだが。

混乱する俺にイシュタルはスーッと泳ぐように近寄る。

近くで見るとその「人間味」と「つくりもの」のようなハイブリッド染みた美貌に俺は圧倒されながらも、胸が少しずつ高鳴る。

『ただし、にゃ』

ぽんと両肩を押され、無重力で抵抗も出来ぬ俺の上半身は後ろへ倒れる。

それと入れ替えになるように、俺の下半身が浮上して――――って、下半身が裸である。

今まで夢の中での自分を意識してなかったが、もしかして俺はいつも裸でイシュタルと話していたのか？

そんな俺の混乱による的外れな思考を打ち消すような衝撃が、俺の股間に走る。

『足で、にゃ。流石に、神の手や口を人間のもので汚す訳にはいかんからにゃ』

イシュタルはその右足を俺の性器の上に少し強めに置いた。

ふわふわしていた俺の体は急に固定され、その衝撃はどこへ逃げることなくすべて性器に伝わった。

如月の膣内とも、柚姉の胸とも違う足裏の圧迫感が肉棒を押し潰す。

『ほれほれ、せっかく性愛の神イシュタルが人間の生殖器に触れているんだにゃ。それ相応の反応を見せて欲しいにゃ』

ぐにぐに、と半立ちの性器の裏筋を伸ばすように、足の親指と人差し指が肉棒へと食い込む。

それはまるで俺の弱点を何年も前から知っていたかのように実に的確で、巧みだった。

もう片方の足も袋を揉むように動かされ、まるで手と遜色ないほどの多彩な刺激が俺の剛直に与え続けられる。

そのまさに神の手……いや、神の足による快感にたまらず身を震わす。

『うにゃ、性感を見る目で攻められる女子の気持ちが少しは体験出来たんじゃないかにゃ？　お、だんだんと大きくなってきたにゃ。にゃはは、足で興奮するとはそちは本当になんでもいける変態なのにゃ』

イシュタルのつるつるとした足裏が亀頭を撫でるように動く。

そして、時折悪戯のように足の爪で引っかくような動きは痛みにも似た強すぎる快感を俺に与えた。

あぁ、しかし相手は神様とは言え見た目はまだ中学生相当なのだ。

おまけに体は固定され、いつもの傲慢なイシュタルの物言いも合わさって酷い屈辱感である。

こんなサディスティックな行いにも俺の肉棒は反応してしまい、変態と罵られても仕方ないかもしれない。

『性感を見きわめる目のおかげだけじゃなく、我は性愛の神だからにゃ。人間のオス一匹イカせるなんて、訳ないのにゃ。ほれほれ、そちの大好きなおパンツだにゃ』

そう言って、イシュタルは長いワンピースの裾を大きくめくって、下半身を露出させた。

不健康な印象を与えぬ白磁の肌を持つ股間は、天女の衣のように美しいショーツに纏われていた。

俺は上半身が倒れた状態なので、下から見上げる角度で見るその光景はまさに絶景であった。

ここまで、いたれりつくせりだと逆にイシュタルが俺に奉仕してくれてるみたいだ。

『む、まだ生意気なことを言うかにゃ』

そこで、イシュタルは両足で挟み込むように竿をしごき始めた。

手とはまた違った骨の武骨さが、絹肌を通して俺の肉棒を刺激する。

こんな乱暴な責めにも我慢汁を出してしまい、イシュタルの足を汚してしまう。

『あーあー、神の足に我慢汁を付ける不届き者はきっとお前が初めてにゃ。こんなことをして、穏やかにイケると思うにゃよ』

両足の土踏まず辺りで肉棒を挟み込んだイシュタルは、シュッシュッと小刻みに肉棒を擦り出す。

それはイシュタルの宣言通り激しい責めで、もっとゆっくりして欲しいと言ってしまいそうになる。

『ダメにゃ。人間風情は余裕なく、ひーひー言いながら情けなく射精するのがお似合いなのにゃ』

あ……ダメだ、そろそろ限界が……。

『さぁ、ありがたく射精するにゃ。神様にイカせてもらえる幸運を噛みしめるのにゃ』

目の前で大きく股を開いて、ショーツを見せつける体勢でイシュタルは足の動きを最大限に速くする。

そして、そして――――。


「ん……うぅーん」

ようやく迎えた平穏な朝である。

今までの痛々しい起床を考えれば、今朝の目覚めはまるで天使の福音で起こされたような爽快感。

こんな心地良い目覚めをどれだけ待ち望んだか。

「けど」

あの夢の中では、どういう仕組かは神のみぞ知るところなのだろうが、現実と変わりない五感を保てる。

つまり、それが意味するところは――――。

「やっちまったなぁ……」

俺は下半身の中心に覚える不快感に眉をひそめた。

単純なおもらしとは違う、粘着質で匂い漂うその感触だけは最悪としか言いようがなかった。

幸運なことに替えの下着は自室にあるので、ティッシュで後処理をして穿き替える。

そして、俺は十七にもなって情けなくこっそり洗面台で寝間着と下着を軽く洗い、目立たぬよう丸めて洗濯かごに突っ込んでおいた。

着替えを済ませ、ダイニングへと向かう。

台所に立っていたのは当然柚姉だ。

「おはよう、柚姉」

「総くんおはよう。今日の体調はどう？　風邪っぽくない？　どこか寝違えて体痛めてない？」

「え……あぁ、大丈夫。いたって健康、いつだって健康だよ」

「そっ、よかった」

いつも通りのフィジカルチェックに俺はらしくなく言葉を一瞬詰まらせる。

自分がやったことだと分かっていても、寝起きに姉が裸エプロンで調理している姿を見るとやはり、どこかドキリとする。

俺はなるべく平常心を装い、いつもの席に座る。

「今朝は卵とハムとレタスのサンドイッチだよ、はい」

「ん」

朝に弱い俺は緩慢な動きでサンドイッチが乗った皿を受け取ろうと手を伸ばす。

だが、そのダラけた動きが災いして目測を誤り、柚姉の手を掴む。

皿も掴めているが、これでは受け取ることが出来――。

「きゃっ！」

「へ？」

ビクッ、と柚姉は掴まれた手を勢いよく引いた。

弾かれる俺の手と、サンドイッチが乗った皿。

寝ぼけていた俺の意識が急激に覚醒し、なんとか宙に舞った朝食を落とさず皿をキャッチする。

「あ、危ねぇ……ど、どうしたの柚姉？　そんな強く握ってないと思うけど……もしかして、手になにか怪我とかしてた？」

「え、いや、ごめんなんでもない！　なんでもないの！　本当ごめんね！」

家事中にミスして慌てふためく柚姉など、俺は今まで見たことなかった。

柚姉は気持ちを落ち着かせるためだろうか、エプロンの裾を握りしめてくしゃくしゃと弄る。

柚姉は今、エプロン以外はなにも身に着けていない。だから裾がまくれるというのはむっちりとした太ももが、というより女性器すら露出するという訳で。

もじもじと言い訳を並べながら、柚姉は自覚無しに生身の下半身のほとんどを俺に見せつけていた。

（……どうせ、精液を出せるようになっていう改竄の方向性は決まってるんだ。朝にやっても、同じか）

すでに一回発射済みとはいえ、朝の生理現象のため俺の愚息はずいぶんと張り切っていた。

夢の中での快感は確かに現実と違いはなかったが、やはり後味というか余韻が残らない。

味は極上だがすぐに無味となるガムを食べたような気分なため、俺はもう一枚のガムを欲していたのだ。

「でも、顔も赤いよ？　あとの洗い物とか、俺がやっとくから少し休んだら？」

「そ、そんなことないよ！　お姉ちゃんは総くんに元気出してもらうのが仕事なんだから、休めないよ！」

「そう、じゃあ――」

元気出してもらう、か。

うん、実に都合がいいフレーズだ。

「わたしにとって　総くんに　元気　出してもらうのが　仕事なんだから　」

限定神力・記憶改竄開始《Now rewriting》――。

「じゃあ、さっそく出させてもらってもいい？」

「う、うん、分かった。お姉ちゃんに任せて」

俺はズボンと下着を下ろし、立ち上がる。

弟に『精液』を出してもらうのが仕事な柚姉はそのまま手でしようと身を屈めようとするのが、俺は柚姉に待ったをかける。

「待って、太ももを使いたいから台所に手を付けてくれる？」

「え、太ももでするの？」

「うん、挟んでもらってね。大丈夫いつも通りに出すだけだよ」

流石に挿入が出来るような体勢には警戒を示すのか、俺の申し出に柚姉は少し戸惑う。

だが、俺の世話をするのと同じぐらい……つまり十年以上も習慣的にこの行為を繰り返してると記憶を書き換えられた柚姉がそれを拒否することはなかった。

「これで、いいのかな」

柚姉は腰より少し高いほどの位置の台に手を置き、こちらに生身のお尻を突き出す。

その顔には先ほどまでとは違った意味での赤みが滲み出ていて、無意識な羞恥を感じているのだろう。

俺はとりあえず、両手をまるまるとしたヒップに置いた。

「ひゃっ」

むにっとした低反発な感触が手のひらに返ってくる。

指先を下にして、下から舐め上げるように手のひらを張りのある曲線に走らせる。柚姉の少し大きな尻は、手の中にたっぷりと媚肉の感触を残していく。

両手で尻たぶを掴み内側から外側へ円を描くように揉んでいく。左右の肉を横に押し広げると、柚姉の大事な所まで見えてしまいそうだ。

「ひ、広げないで！　広げるのはダメ……！」

「分かった、分かった」

それから少し肉を蓄《たくわ》えた腰、なめらかな背中、透き通った首筋へも指先を走らせる。女性らしく丸い体格に柔らかな肉が付いた後ろ姿に、俺は静かな興奮を覚える。

「んっ、くすぐったいよ総くん……それに、あんまり時間かけると学校に遅れちゃうよ……？」

「うーん、それもそうだね」

このまま学校をサボってこうしていたいが、柚姉がそれを許すはずがない。仕方なく柚姉の背中を楽しむのもそこそこに、勃起した肉棒を股ぐらへ近づける。

突き出された尻の下を潜るように腰を押し出すのだが、きゅっと閉じられた太ももに阻まれる。

「……柚姉、少しは足を開いてくれないと挟めないって」

「あっ！　ご、ごめんね気づかなくて」

やはり、今の状況に緊張……または興奮しているようで、柚姉は冷静さを失っていた。

半歩ほど足を開いてもらうと、押し広げてようやく出来るほどの僅かな隙間に肉棒を差し込んだ。

「ん、挟んで」

そう短く伝えると、胸に挟むのとはまた別種の圧迫感が俺の性器に襲い掛かる。

胸と違い足には骨や筋肉があるからか、おかしな表現だがその感覚は柔らかくもあり硬くもあった。

手で握るのと遜色ない強さの圧力に、竿がその身を固くして反抗していた。

「わっ、すご……総くんのア……アレの形がはっきり分かる……」

「柚姉の太ももに挟まれて、こんなに固くなったからね……すごい気持ち良い」

「そ、そうなの？」

困惑する柚姉に俺は頷いて返事をする。太ももでするという知識は持ち合わせてないのかもしれない。

「こういうのを素股って言うんだよ」

「ふうん……総くんはよくそんなこと知ってるね……」

特に他意はなかっただろうが、その言葉に一瞬ドキリとする。

つい、姉にはいい顔をしたくて知識を披露したくなるが、あまりこの手の知識を挙げるのはやめた方がいいかもしれない。

すでに我慢汁が溢れてきたのか、亀頭の辺りが濡れた太ももに挟まれている感覚があった。

それでも十分に濡れているとは言えないが、一度腰を引いて、再度押し込むと、ムチムチの肌で性器を擦る快感が一層強くなる。

「じゃあ、柚姉の太ももを使って、『射精』するね」

「う、うん。お姉ちゃんより、総くんのが詳しそうだから、任せるよ」

ああ、是非任されよう。

腰を落としたまま前後に動かすというのはなかなか辛かったが、徐々に腰から全身に広がりつつある気持ち良さがそんな煩わしさをすぐに忘れさせた。

単調なテンポで徐々にピストンを速めていき、ひんやりした柚姉の太ももに俺の熱い体温を押し付ける。

「あぁ……そ、総くんのが……擦れて……」

ローションもなにも無しの少々ぎこちない行為だったが、徐々ににちゃにちゃと粘ついた音を立て始めた。

亀頭の濡れた感触がさっきよりも広がっていく。

きっと、柚姉の股からも愛液が流れ出しているのだろう。そうでなくては、こんなにも濡れた感触がするはずがない。

肉棒の上辺が陰唇に擦れているから、少なからず物理的な快感を柚姉も覚えているはずだ。

性感を見る目で柚姉が達しないように気をつけながら、柔らかな肉の亀裂に淫らな液体を塗り込んでいく。

肉棒が受ける刺激の心地良さもあるが、腰を打ちつける度に下腹部に当たる尻の感触もまた良い。熱くなってきた股ぐらとは裏腹に、少し冷たい尻肉の弾力が伝わってくる。

まるで本当に柚姉とセックスをしているようだ。

実の姉に腰を打ちつけているという事実に、俺は鼻息を荒げる。

「ダ……ダメ……これ以上すると……」

柚姉がか弱くも艶やかな声をあげると、きゅっと股を閉じた。そして、快感を堪えるようにスリスリと太ももを擦り合わせるとそれに合わせて肉棒も太ももに揉まれる。

前後に擦れる感触だけでなく、太ももの動きで上下にも刺激が加わり、手では味わえない『こねくり回されている』かのような快感だった。

「……くっ、柚姉、柚姉……！」

俺は柚姉相手に腰を振るだなんて、昔から幾度か思い描いては掻き消した禁断の理想が叶っていることに感極まっていた。

柚姉のずっしりとした腰を掴んで、柚姉の名を呼びながら腰を振り続けた。

「んっ、お姉ちゃんがちゃんと受け止めてあげるから。ちゃんと、たくさん『射精』して、ね？」

その子供をあやすような言い方は、俺が小学生の頃から変わらない。きっと、姉の中で俺の存在はその頃から変わっていないのだろう。

けれど、今は肝心な言葉が書き換えられているせいで淫靡な誘いにしか聞こえなかった。姉の姿をした淫魔を相手にしているかのようだった。

優しい言葉に対し、俺は激しい情欲で応えるしかなかった。

「柚姉、そろそろ出すよ……！」

「うんっ、射精するんだね……？　いいよ……お姉ちゃんが総くんの精液を出させて……あげるから」

柚姉は強く挟むのが良いということは理解しているらしく、今まで以上に太ももをきゅっと閉じた。

狭い狭い肉壁の間で、肉棒がぐっと固くなる。

タマが縮み上がり、精液を吐き出す前兆が分かった。

「ほら、総くんがんばって、がんばって……んんっ！　あ、あつっ！」

「ああ、出る、出てる……くぅっ‼」

パンパンと、肉がぶつかりあう乾いた音が大きくなる。

そして、柚姉に応援されながら俺は限界を迎え、太ももの中へと射精した。

数秒にわたっての射精を終えると、柚姉は太ももを真っ白に汚したまま俺の方へ振り返った。

「精液って、こんなに熱いんだね……こ、これが普通……なんだよね？」

「……大丈夫だよ。別に病気とかじゃなくて、これが普通」

心配性な柚姉は俺の説明で納得してくれたようで、「よかった」と言った。

やはり夢の中では味わえぬ開放的な脱力感と達成感が、ザーメンと引き換えに俺の体内に残った。

「これでもう、終わり……でいいんだよね？」

それに引き換え、柚姉はまだイッておらず、もやもやと情欲だけが残ったことを『目』で確認する。

目的は達成されたのだった。

「……ほら、早く学校に行かないと。お姉ちゃんが拭いてあげるから」

「えっ、い、いいよ。柚姉。そこまでしなくても……」

柚姉はティッシュを手に、まだ萎えていない俺の肉棒を拭こうとした。

そのティッシュを持った手が竿に触れた瞬間、自分でも驚くくらいの刺激が走った。

「うっ！」

「きゃっ……!?」

どうやらまだ竿は敏感だったらしく、その刺激は射精管の奥に残っていた精液を吐き出させた。

それが思わぬ量と勢いがあって柚姉の顔にかかってしまった。

「ご、ごめん柚姉！　……大丈夫？」

「…………」

「……柚姉？」

柚姉は精液の付いた顔のままぼんやりとして、手に付いた精液を見つめていた。

そして、はっと我に返ると慌てていつもの顔へと戻した。

「え？　あぁ、ううん気にしないで！　そろそろ家出ないと学校遅れるよ？」

壁に掛けてあった時計を確認すると、どんなに急いでもすでに身支度の時間は残されていなかった。

仕方なく手早く自分の後始末だけをして、サンドイッチを一つ口に咥えて鞄を手に玄関へ駆けていく。

「それじゃ、いってきます」

「はい、いってらっしゃい」

一度振り向くと、そこには顔に精液を付けたままの裸エプロンの姉がこっちを見て微笑んでいた。

だが、どこか不完全燃焼な顔をしているのは気のせいではないだろう。

欲求不満な痴女にしか見えぬ姉を確認して、玄関を出た。

うん、遅刻しそうなことを除けばなかなか充実した一日のスタートだった。

今日も、元気出していこう。

幕間 Side 芽森柚香

　総太を見送った柚香は、しばらく廊下に立ちつくしていた。

　玄関をじっと見つめて、先ほどまでそこにいた弟の姿を幻視しているかのようだった。

　胸に当てた手が早打つ鼓動を感じて、

柚香は自分が言い知れない興奮状態にあることを実感する。

　それに熱く感じるのは胸の鼓動だけではなかった。

　太ももに、さっきまで擦れていた感覚がずっと残っている。

（あんなに強く擦れたから……？　ううん。それだけじゃない）

　この体の高ぶりに柚香は覚えがあった。

　『あの日』のマッサージを受けた時のように、

体が弟を求めている事を否が応でも自覚させられる。そんな高ぶりだった。

「……ん」

　青臭い匂いがする。当然だ、柚香の顔や手にはまだ総太の白濁液が付着しているのだから。

　その強烈な匂いで、柚香の股ぐらが熱く濡れる感覚を覚える。

　時間が経ったせいで水っぽくなった精子を手で拭き取る。

　柚香の白い手の中で、情欲の液体は色を失ってもなお強い匂いを放ち、存在感を示していた。

（『精子』ってこんなんになっちゃうんだ……）

　強烈なオスの香りにベタベタになった手。その手で熱くなった秘部を弄ぶ想像をした。

　それがもたらす快感はきっと——

「……ダ、ダメ！　ダメダメ。総くんのお世話でこんな気持ちになるのはダメ」

　マッサージならば良いというわけではないが、弟の世話を焼くのは姉の仕事だ。

　両親に頼まれたというだけでなく、柚香は自分自身の考えでその役割を自負していた。

　柚香は洗面台へ向かい、手と顔を洗って、気持ちを切り替える。

「よし、じゃあ今日もせい……じゃなかった。元気出していこう！」

十二・五話　朝の通学路にて

篠宮鈴羽は決心していた。

今日こそ自分の気持ちをはっきりさせよう、と。

朝練を終えて、体操着から学生服へと着替えながら鈴羽はそんな決意を胸に秘めていた。

元より悩んだら立ち止まらずがむしゃらに走り続ける鈴羽にとって、その決断は遅過ぎるぐらいだった。

（総太くんに今日の放課後、いつもの場所に来てもらってそれから……えと、それから……ミルク飲ませてもらって……で、その時の気持ち次第でその……なにか言おう！）

けれど、決心の硬さとは裏腹に具体的なことはなにも考えていなかった。

■

如月明衣は浮かれていた。

基本的に明衣は凛とした顔立ちで、感情によって顔をだらしなく緩ませることは恋人の前以外では無い。

だが、今は鞄の中にある包みが視界に入る度に頬がほころびそうで仕方なかった。

包まれているのは一人分には少々多い弁当である。

もちろん手作りであり、明衣が朝早い陸上部の朝練よりもさらに早く起きてこしらえたものである。

(作り始めて気づいたのだけど、私総たんの好物や苦手な食べ物ってなにも知らないのよね……気に入ってもらえればいいんだけど)

学生服に身を包み、細かな身だしなみを整えると最後にポケットからあるものを取り出した。

赤く、いろんな形の飾りで繋がれたブレスレット。

それを手首に着け、愛しそうに一撫でしてから、明衣は更衣室から自分の教室へと向かった。

■

高原恵美は悩んでいた。

それは仲が良い妹、玲美に関することだった。

昨晩、妹に悩みが無いかと尋ねたら、なにも無いと返された。

だが、その表情も仕草も真実を隠していると簡単に見破れるものだった。

(それに、今日も急に具合が悪いって学校休んじゃうし……なにも無い訳ないよね)

どうしたものかと考えながら登校していると、通学路の先に見知った男子生徒の姿を捉えた。

芽森総太。同じクラスの良き友人……である。

彼にこのことを相談しようかという考えが浮かび上がるも、ほとんど面識のない妹について聞かれても困るだけではないかという考えもあった。

どうしようかと悩んでいると――。

十三話　如月明衣と弁当

「やぁ、おはよう高原さん」

「お、おはよう芽森くん」

俺の挨拶に高原さんはビクッと驚いたように身を震わせた。

今日も登校しながら、心理フィールドで他の生徒達の思考や記憶を観察していると後方に高原さんがいることに気づいたのだ。

そして、なにか悩みごとを抱えているということにも。

「なんだか、ボーっとしてたみたいだけど大丈夫？　熱中症とかじゃないよね」

「え、ううん、別にそんなんじゃないよ。芽森くんこそ、汗すごいじゃない」

「この暑さなら、誰だってこれぐらいは汗掻くって」

あまり、こういう使い方はしたことないのだが改竄術はその過程を利用して読心術としても利用出来る。

今現在考えてることしか覗けないが、会話するなら相手の考えを見ながらこっちは時間の止まった状態で返答を考えられるのだ。

そんなことが出来れば会話の流れを操るなんて実に簡単なことだ。

これを利用して、俺は高原さんの悩みを聞こうとした。

別にその悩みを利用して淫らなことをしようって考えはない（場合によるけれど）が、普段から世話になってるのでなにか手伝えないかと思ったのだ。記憶を覗いて誘導尋問のように悩みを聞こうというのも善意からなのだと俺は心の理論武装を整えて、高原さんと話し続けた。

とはいえ、それなりに親しい間柄なので悩みは難なく聞き出せた。

だから間の会話は中略するが、高原さんの悩み。それは――。

「妹が昨日から元気がない、と」

「そうなの……」

高原さんは、力無く溜息をついた。

彼女に妹がいることは前に聞いたことがあったが、直接的な面識はない。

そんな初対面の人間が姉にすら打ち明けない悩みを他人に話すとは到底思えないので、部外者には力になれない。まぁ、普通ならそういう考えになるだろう。

しかし、俺が高原さんにしたように改竄術を利用した読心術ならば力になれる。

「ねえ、高原さん。明日にでも、その妹の玲美ちゃんに会わせてくれないかな。俺なら、もしかしたら悩みを打ち明けてくれるかもしれないし」

「え、でも芽森くんって玲美と会ったこと――」

限定神力・記憶改竄開始《Now rewriting》――。

「――そうだね。『何回も会ったことがある』芽森くんなら、もしかしたら」

「そうそう。それに結構仲が良かったことだし」

「そうだっけ……あぁ、そうだったね、うん。じゃあ、うちの妹のこと頼んでいいかな」

「任しといてくれ」

こうして、俺は明日高原宅へと訪れることになった。

高原さんの妹なのだ、きっとかわいい子なのだろうと期待に胸を膨らませながら俺は校門をくぐる。


昼休み。

「第二視聴覚室は確か……」

二度目となると何事もスムーズになる訳で、俺は迷うことなく教室にたどり着く。

廊下に目撃者がいないことを確認してから教室内へと踏み入る。

「もう、総たんはいつも遅いんだから」

「おっと」

中に入り、ドアを閉めると同時に俺を呼び出した張本人が抱き着いてきた。

当然、それは如月明衣である。

今朝、教室に着いた辺りで如月から「昼休み、昼食を食べずに即第二視聴覚室に来て」といった内容のメールを受け取った。

これは一緒に食べようという意味なのか、はたまた昼食以上に大事な用があるのか。

その判断がつかなかったので、なにも持たずここへやってきた訳だが。

「ふふ、ここへ呼んだのは他でもないわ。実はね、ほら」

一旦、俺から離れた如月は持っていた布で包まれた物体を俺の前に突き出す。

その大きさや形やら、今の時間帯を思えば、深く考えずとも答えは出た。

「なんだ、一緒に食べようって誘いか。なら、そう言ってくれないと。弁当教室に置いてきて――」

「違うわよ。今から総たんが食べるのはこ、れ、よ」

少々不機嫌そうな表情をさせて、如月は言い放つ。

えっと、つまりこれは……。

「手作り?」

「当たり前でしょ。ほら、早く座りなさいよ」

如月が俺のために弁当を作ってきた。

その事実に俺は少々戸惑いながら、如月に引っ張られるように教室の椅子に座らされる。

あまりにも、如月の恋人としての能力の高さに驚いているというか……良き彼女どころか、絶対良き妻になるだろう。

こういう甘々な体験をしたことがない俺は、目の前に置かれた弁当箱がまるで宝石箱のように思えた。

「あ、その前に」

「ん?」

「総たん、ブレスレットは?」

表情を変えず雰囲気だけを変えた如月に、俺は一瞬息を呑んで狼狽える。先ほどまでの彼女の目は暖かな光を放っていたのだが、今は俺の眉間を撃ち抜くかのように鋭くなっていた。

あぁ、きっと如月は良妻でありつつ恐妻にもなるだろう……。

「もしかして、忘れてき――」

「ちょ、待ってて! ほら、持ってる! 携帯のストラップとして着けてるって!」

慌てて俺はポケットから携帯を取り出して、そこに紐で結び付けてあるブレスレット見せる。

綺麗な飾りで構成されているので、こうすれば大きめの携帯用ストラップに見えないこともない。

「女の子が着けるのはいいけど、流石に男子がこういうブレスレット着けるのってはほら、抵抗があるというか……」

「……まぁ、いいわ。私達の関係を総たんは他の人に知られたくないんだから仕方ないわね。さ、それじゃ食べましょ」

「……ふう」

そうして険悪なムードは流れて、ようやく弁当箱は開封された。

そこには、如月のイメージを損なわない、綺麗にまとまった色とりどりのおかずが用意されていた。

アスパラやニンジンのベーコン巻きやら、定番の卵焼きやら。

彼女は多くを語らなかったが、どれも工夫に富んだものであることが分かる。

「ふふ。ねえ、総たん。私、一度やってみたかったことがあるのだけど」

そう言って、如月は箸で卵焼きをひょいと掴むと、

「あーんって、してくれる？」

頬をほのかに朱に染めて、そんなことを言い出した。

いや、これは、如月も少し恥ずかしいと思っているのだろうけど俺も相当恥ずかしい。

それがたとえ誰も見てないこの教室だとしても。

しかし、ここでまたあの鋭い眼光を浴びるのもごめんだし、仕方なく俺はされるがままに卵焼きを食した。

うん、だしや塩味がよく効いていて美味い。

「どうかしら？」

「いや、もう非の打ち所がないほど美味いよ」

それは良かった、と言って如月はさらにおかずを掴んでこちらに寄越そうとした。

まさか、全部食べ終わるまであーんで食べさせられるのだろうか。

流石に、それは遠慮願いたい。それに、だ。

［　**総たんに　おかずは　私が　箸を使って　食べさせよう**　］

心理フィールドを出すと、如月の目の前に文字が浮かび上がる。

そろそろ、情欲を処理したくなってきたところなのだ。

限定神力・記憶改竄開始《Now rewriting》――――。

「はい、それじゃ総たん」

如月はそういうと、アスパラのベーコン巻を咥えて『口を使って』こちらに寄越そうとした。

その顔は依然としてほのかに赤く、恥ずかしそうにしながら咥えてるというのは実に扇情的な光景だった。

この状況では恥ずかしさより、情欲の方が勝ったので俺はそれをいとも簡単に頂こうとした。

あえて必要以上に深く咥えようとして俺と如月の顔が急激に近づく。

頬を染めて明らかに緊張した如月の顔を見ながら、唇がほぼ触れ合うようにしてベーコン巻を咥えて口に入れる。

「お、これもおいしいな。うん、時間が経っても美味い肉料理ってホントすごいよ」

「そ、そう。総たんにそう言ってもらえて嬉しいわ……」

今の一連の流れで、如月はさっきまでの箸を使っていた時以上に顔を赤くしていた。

彼女がいつも使っている髪留めにも負けずとも劣らない赤さだ。

真っ赤になって緊張した如月がなかなか次の行動に移らなかったので、こちらから仕掛けた。

「じゃあ、次はそのポテトサラダをくれないか？」

「ええ、いいわよ……あっ」

恋人である俺のオーダーに如月は顔を赤らめながらも応えようとするが、ポテトサラダは柔らかいため簡単に口には挟めなかった。

「そうだな、こう舌の上に乗せるようにして」

「えと……ほ、ほう？」

如月はその小さな舌になんとかポテトサラダを乗せる。

俺は堪らず、その舌ごと勢いよくポテトサラダにむしゃぶりついた。

右手で如月の後頭部を支え、左手で腰を抱いてお互いの口を口で塞いだ状態で、その口の中でポテトサラダを咀嚼した。

如月はギュッと目を瞑り、舌と唾液を使ってポテトサラダを柔らかくしていく。

マッシュポテトがだんだんと液体化してきて、べちゃべちゃとしたものへと変質していった。

俺も如月もそれを舐めとろうとしてお互いの舌が絡み合うように擦れ合い、唾液と共に喉の奥へと運ばれていく。

味はもちろんのこと、如月の唾液と共に食べたからか美味い上に興奮する。

それから俺は舌を使って如月の口内に残ったキュウリやリンゴなど、サラダの他の具材も回収していく。

そうして、ポテトサラダの一口分を三分以上もかけて俺はたいらげた。

「ふう……うん、すごい美味かった。メイの味がしたよ」

「はぁ……はぁ……もう馬鹿」

お互いの口から綺麗な糸を引きながら、ようやく離れた。

長時間も口を塞がれていたことで俺も如月も息が上がり、初夏の暑さも手伝って汗だくだった。

気づけば、いつの間にか俺は如月を床に押し倒し、覆いかぶさるような体勢になっていた。

「残りも全部食べたいんだけど、先に……」

俺は右手を仰向けになった如月の肩に軽く乗せ、それから胸、腹、腰へと徐々に下ろしていく。

こちらの意図を察して、如月は少し考え込んだ。

「でも、もう昼休みも残り少ないわよ？　今からじゃ……」

「大丈夫、服を着たままで一回だけするだけ……それに、メイも欲しいんじゃないの？」

右手がするするとスカートをまくり上げて、隠されていた秘所に触れる。

俺の『目』が教えてくれた通り、すでにそこは男根を迎え入れる準備が整っていた。

「こんなに濡らして、メイは本当に淫らな奴だな」

「もう、そんなのお互い様でしょ」

如月は手を伸ばし、俺のズボンの上から肉棒をなぞる。すでに固くなっていて、さする手が気持ち良かった。それから如月はチャックに手をかけた。

俺はその様子を見ながら片手で、如月のシャツの前をはだけさせていく。

完全に勃起したアレを取り出すのに少々手間取っているようなので、俺はその間に如月の青いブラの隙間に手を入れて胸を揉み始めた。

確かな膨らみを揉みほぐす内に、手のひらの中心で乳首が硬くなっていく感触が文字通り手に取るように分かった。

「んん……こんなに大きくして……総たんも、人のこと言えないじゃない」

いきり立った肉棒を、如月は大事なものを扱うように両手で撫でていく。

それはしごくのとも愛撫するのとも違った優しい手つきで、まるで子供をあやすかのようにも思えた。

そして、如月は自分から青い花柄のショーツを横にずらして、

「じゃあ、こっちもちゃんと食べてちょうだい」

と、前のように官能小説めいたセリフを言った。

俺もそれに乗っかり、

「いただきます」

と冗談半分に言い、肉棒をすでに十分に濡れた割れ目へとあてがった。

如月の膝を両手でガバっと広げて腰を押し進めると、これ以上なくスムーズに挿入は完了した。窮屈ながら肉棒全体を温かく包み込まれる感触をじっくり味わう。如月以外の膣の感触はまだ味わったことが無いので断言は出来ないが、彼女のここは柔軟な方だと思う。

なにせ初体験で快感を覚えることはまだなくとも、彼女は一言も痛いとは言わなかったのだ。恋人に気を遣わせないための健気なやせ我慢の可能性もあるが、俺は別の可能性を疑っていた。

「そうだ、昨日の夜のメールありがと。うん、実に良かったよ」

俺が言っているのは当然、あの如月の自慰動画が添付されていたメールについてである。

もちろん、昨日の内に返信してあるが俺は改めてそれを話題に出した。

「そ、そう……でも、あまり面と向かって言われると、その……恥ずかしいわ」

「いや、一つだけ聞きたいことがあって」

行為の最中、しかも挿入した状態で一体なにを聞くのだろうと如月は蕩けた表情のまま首を傾げた。

「だいぶ手馴れてた……よね。メイって、いつもああいうことしてるの？」

「そ、それは……その……あぁ！　んん……！」

俺は彼女の返答を急かすように腰をゆっくりかつ小刻みに押し付ける。膣の奥の子宮を軽くノックをするように、トントンと肉棒で突いていく。

性感を見る目を利用し、イクかイカないかのギリギリのピストンを繰り返す。

「手つきも、声の出し方も少なくとも数年以上は続けてきたように慣れてると俺は思ってるんだけど、メイは昔からあんな大声を出してオナニーするような子だったのか？」

「あっ……んん、そんな……そんなことない……」

「本当のこと言わないと、ずっとこのままだぞ。イキもせず股を濡らした状態で午後の授業出る？」

「うっ……そ、それは……」
一、二センチの振り幅を維持しつつ焦らすようなストロークに如月はもどかしそうに腰をくねくねとよじらせる。
普段からあれだけ好き放題に振る舞わせているんだ、こういう時ぐらい俺がペースを握って意地悪なことを言ってもいいだろう。

「ほら、言ってみなよ。いつ頃から、オナニーしてたの？」

「……よ」

「ん？　聞こえないな」

「……小学生の四年生ぐらい……からよ」

「へえ、なるほど」

俺はスピードはそのままにストロークの幅を大きくして、如月に与える刺激を大きくする。

ゆっくりとだが、ずるずると膣の中で大きく擦れる快感があった。

「あぁ！　……んは……！」

「オカズはなにを使ってるんだ？」

「ん……その……ちょっと過激な描写がある……んあぁ！　……少女……漫画……んんんっ！」

今度はスピードを一段階早くする。

「週にどれくらいする？」

「あぁ！　あっあっ……しゅ……しゅーによんか……い、くら……い、いぃっ‼」

如月の足を持ち上げ、より深く腰を入れられるようにする。

「ん……じゃ、最後の質問……くっ、昨日はなにを考えながら、オナニーしてたの？」

「そ、総……た、んが……んん！　あっ！　……見てるって……うぅ……私の恥ずかしい姿を見てるって
……考えたら……あ、はぁっ……それ、それだけでんんむ！」

俺は最後まで答えてくれたかわいらしい唇に口づけをしたまま両手を如月の腰に回し、如月を抱くようにしてピストンを一番激しくかつ、快感を覚える速さにまで上げる。

服の上からでも、如月が汗だくになっていることが分かり、その匂いを俺は存分に嗅ぐ。

性器と口という二箇所の粘膜による接触と、限界まで密着した汗だくの肉体は溶けかけのアイス同士をく

っつけているかのように、一つに混ざり合ってしまいそうだ。

子宮へのノックはずいぶん乱暴なものになり、ガンガンと叩き付けるようだった。

腕の中にすっぽりと収まった少女に、これでもかと肉棒を突き入れ続け、そしてついに限界が訪れた。

「んんあンっ……‼」

熱風のように熱い吐息と嬌声が、共有する口内で響き合った。


「そういや、よく昼休みにこの教室使えたな」

「ふふ、教師には内緒で合鍵を作ってるのよ」

手持ちのポケットティッシュでお互い自分の性器の後始末をしながら、そんな言葉を交わす。如月は恥ずかしがって背を向けているけれど。

いや、それよりまたさらっととんでもないこと言ったなこいつは。

「いいのか、そんなことして？」

「ダメに決まってるでしょ。でも、そのおかげで総たんとの密会を邪魔されないんだから、いいじゃない」

まぁ、それもそうか……。

この辺の強引さは、どこかイシュタルに通じるところがある。

「それより、もうお弁当の残り食べる時間が無いじゃない」

「放課後に食べて、感想はまたメールするよ」

「でも、これ二人で食べようと思ってたから少し量が多いわよ？」

「男子なめんなって。女子の多いなんて大したことないよ」

俺は少女趣味な布に包まれた弁当箱を手にして、廊下に誰も居ないことを改竄術と肉眼で確認してから如月と視聴覚室を出た。

「それに、すごい腹減ってるんだから。これぐらい余裕だって、むしろ足りないぐらい」

「ならいいけれど」

そう、俺は今飢えていた。

そろそろ誰か、如月以外の膣の感触を味わいたいと思っていたのだ。

柚姉は長い時間を掛けて仕込むと決めているので、次にチャンスがある人物と言えば——。

十四話　高原恵美とノートの貸出

放課後。

高原さんとの移動中、前を歩く彼女の様子が少し変だった。

「め、芽森くんがわたしの家に……？　そんな男の子を家に……なんて今まで一度も……お母さん達になんて……いや、でも確か……明日帰りが遅い……家にはわたしと玲美と……だけ!?　……で、でも芽森くんは玲美を心配して……ここでわたしが意識するのは変っていうか……」

途切れ途切れでしか聞こえなかったが、なにかぶつぶつ呟きながら高原さんは目的地を通り過ぎてしまう。

「あのう、高原さん？　どこまで行くつもり？」

俺の呼びかけで、高原さんはようやくハッと我に返った。

うっかりしたことに気恥ずかしくなったのか、苦笑いしつつ来た道を引き返してきた。

「今日はボーッとしてることが多いけど本当に大丈夫？　この暑さだから油断してたらすぐ熱中症になるよ」

「大丈夫だよ、本当に。ふふ、心配してくれてありがとう」

「まぁ、ただの心配性な姉の影響だよ。他人の体調が気になるのは」

「それでも、だよ。じゃあ、入ろっか」

高原さんはいつになく乗り気で、目的地のドアに手をかける。

目的地は例によって、当然の如く。あまり人が利用しない、校舎一階隅の女子トイレである。

トイレの狭い個室の中では二人でいっぱいいっぱいだった。

いつものように俺は洋式便器に腰掛けて、目の前に高原さんを臨む体勢だ。

鞄はドアの裏にあったフックに二人分掛けておいた。

「今日はその……どんなのがいい？」

「そうだな……スカートを脱いで下半身をショーツだけにしてくれる？」

「うん、そうしよっか」

あっさりと承諾して高原さんはスカートのチャックに手をかけた。

初めて見せてもらった日からしばらく経ち、だんだんと彼女もこの行為に慣れてきたようだ。

今日は特に上機嫌だが、高原さんはこの時になるといつも楽しそうな気がする。より厳密に言うなら、身に着けている下着について俺と話している時になるとだ。

それだけ下着収集は彼女の楽しみな趣味なのだろうか。

となると、どれだけの数を持っているかが気になるな。タンス一段丸ごと……は流石にないか。

明日、彼女の家を訪問した時になんとか見れないだろうかと考えている内に脱衣が完了する。

「これでどう……かな」

脱いだスカートを抱きしめるように持ち、下半身はショーツと白いソックスと上履きだけとなった彼女の姿がそこにあった。今日は月曜日なので無地のショーツ。相変わらず一切の狂いが無い下着サイクルだ。最近では高原さんの下着で曜日を思い出すようになってきた。

ショーツは濃いピンク色で、真ん中上にブランド名がアルファベットで書かれている以外は本当にシンプルな柄である。

そして、そこから伸びるむちむちの太もも。インドア派の高原さんらしく色白で筋肉はあまりついていない。しかし、ピンク色のショーツと合わせると実においしそうだ。

「……このピンク色はエロくていいね。熟れすぎた桃ぐらいの色で、エロくもあってかわいくもあるよ」

「わたし的にはエロいより先にかわいいって言ってくれた方が、嬉しいんだけどね……」

とりあえずいつものように携帯を取り出して、ショーツを撮影する。

廊下でこそこそと撮っていた時と違い、このトイレを使い出してからはじっくりアングルや倍率を決めれるからなかなか快適だ。

フォーカスを合わせるようレンズが稼働し、携帯の画面いっぱいにショーツに包まれた陰唇を映し出す。

俺はいつも以上にその映し出された彼女の股ぐらを凝視する。

昼休みに抱いた情欲はそっくりそのまま今後の活動目標となったため、俺はどうにかこの奥に隠された花弁を自由に出来ないかと考えていた。

今日はすでに一度改竄を行ってしまった。なので今日、高原さんに今まで以上のことをするのは難しいだろう。まぁ、明日もあるのだ。じっくりいけばいいと思いながら俺はシャッターを切る。

「これ柄はなにも無いんだけど、触り心地が良いから割と気に入ってるんだ」

「へぇ、そうなんだ。それじゃあ、後ろ向いてもらえる?」

「うん……あっ」

くるっと体を半回転させた時、高原さんはあることに気がついた。

ショーツの後ろ部分、つまりはヒップを覆う布地の左側がズレて尻の肉に食い込んでいたのだ。

わずかだがショーツがズレているということは、当然その下にあるものが露出する。

高原さんの生尻が俺の目の前で露わになっていたのだった。

「……っ」

俺はとっさのことに写真を撮ることも出来ずに、その半分の生尻に見入っていた。

おそらくスカートを脱ぐ時、トイレの床に付かぬよう大きく足を上げたのが原因だろう。

だがそれだけではない。高原さんのヒップが持つ張りや大きさがあってこそ起きた結果だ。

露出した生尻は太もも以上に白く、とても柔らかそうで安産型であった。

柚姉ほどではないにしろ、高原さんの尻は女子高生としては平均以上の魅力を持っているようだった。

「ご、ごめんね。みっともないとこ見せちゃって……！」

高原さんは恥ずかしそうに下着の下に人差し指を入れ、ぐいと引っ張るように食い込みを直す。

引っ張られたショーツのゴムは高原さんの手から離れると、尻を微かに揺らしながらパチンと小気味良い音を鳴らした。

その音が引き金になって、俺の中の情欲が限界を超え、頭の中にある考えが浮かぶ。

たとえ新たな改竄が出来なくても、今ある改竄を最大限に活用すればいいのではないか？

「高原さん。そのショーツって触り心地が良いんだよね？」

「え？　そうだけど、それがどう――ひゃう⁉」

俺は座ったままの体勢で手を伸ばした。狭い個室の中、その手は簡単に高原さんの大ぶりな臀部に到達する。

　触れた瞬間、彼女はビクッと身を震わせるも俺のあまりの唐突な行動になにも出来ず立ち尽くしていた。

彼女の言葉通りに手触りの良い布地の表面を、撫でるように優しく、そしてゆっくりと触れていく。

「え、ちょ……ちょっと、待って！　さ、触るのはダメだって……」

「大丈夫、肌触りを確かめてるだけだよ。それにほら、折角説明してもらっても実際に触らないと手触りって分からないし。こうして俺も触って感じた方が、高原さんともっと下着について詳しく話せるかなって思ったんだけど」

「それはそう……なんだろうけど……やっぱり、その……恥ずかしいよ」

「どうしてさ。俺は下着を触っているだけだよ」

　初めて柚姉をマッサージした時みたいに、俺の口からは軽々しい嘘が次々に発せられていく。

　本当に気になっているのは下着の肌触りよりも、その下に隠された若く瑞々しい女体の方だというのに。

　俺はさり気なくもう片方の手も伸ばして、両手で彼女の尻を撫でていく。

　彼女にとって、下着はノートと同価値。友人がいくら触ってもそれは『なんともないこと』なのだ。

とはいっても乱暴にして怖がらせてはいけないので、本当にヒップの形を変えないくらいのソフトタッチで布地の表面だけを触れていく。

　それが功を奏したのか、高原さんは「もう……」と困ったふうな呟きを漏らすだけで本気で嫌がったりはしなかった。

「本当に心地良いね、これ。ずっと触っていたくなる」

「……ずっと触られてたら流石に困るよ」

俺がいつもの調子で冗談を言うも、高原さんの返答はぎこちなく、声も少し上擦っている。

しかし友達同士ならなんともないことの延長だとはいえ、こんな痴漢めいたことを同級生にされるとはどういう気持ちなのだろうか。

それが気になって、俺は心理フィールドを展開させた。モノクロの世界で彼女の周辺に文字列が浮かび上がる。

［**芽森くんに　下着を　触られてる。　すごく　恥ずかしい　けど**］

そしてそれと共に、

［**でも　嫌じゃないかな。　むしろ　気持ち良い　かも**］

嘘偽りのない、この行為に興奮する情欲の気持ちがあった。

高原さんの心中を知ると、俺は少しずつ手の動きを強く大胆なものへと変えていく。

手を大きく広げ、鷹の爪のように獲物を鷲掴みにする。

昨日電車の中で愛撫した少女の薄い尻とは違い、指が沈むほどの柔らかなボリュームと指を力強く押し返そうとする弾力があった。

「め、芽森くん⁉　ちょっと、それは強すぎないかな……？」

「ちょっと、ショーツの伸縮性を試してるだけだから」

掴んだ尻を外側に引っ張り、そして放すとプルンとした動きで元に戻る。

それが実に俺の情欲をそそり、何度も何度もその動きを繰り返して揉みしだいていく。

しかしそう何度もショーツの生地を引っ張ったりすると、当然綺麗に穿いていた状態から乱れていき、
徐々にショーツがずれていく。

そう、先ほど見た尻肉がはみ出た状態にしようとしているのだ。

戸惑っている高原さんはそれに気づかず、少しずつズレていく生地はついに食い込むレベルにまで達した。

布越しに触っていた尻の感触が、急に肌と肌が触れ合う肉感的なものに変わる。

「え⁉ め、芽森くん、また、下着がずれて、その……お尻が……‼」

「あぁ、ごめん。気づかなかったよ」

そう言いながら俺は高原さんが手を伸ばしてズレを直す前に、二度三度と尻を揉んでおく。

肉厚でいてすべすべな感触を惜しみつつ手を離す。高原さんがスカートを持っているために片手で片方ずつズレを直しているさまを黙って眺める。だがここでやめる訳にはいかない。

高原さんが下着を直す間に、俺はおもむろに立ち上がって彼女を両手で包み込むようにして、ショーツの前方へと手を伸ばした。

「え、芽森……くん？　あっ、ダメだよそこは――‼」

手の先がどこに向かっているのかに気づいた高原さんは大きな声を出すが、もう遅い。

俺は両手の先が彼女の布越しの陰唇を捉えた。

ふにふにとしているが尻とは違いあまり指は沈まない。しかし、それ以上の深さへと続く穴を感じられる割れ目の感触が指先に伝わる。

「だ、ダメ……本当に……そこは……」

「でもすごい触り心地が良いよ。本当に……柔らかい」

性感を見る目を使って布越しでも的確に秘部の構造を把握し、指を割れ目の端から端までなぞらせる。

あぁ、本当に触り心地が良い。この心地良さを知るのは、彼女自身以外には俺しかいない。

高原さんを陰から狙っている連中や、俺みたいに彼女をオカズにしていた奴等もこの感触は知らないのだ。出会うまでなにも知らなかった如月と違い、同じクラスの憧れている女子だからか。俺はそんな下種な高揚を感じていた。

俺だけが、彼女の陰唇を見るだけではなく触ることも出来るのだ。

今まで如月への対応や改竄術の利用法を考えるのに追われていたが、改めて俺は高原恵美の体を欲していたことを自覚した。こんなにも淫乱な体が目の前にあるのだ、我慢なんて効くものか。

「芽森くん……本当に、もう……だ、ダメ……だって……」

割れ目を擦り上げ、肉の豆を押したりしていると高原さんの興奮度が上がっていくことが目を通じて伝わってくる。

俺はこっそりとズボン越しにいきり立った肉棒を彼女の尻に押し付けながら、その行為に耽った。

そろそろ高原さんも限界が近いようだった。

ピクン、ピクンと不規則に身を震わせて、耳まで真っ赤にした高原さんは実に扇情的な後ろ姿をしていた。

お互い汗が滝のように流れて息も絶え絶えだ。この体の火照りはきっと夏の暑さだけが原因ではないだろう。

このまま——このまま彼女の奥の奥まで堪能して、情欲に二人で乱れられたらどれだけ良いだろうか。

そんな思いが、欲望が俺の中でぐるぐると渦巻きどうしようもなってくる——が、ダメだ。

俺は身を切られるような思いで、情欲を抑えつける。

「あっ……んん、もう……だ、ダメ…………え？」

「ごめん、高原さん。つい夢中になっちゃって。あ、やば、もうこんな時間か。実は今日、この後用事があってさ」

俺はパッと手を放して、彼女の背後から離れる。

それから本当にすまなかったと、ついつい下着の肌触りの夢中になってしまっていたことを強調して謝った。

いやいや、今更なにを言うかと自分でも思うのだが、人の良い高原さんのことだ。

「ええ？　あれ？　もしかして　私が　勝手に　いやらしい気持ちに　なってたの？　いや　でも　芽森くんの　触り方が　いやらしかった　ような……　？　？　？」

想像通り思考を覗いてみると、さっきまでのことがすぐに有耶無耶《うやむや》になっていた。

確かに俺はやましい思いで触っていたが、彼女にとってそれはあくまで『ノートを見せる』ことの延長にある行為だ。

例え俺を責め立てようにも、やっていたこと自体になにも犯罪要素はない。別に俺は彼女を無理矢理トイレの個室に押し込んで尻や陰唇を触っていた訳ではないのだ。すべて彼女の同意の上である……まぁ、最後のは同意を得てないか。

「それじゃ、ごめんね。放課後にこんな長いこと付き合わせちゃって」

「えっ……う、うん。私は別にいいんだけど……」

俺はフックに掛けておいた二人分の鞄を手にする。その間に高原さんはどこか納得出来ないような顔をしながらスカートを履いていた。

二人でサウナのようになっていたトイレの個室を出ると、少しはマシになるもののやはり暑い。

出口に向かおうと足を動かす前に、俺はあることを思いついた。

「ねえ、高原さん」

「ん、なにかな？」

「その、本当にその生地を気に入っちゃったみたいでさ。だから、家でももうちょい触りたくてその……下着を貸してくれない？」

「え？ ………ぇぇ⁉」

高原さんは言葉の意味を理解するのに一秒ほど時間を要してから、改めて驚いた。

ノートの貸し借り。学生にとってそれは他愛のない日常的な行為だが、やはりモノがモノだけに驚きの感情が出るのは仕方ないか。

だが彼女の中の『感情』はどうであれ、『記憶』はこの行為をおかしなものとは認識しないはずなのだ。

俺は強気に攻めてみることにした。

「本当に触るだけだから。明日には返すし、今日一日貸してくれないかな？」

「うーん……本当に触るだけ？」

「本当、本当」

「それ以外に使わない？」

「それ以外って……なに？」

「えっ⁉ いや、それは……その……」

今のは少し意地が悪い返しだったか。しかし、この手応えは無理そうではないように思える。

熟考の果てに、高原さんの出した答えは――――。

「………分かった。明日、ちゃんと返してね」

「あ、あぁ……必ず返すよ」

俺は歓喜の思いが顔に出ないよう、必死に堪えながらそう答えた。

高原さんは火照った赤い顔のまま、長めのスカートの中に手を入れて下着が丸まらないよう気をつけながらゆっくりと脱いでいった。

スカートの時と同様に少し高めに足を上げて、一本ずつショーツから抜き取った。

その仕草は背後の擦りガラスから差し込む外からの光を浴びて、どこか幻想的なものに見えた。

そして小さく折りたたんで一見ハンカチにも見える形状にしてからこちらに差し出した。

それを俺は心臓を高鳴らせながら、そっと受け取る。

ショーツ自体はもう散々見てきたし、触ることだって柚姉で慣れている。

しかし、クラスメイトのものとなるとやはり緊張する。

脱ぎたてだからこそ感じる温もりにすぐさま顔を埋めたくなる衝動を抑えながら、それを鞄の外ポケットに入れる。

「そ、それじゃあ、俺はこれから用事があるから。ま、また明日！　高原さん」

「うん……また明日」

俺はノーパンとなった彼女に別れを告げ、人が通っていないのを改竄術で確かめてから女子トイレを出た。

長めのスカートを履いているとはいえ、高原さんがこれからノーパンで下校するのを想像すると、なんとも言えぬ興奮があった。

実際、用事があるのは事実だった。朝に受信したメールはもう一通あった。篠宮さんからの呼び出しだ。

空はまだ明るいが、そろそろ時間的には運動部も片付けに入る時間だ。

俺は西校舎裏に向かう途中にある男子トイレに駆け込んだ。もちろん、用を足しに入った訳じゃないまだ温もりのある内にこのショーツを思う存分堪能するためだ。

俺は再び個室へと閉じこもり、便座に座ってお目当てのものを鞄から取り出す。ほんのりと温かいショーツを広げ、さっそく鼻と口に押し当てた。

いつか柚姉のモノで同じことをしていたが、あの時とはまた違った興奮が押し寄せてくる。

柚姉の時はこっそり持ち去ったが、今は持ち主から直接手渡されたのだ。

高原さんが目の前で下着を脱ぐあの光景、そしてそれをこちらに差し出す時の羞恥に染まった赤い顔。

目を閉じると瞼の裏にフラッシュバックするその光景と、今自分の口と鼻で感じる汗と愛液の淫らな匂いで俺の肉棒が痛いぐらいに膨らんでいく。

我慢出来ずチャックを下ろして肉棒を取り出すと、ソレはピンと腹に付きそうなほど反り返っていた。

一旦下着を口から放すと、俺はショーツの奥を確認する。高原さんのヴァギナが接していただろうクロッチは、あと一歩で外側に滲み出していただろうと思えるほど湿っていた。

やはり、高原さんは感じていたのだ。

柚姉同様、記憶を改竄させられた『日常的な感覚の淫行』で興奮していた。

俺をなんのためらいもなくその部分を口に含んだ。そして、なるべく自分の唾が付かないようにしてその状態で思いっきり息を吸い上げた。

口の中は布の味しかしないが、肺には高原さんの汗と愛液の匂いが充満する。

変態的な快感が、その匂いと共に体の中へと流れ込んでいく。

しばらくモソモソと舌や唇でクロッチを味わいながら、固くなった竿を握る。

先ほどまで高原さんの尻に押し付けていた快感があったからか、すでに竿は軽く我慢汁を分泌していた。

粘着質に濡れた亀頭はとても敏感で、軽く触れただけでヒリヒリとした快感が腰を襲う。

「……うっ、くぅ……」

それから指を輪っかにして、我慢汁で濡れたカリ首にひっかける。ニチョニチョとした感覚と共に、甘く激しい快感が俺のモノを悦ばせる。

別れ際の、高原さんとの会話が思い出される。

自分の下着を「それ以外に使わない？」と高原さんは聞いた。

きっと、彼女の中で知識としてはあるのだろう。男子が女性の下着を使って、自分の情欲を鎮める行為をするということを。

つまり彼女は、こういう使われ方を少しでも想像したのだ。そして、想像した上で俺を信頼して下着を貸してくれた。

だが、その下着は彼女と別れて五分もしない内に自慰行為に利用されている。

最低だ。あぁ、初めから守る気の無い約束をする最低野郎だ俺は。

しかし、その自虐には反省の色は全く無く、むしろ自分の下種さを楽しんでさえいた。

高原恵美が優等生であるため、その彼女に対して行うことが下賤であればあるほど、俺はどうしようもない悦楽に浸れることが分かってきた。本当にどうしようもない。

もともと改竄術は相手の信頼を裏切る力だ。相手が了承してくれた事柄を、後から勝手に書き換えてしまうのだから。

そして、高原さんの信頼を裏切るだなんて以前の俺ならば考えられないようなことをしているという事実に、背徳感を覚えていた。

結局のところ、俺はあんなにも憧れていた高原さんよりも情欲を優先したのだ……まぁ、元より彼女を夜のオカズにすることになんら抵抗もなかったのだが。

今は空想ではなく絶好のオカズがあることを再認識し、俺は未知の味を堪能していた。

汗なのか別の分泌物なのか、酸っぱい味が舌先に触れる。

これが彼女の内側の味なのだと思うと、常人では絶対に味わえない希少なものだと思わせた。

しかし、これ以上口を付けていると、涎でぐしゃぐしゃにしてしまう。

俺はほどほどにしてそのピンク一色のショーツから口を離し、いよいよ本命を味わうことにする。

高原さんの前で言った手触りの感想は、まるっきり改竄のためのでまかせではない。

すべすべの感触は、竿を擦り付けるのにとても良さそうだ。

俺の煩悩と同じ色をしたショーツを、自分の肉棒に巻きつけた。それから、右手で唾液と俺の我慢汁で濡れたショーツをネチャネチャと上下させる。

竿はすべすべの生地で擦られる快感を味わい、亀頭の先では我慢汁が彼女の下着を穢す様がはっきりと見て取れた。

左手で携帯を操作してさっき撮った高原さんがこのショーツを着用していた写真を見つめる。

画面に映っている彼女の秘部を包んでいる布が、今は俺の肉棒を慰めるためにぞんざいに扱われていると思うと肉棒の張りが一段と強まる。

この後の生尻を撮り逃したのは痛いが、それは脳裏で再生しながら俺は動かす手を速める。

はみ出した尻、パチンというゴムの音、柔らかく大きな感触、彼女の気持ち良いという思い、そして陰唇の感触。

この数十分の間に生まれた情欲が今、そそり立つ肉棒へと集約されていく。

その思いを巡らせながら肉棒を擦る度に快楽以外の思考が飛んでいった。つま先から頭の毛の先まで、全身が快楽の海に浸かっているようだ。

「……くっ……んお、うぅっ……くっ！」

精神的な快楽と肉体的な快楽という二つの激流に押されて、俺は快感の海を突き抜けた。

海から上がれば、残るのは心地良い疲労感と倦怠感。

白い情欲の液体がショーツを内側から汚す様子を見ながら、俺は満足と不満足の両方を感じていた。彼女のショーツを使った今現在の快楽による満足と、彼女のショーツの中身を使った快楽を得られぬ不満足だ。

特に今日は昼休みに如月を抱いた思いもあって、その飢餓感は耐えるのに苦労しそうなものだった。

家で我慢出来ず柚姉を襲っちまうのも、野暮だしなぁ……。

俺はだるい体を動かしてとっとと西校舎裏に行くために後始末を始める。

やっぱり、そろそろ篠宮さんの膣内《なか》を味わいたい。

本日四度目の射精を終えても、俺の中の情欲はドロドロと留まる所を知らなかった。

幕間Side高原恵美

　恵美にとって総太に渡したのはただの『下着』だ。ノートと同価値の大したものではない。

　むしろ家に帰ってから復習に使うノートの方が、持って行かれると困ったかもしれない。

　だから、心優しい恵美が友人の頼みを聞くことに抵抗を覚えることはないはずだったのだが、不安は晴れなかった。

（なんでだろう。男の子に『下着』を渡す事に、とても重大な意味があるような……うーん）

　別れる際に使い道について問いただしたものの、
恵美の中で浮かんだ自慰行為を連想した記憶はすぐに改竄術が有耶無耶のものにしてしまった。

　はっきりとした記憶は消され、後に残ったのは羞恥や不安といったぼんやりとした感情だけだった。

（井森くんなら何も問題ない……よね。うぅ～、でも不安が晴れないのはなんでだろう……）

　しかし、すでに渡してしまった以上、恵美にはこのまま帰るしか選択肢はなかった。

　スカートが皺になってないか、一度手で均すように押さえつけて身なりを整えてから下校することにした。

「うっ」

　いつものようにスカートを撫でつけたのだが、その感触はいつもとは全く違っていた。

　夏用の薄いスカート生地がぴったりと生のお尻に触れ、それは少しの気持ち良さと大きな不安感を恵美に与えた。

（……大丈夫。スカートは長い方だし、風は吹いてないし、転ぶようなおっちょこちょいじゃないんだもの。大丈夫、大丈夫……）

　そう自分に言い聞かせながらも、恵美はいつもよりも慎重にそろそろと歩き出した。

　校門を出て、いつも通りの通学路を徒歩で下校する。

（友達に『下着』を貸した結果なんだから、私変なことして……ないよね？）

　それから自宅までの道すがら、
恵美は人とすれ違うたびに無意識に羞恥で顔を赤くしてそう自分を言い聞かせた。

　訂正しよう。

　ノートより、断然『下着』を持ち帰られる方が恵美にとって困る結果になったのだった。

十四・五話　陸上部の練習後にて

「それじゃあ、用具の片付けが済んだとこから解散！　部長はいつものように日誌と用具室の鍵を私の所へ持ってくるように！」

陸上部の顧問の声がグラウンドに響き、部員も大声でそれに答えた。

篠宮鈴羽もそれに従いコース上のハードルを一通り片付け終えると、着替えもせずに鞄を更衣室から持ち出した。

「あれ、スズ着替えなくていいの？　今日は自主練もしないんでしょ」

「う、うん。今日はちょっと急ぎの用事があるから」

友人からの訝しむ視線を潜り抜けて、鈴羽は更衣室から早足で去っていく。

いつもより部活が終わるのがだいぶ遅くなってしまったせいで鈴羽は少し焦っていた。自分で総太を呼び出した手前、遅れる訳にはいかないと鈴羽は少し慌てて西校舎裏へと向かう。

その途中、如月明衣と廊下ですれ違う。

「あ、さよなら。明衣ちゃん」

「……ええ、さようなら」

それだけの簡潔な挨拶を交わし、二人はすれ違い、離れていく。

元より鈴羽は誰にでもフレンドリーに接するため、明衣と特別に仲が良い訳ではない。

如月明衣とは、去年は同じ種目を練習していた間柄というだけだ。

だから、鈴羽にとってこれがいつも通りの挨拶。

「……」

けれど、遠ざかる後ろ姿を見つめる明衣の瞳にはいつもとは違った輝きが灯っていた。

愛する恋人からの一緒に帰れないという報せと、鈴羽がせわしない挙動で去っていく後ろ姿。

流石に関係を疑う訳ではなかったがファミレスでの一件もある。念のため、あとをつけようかと思い悩むも、すぐにその考えを打ち消した。

それはただ恋人の住所を確かめるだけとは訳が違う。

昼休み、彼はブレスレットを忘れず持ち歩いていたことを見せてくれた。それはつまり、篠宮鈴羽になびいたりしないというあの約束も忘れていないということだ。だから、ここで二人の関係を疑うことは彼を裏切ることと同義なのである。

（……総たんが普段なにしてるとかも、私全然知らないのよね）

総太について知らないことを発見する度に、自分が本当に恋人であるのか不安になる。

本人が知る由もないが、その不安は的中している。

（きっと、総たんにも色々忙しい事情があると思いましょう）

けれど、今の明衣が当然疑問に思うことはない。

そう一人で納得して、如月は再び更衣室へと歩き始めた。

十五話　篠宮鈴羽とストレッチ

西校舎裏に着くとまだそこには篠宮さんの姿は無く、俺はとりあえずベンチに腰を下ろした。

何年と野晒しで置かれていただろうベンチは相変わらず軋み一つあげることなく俺の体重を支えた。

手を首の後ろで組んで、校舎の壁に背を預ける。

……やっぱり、新しい改竄を加えないと無理だよなー。

篠宮さんとのフェラを除いた関係は、去年から校舎裏で放課後の時間を潰していたということだけである。

人気の無い場所での二人だけの密会、と言えばなにか特別な意味を感じられるかもしれないが、実際は部活終わりの彼女の隣に俺は座らせてもらっていただけだ。

なにか物を貸し借りすることも無く、この前の繁華街で出会うまでは学外で会ったこともなかった。ただ昨日見たテレビ番組や、今週の漫画雑誌、駅前の飲食店についてなどの他愛もない会話していた仲だ。

だから当然、俺と彼女の間にある習慣は少なく、改竄の幅も広くはない。

なら、いっそのこと……。

頭に思い浮かぶのは、イシュタルの言葉だ。

確か、まだ改竄術を手に入れて十日ほど経った頃だったか。改竄術を使わずとも、俺の雄としての魅力で向こうも求めてくる状況を作り出せるとかなんとか。

もちろん、それがプラトニックな恋愛の果てにではなく、若さ故の情欲を掻き立てた結果にという意味であることは理解している。

そうなると問題は篠宮さんがどう思っているかだ。俺との関係を口淫だけで満足しているのか……それともそれ以上を――。

「ごめーん！　あたしが呼び出したのに、こんな遅くなって」

もやもやとした俺の思考を一息で吹き飛ばすような、快活で良く通る声がした。

声がした方向に顔を向けると、グラウンド方面の校舎の角から半袖にハーフパンツの体操着姿の篠宮さんがこちらに駆けてくるところだった。彼女が部活終わりに着替えもせずここに来ることは珍しいことで、つまりそれだけ急いで来たということなんだろう。

「いいよ、特に時間を決めてた訳じゃないしさ」

「あー、こういう時、男性は『俺も今来たとこだよ』って言うもんだよ」

「ここが時計台なり噴水なりが置いてある綺麗な広場だったら言ってたかもね」

「あはは、確かにこんな砂利しかない場所じゃ、デー……トの待ち合わせって感じじゃないよね」

いつもの冗談を交わしながら彼女は俺の隣に座った。途中、言葉の歯切れが悪くなったように感じたのは気のせいだろうか。

それからしばらく篠宮さんは黙ってしまい、俺も用件を急かすこともせず、静かに彼女の言葉を待った。

しかし、なんだろう。この感じだとミルクの補給でもなさそうだし、今日の篠宮さんは様子がおかしい。

「……」

彼女のここまで大人しい姿というのは俺は初めて見たかもしれない。

うつむいた顔は時折なにかを窺うようにこちらを向き、そしてなにかを言おうと口をまごつかせては再び閉じるを繰り返していた。

ここで俺が心理フィールドを出せば、一発で彼女がなにを伝えようとしているか分かるのだが、それは無粋に感じて気が進まなかった。

彼女が必死になにかを伝えようとしているなら、俺はそれを手助けするべきだろう。

「あのさ、篠宮さん」

「え!? あ、えっと、なにかな?」

「今日は、その……ミルクを飲みに来たんじゃないんだよね?」

「うん、そうだけど……あ、でもやっぱり飲ませてくれるかな。その……あ、暑いしね!」

喉が渇いた時にあんな粘り気のあるものを飲もうとしたら、それこそ危ない気もするが。しかし今日は度重なる射精によって量も粘度もだいぶ落ちているだろうし、まぁ大丈夫だろう。

だが一応、篠宮さんにスポドリの摂取を先に勧めてからいつもの用意をし始める。

改竄術で周囲に人が居ないことを確認し、ズボンのチャックを下ろして、その間から性器を取り出そうとして――。

「あたしにやらせて」

と、俺の前に膝をついた篠宮さんの指がチャックの隙間へと潜り込む。

ごちそうを前にした子供のように、もう待ちきれないといった仕草だった。

けれど、男性の下着の構造をよく理解していないのか、散々下着の上から男性器をまさぐるように触ってからようやく半勃ちのモノを取り出した。

「今日はちょっと、お疲れ気味だね。暑さのせいかな」

「えーと、まぁ、そうだね」

本当はすでに四回も絶頂に達したからだとは言えず、俺は適当に言葉を濁す。

篠宮さんは半勃ちのソレの形を確かめるように両手で触ってから、ゆっくりと裏スジや竿をしごき始めた。

始めたはいいものの、ここからどうやって新しい改竄に繋げようか。流石に五回を超えると俺もキツいからこの行為中に……。

「んぉっ……」

指の腹で刺激されていた所に、新たにぬめっとした感触が加わる。篠宮さんの舌先が、アイスを舐めるよりも繊細に鈴口の周辺をなぞり始めたのだ。

「今日は……なんだか、いつもよりあれが出てくるの遅いね……ちゅる……我慢汁、だっけ」

一箇所を責め続けた舌はほどなくして、肉傘のふちへと移り丁寧に唾液と舌を押し付けてくる。

俺の予想としては完全に勃起するのにも少し時間がかかると思っていたのだが、舌先で舐められただけであっさりと硬さとサイズは増していった。

「ん……やっと、大きくなったね……」

ほとんど完全な姿になった剛直を前に、篠宮さんは待ってましたと言わんばかりにぷっくりとした唇で咥えだした。

「ちゅ……んん……あぁ、おいひ……」

篠宮さんの口内に肉棒はあっさり収まり、まるで竿だけぬるま湯に入ったような感覚が情欲を刺激する。

激しく自分からも腰を動かしたくなる衝動を我慢しつつ、上下する彼女の頭に手のひらをそっと添える。

汗でしっとりと濡れた髪を梳き、邪魔にならないように前髪は横へと分けてやる。

不意に、篠宮さんの動きが止まる。

「あのさ……総太くん」

「ん、なにかな」

「その、いつもあたしがしている時に……あたしの髪を梳いてくれるのって、その……」

行為に興奮し出してきたからなのか、顔を少し朱に染めた篠宮さんが手だけは動かしつつそんなことを聞いてきた。

もしかしたら、ずっと迷惑がられていたのだろうか。

子供の頃に柚姉の髪を結って遊んだりしていたせいか、女性の髪を触ることへの抵抗が人より少ないことは自覚していた。

冷静に考えれば髪は女性の命だというし、安易に触るのはやはりまずかったか。

「ごめん、篠宮さん。いや、綺麗だなぁと思ってつい触ってたんだけど、不快に思ってるなら――」

「そんなことないよ！」

俺の言い訳がましい弁解と共にどけようとした手が、彼女の一声で止まる。

「そんなことないから、その……もっとこう、撫でるように梳いてくれたら嬉しい……かな」

「撫でるようにって……こう？」

宙で止まっていた手を再び彼女の頭に乗せ、髪の流れに沿うように軽く動かす。

「うん……うん、それいいかも」

どこか満足げな声と共に篠宮さんも舌先を動かして、肉棒への愛撫を再開した。

正直、これは髪を梳いてるというより、単に頭を撫でているだけのような気もするのだが。

けれど俺も悪い気はしないし、そのまま彼女の頭をよしよしと撫で続けた。

そうしてる内に俺はどこか懐かしい気分に浸っていった。確か、昔飼っていた猫のキリエをよく膝の上に乗せてこうやって頭を撫でていたっけ。

そう思うと俺もノスタルジックな気持ちになってくる。

だが、いつまでも猫のように発情した篠宮さんを撫でて楽しんでる場合じゃない。

まだ十分に余裕があるとはいえ、我慢の限界がくる前になんとか改竄方法を考えないと――。

それからしばらくして、俺と篠宮さんの行為の中では最長の時間が過ぎようとしていた。

陸上部員で体力はある篠宮さんでさえも疲労は隠し切れず、動きの幅を小さくし、吸うようにして愛撫を続けていた。

俺が意図的に射精を我慢してるせいなのだが。

けれど、本当の問題はそこではなかった。改竄方法をどうするか悩む内に困った事態になっていたのだ。

「……んあ……はぁ……んっ」

篠宮さんが自慰を始めてしまったのである。

角度的に俺から見えないと思ったのか、それとも無意識の内にやっているのかは分からないが俺のことは全く気にしていないようだ。

柚姉の時もこんなことあったか……。

あの時ほどの激しさは無いものの、今の篠宮さんは誰が見ても一発で性器を弄ってるのだと分かる。

そんな光景を見ながら彼女の頭を撫で続けるというのは、まるで彼女を性的に手懐けたみたいで征服欲を刺激されるが、あまり興奮すると射精してしまいそうになるのでこのままではまずい。

ふと、俺の中である考えが浮かぶ。この状況を利用し、上手くすれば俺の目的が達成出来るかもしれない。

「あれ、篠宮さん？　なにしてるの？」

「……えっ」

俺の一言で、彼女は爛《ただ》れた夢から覚めるように恍惚とした表情を崩した。

それからこちらの言葉の指す意味を理解すると、慌てて股に伸ばしていた手を引っ込めた。

「あっ、えっと、その、違うの！　これは、その……本当に違うの！　あ、あたしは……あたしはただ……その……あぁ、こんなことするつもりじゃ……」

とんでもないことをしてしまったと言わんばかりに、篠宮さんは慌てて弁明しようと口をせわしなく動かした。けれど、自慰行為をしていたことの言い訳など簡単に思いつくはずもなく、その表情はだんだん弱々しいものになっていき、最終的には泣き出しそうな勢いである。

これはこれで嗜虐心をそそられるのだが、ここで俺は助け舟を出した。

「もしかして、あれって股関節のストレッチかな。前にテレビで見たんだよね。ハードルの選手は股関節の柔らかさが一番大切だから、とか。あれもそういう類いのものでしょ？」

「え…………う、うん！　そうなの！　慌てて部活から抜け出してきたから、ちゃんとストレッチ出来なかったんだよ。あはは、総太くん意外と詳しいね」

なるべくわざとらしくならぬよう気をつけたが、どうやら俺の言葉に篠宮さんは乗っかってくれたようだ。

八方塞がりな状況に光明が差したとばかりに、篠宮さんの声や表情がぱぁっと明るくなった。

「俺もその関節のストレッチ、手伝っていいかな。さっき言ったテレビで見てたやつを試してみたいんだ」

「え？　うーん……分かった。いいよ」

よし、こうなれば九割方は作戦成功である。

篠宮さんは膝立ちの状態から腰を下ろし、足を伸ばして基本的なストレッチな体勢になった。

俺は一旦イチモツをズボンの中へとしまい、彼女の背後に回る。

それじゃあ、最後の仕上げをしよう。

「　**よかった　関節の　ストレッチだと　思ってくれて**　」

限定神力・記憶改竄開始《Now rewriting》――――。

「ひゃ⁉」

俺は篠宮さんと同じように座り込むと、そのまま両手を彼女のハーフパンツの中へと進入させた。

体操着の腰回りはゴムで留めてあるので、あっさりと俺の手は彼女の秘部へと辿り着く。

「総太くん、その……あっ……んん」

「ん？　あぁ、ごめん急にやったら驚くよね」

伸びた指先が触れた陰唇は、まるで熱湯のように熱く濡れていた。

「でもさ、『膣内』のストレッチをするなら、アソコの準備はしないとダメでしょ？」

「それは、そう……？　だけど……」

服の上からぐにぐにに押して自慰をしていたせいでショーツにも愛液が染み渡り、ショーツの中はクロッチを中心にぬるぬるだった。

この様子では割れ目は完全に出来上がっているだろうから、指先を割れ目の中心へと沈ませていく。

まだ全然生え揃っていない陰毛を掻き分けると、肉のヒダが俺の指の進行を阻むように吸い付いてくる。

これは……だいぶキツイな。如月のとは全然違う……。

俺は一度指を引き抜いて、「ねえ、篠宮さん？」とあえて彼女の耳元で名前を呼んだ。

すると、ピクッと軽く身震いしてから「な、なに？」と返答が返ってくる。

「ハーフパンツと下着、全部脱いでもらっていいかな。着たままだと良く見えないし、ちゃんとストレッチ出来てるか不安なんだ」

「そ、それは……その、流石に……」

「でも、膣の中のストレッチする時は大抵の人はそうするものじゃないの？」

「うっ、それはそうだけど」

改竄した記憶はこういうふうに、『言ったもの勝ち』みたいな節がある。

改竄された記憶を疑わないというルールからか、単語の書き換えだけでは出来ぬ細かい箇所は割と俺の自由に設定出来るのだ。

「それに汗で下着が汚れるのは篠宮さんも困るでしょ？」

「うー……分かった。でも、せめてベンチの上でお願い出来る？」

「もちろん」

「じゃあ、ちょっと目を瞑って待ってて」

恥ずかしそうに言った篠宮さんの言葉に頷き、俺は大人しく瞼を閉じる。

スルスルとハーフパンツを脱ぐであろう布擦れの音に目を開けたくなるが、つまらないことで流れを折ってはダメだと我慢する。

「おまたせ、総太くん……」

瞑っていた目を開くと、そこには恥ずかしそうに体操服の裾を引っ張って陰部を隠そうとしてる篠宮さんがいた。どうせこれからソコを晒して、俺のストレッチを受けるというのに。

とはいえ、ストレッチだと思っても野外で下半身を露出するというのは、やはり羞恥を感じずにはいられないだろう。

俺はもう慣れてしまったが。

ベンチに座った俺は足を開いてその間にハンカチを敷き、その上に篠宮さんは生のお尻を置いた。

「それじゃ、ストレッチを再開するよ」

けれど、俺が伸ばした手を遮るように彼女の足は閉じ、手はアソコを押さえたままだった。

それを少しずつ解いていき、「大丈夫、大丈夫」なんて声をかけながら彼女の股を開かせた。

太ももの付け根から日に焼けた肌の境界線が見え、小麦色の足とは対照的な白い股間が夕日に照らされた。

愛液に濡れた陰唇が日光を反射している様を見て、篠宮さんは耳まで赤く染まっていった。

「じゃあ、中をほぐしていくからね……」

そう言って再び中指を割れ目の中へと侵入させる。

……やはり、キツい。

指一本でキツいものは当然、男性器でもキツいだろう。彼女の痛みや負担を気にしつつも、そのキツさから予想される快楽への期待に唾を呑んだ。

俺はなんとか指二本はスムーズに入るよう、じっくりと指を出し入れした。

「んっ……あぁ……ね、ねえ……総太、くん」

「なに、篠宮さん？」

「で、出来れば早めにお願い。その……時間が時間だしね」

それは照れ隠しにも思えたが、事実でもある。

もう完全下校時間は過ぎ、校内で残っている生徒は俺達ぐらいだろう。ここが警備員の巡回ルートから外れていることは去年の内から知っているが、いつまでもここに居る訳にもいくまい。

まぁ、俺の方もそろそろ限界なのだ。お望み通り、終わらせにかかろう。

「じゃあ、もう一個のストレッチ法を試させてくれないかな」

「もう一個の？」

「そう、えっとまず――」

俺は簡単に説明してベンチに座ると、篠宮さんはそのベンチに膝をつけた。

それは俺の体を跨ぎ、そして上に乗っかるような体勢だった。

「そ、総太くん。これ、なんだか怖いよ」

「大丈夫、ストレッチは最初痛いものだってことはスポーツ選手である篠宮さんも良く知ってるでしょ？」

彼女は俺と向き合った状態でベンチの上で膝立ちになって、両手を俺の肩に置いていた。

ピンと張りつめた剛直の真上に、彼女の股がくる体形だった。

「じゃあ、膣内ストレッチに必要なアレを出すよ」

「アレ……？」

俺はまた改竄術の言ったもの勝ちなルールを使い、『膣内ストレッチ』の詳細を決めた。

内容は当然、決まっている。

ズボンに手をかけて、俺はすでにこの校舎裏で何回も行った慣れた手つきでパンツごと下へずりおろした。

「篠宮さんがいつもおちんぽミルクを飲んでるこれで、中をほぐすんだよ」

「えっ‼　えっと……あぁ、そっか膣内ストレッチだもんね……入れるのは当然、そうだよね……」

どうやら納得してくれたようだ。

「でも、総太くんのって大きいし固いし……やっぱり少し怖いよ」

「痛いだろうけど、ストレッチなんだから最後までやってみようよ」

「……分かった。やってみるよ」

スポーツマンとしても引き下がれないと思ったのか、彼女は徐々に腰を下ろしていく。

本当は、ただの下種な男の情欲処理をさせられているだけだと認識出来ずに。

俺は彼女の腰を左右から両手で支えて、彼女が赤黒いモノを掴んでゆっくり膣内《なか》へと導いていく様を見守った。

彼女は知らず知らず、自分の手で純潔を散らせようとしているのだ。

「あっ……んっ……かた、痛っ」

膣が亀頭だけを咥えた段階で、彼女の手が止まった。まだ全体の三分の一も入ってはいない。

「そ、総太くん……やっぱり、ちょっとむ……」

「こうやってほぐしていけばいけるよ」

そう言ってゆっくりと腰を上下に動かして彼女の穴を広げるように、周りの肉をほぐしていく。固い陰唇が、咥えきれない肉棒を無理矢理しゃぶらされていた。

その刺激に耐え切れず彼女は苦しそうな息を漏らしながら、俺の胸にもたれかかってきた。

先端しか入っていなかったモノは、あっさり吐き出されてしまう。

どうやら、ここから先は俺がやるしかなさそうだ。

俺は腰に当てていた手を小ぶりで引き締まった尻へと回し、もう片方の手で男根の位置を調整をする。

薄い毛の生えた肉壺に男根を差し込んで、彼女の体をゆっくりと沈めていく。

「うっ……あっ、だ……ダメ……苦、し……」

やはり一番大きなカリに苦戦するのだろう。けれど、そこを越えればイケる気がした。

入り口近くのヒダが亀頭を切なげに締め上げる。ゆっくりとその感触を味わっている内に、カリ首への刺激で危うくイキそうになる。懸命に耐えながら丹田に力を込めて、固い膣肉を淫らに開拓していく。

完全に竿が彼女の中へと呑み込まれると、膣の中が急にグワッと広がる感触がした。

たった今、篠宮さんの処女が失われたことを男根を通して確かに感じたのだ。

彼女の中はこれ以上なく俺の性器と密着し、その締まりと熱で動かずともイッてしまいそうだ。

「総太くん……は、入った？　全部入っちゃった……？」

「うん、全部入ったよ。これでだいぶほぐれたんじゃないかな」

俺と同じぐらいの目線になった彼女の頭を、俺はよしよしと撫でた。

それで苦しさや緊張の糸が切れたのか、篠宮さんの目からはうっすらと涙が込み上げてきたようだ。

初めてを奪われる痛みとはそれぐらい苛烈なものなのだろう。

ふと、如月の時の事を思い出す。あいつも……まぁ、おそらくだが初めての経験だったはずだ。しかし、篠宮さんのような痛みを堪える態度をおくびにも出さなかった。

あれは普段から自慰行為をしているからなのか、単にあいつが我慢強いのか……おっと、今はあいつのこ

とを考えている時ではない。

「じゃあ、ストレッチなんだから、ここから動いていかないとね」

「うっ、そ、そうだね……ストレッチなんだから、ここから伸ばしてほぐさないとね……」

「そんな激しく動く必要はないよ。こう、腰を揺らす感じでさ」

俺は何の気なしに篠宮さんの腰に手を回した。なにも身に着けていない、無防備な腰にである。

如月も鍛えられていたが、篠宮さんのはまた一段と引き締まった腰つきだった。

脇腹なんか、つまめる肉が無いようである。あのクレープはどこに消えたのか甚だ疑問だ。

そんな細い腰を掴んで、俺は篠宮さんの体をゆっくり前後に揺らし始めた。

「こうやって、少しずつ、少しずつ動いてさ」

「いっ……んっ、ま、待って……自分のペースで、やるからっ……！」

そう言って、篠宮さん自身も腰を動かし始めた。

濡れた瞳を時折ぎゅっと瞑り、再び開かれた瞼の奥には、本当にスポーツのトレーニングをするかのような篠宮さんの真剣な眼差しがあった。

視線を下げると、俺と篠宮さんの結合部は、愛液の他に血が混ざっていた。

そういえば如月の時は夢中で気づかなかったが、本来は血を流すほどの出来事なのだ。

そんな当たり前の事に気づきながらも、俺の竿は萎えることはなかった。血を見た程度では、俺の竿が萎えることはなさそうだ。

「ひぅっ、だいぶ、ほぐされて……きたんじゃ、ないかな……んっ！」

さっきまで真剣な表情だった篠宮さんだが、視線を戻すとその顔には蕩けたものになっていた。

瞳はトロンと力なく、口は少しだらしなく開いている。

「じゃあ、今度は激しくいこう。こう、俺のおちんぽに擦り付けるように」

「ん……分かった」

篠宮さんは足をしっかりとベンチに置き直してから、俺の肩に置いた手に力を入れてズリズリと腰を俺の腰に押し付け始めた。

その腰使いは、いままで体験した中では感じたことがないほどの密着感を生んだ。

俺の肉棒がすべて埋まっていくんじゃないかと思うほど、篠宮さんの膣が竿全体を包み込んだ。

しかも、如月よりも締まりのいい彼女の中は俺のモノを限界までに締め上げている。

「……くぅっ」

「大丈夫？　総太くん、あたしより息が荒そうだけど……」

「大丈夫……篠宮さんの中が、思ったより強張っていたから驚いただけだよ」

「そ、そんなにガチガチになってる？　うーん、確かに『ここ』はあまりほぐしたことないけど……」

実際にガチガチになっているのは俺のモノの方だが。

そんな固くなった肉棒を下の口で咥えたまま、篠宮さんはベンチに膝をつけたまま、腰を前後にゆっくりと揺らし続ける。

本当のストレッチかのように「いちっにっ、いちっにっ……」とリズムを取り、細い腰をいやらしくくねらせている。

そのゆっくりとした一定のリズムは、もっと激しい刺激を求める今の俺にはとてももどかしく思えた。

激しく竿を突き動かして、篠宮さんの固い中を無理矢理にでも拡張してやりたい気分になる。

　しかし、これはあくまで『ストレッチ』なのだ。

　最初は貧乏揺すりのようなわずかな揺れだった腰使いがだんだんと動きの幅を大きくし、竿で篠宮さんの中を掻き回す水音が大きくなる。

　そのぐちょぐちょとした音に気づいたらしい篠宮さんが、動くのを止める。

「……うー、なんだか分からないけど、この音恥ずかしくない……？」

「ストレッチが上手くいってる証拠だよ。ほら、スムーズに動けるようになったでしょ？」

　真っ当なストレッチをしていると思っている篠宮さんでも、音を立てて性交することに羞恥は覚えているようだ。改竄術のおかげで、行為そのものに違和感は覚えていないようだが。

　それでも万一のことがあると困るので、俺は自分から腰を動かし、話を逸らす。

　篠宮さんに股がられているのでスムーズには動けないが、下から突き上げるように腰を動かした。

「んっ！　んっ！　……あっ、じ、自分で動くのと全然……違うっ……!?」

　確かに、その感触の違いは俺にも分かった。

　自分で動くと、さっきまで抑えてきた、相手を滅茶苦茶にしたいという衝動がどんどん膨れ上がっていく。

「んんっ！　そ、総太く……ん、激し……んっ！」

　篠宮さんはその突き上げる動きに堪えきれず、俺の胸板に体を預けてきた。

　堪らず、俺も篠宮さんの腰に手を回し、腕の中で彼女の体温を感じた。

　初夏の気温と激しい運動で、彼女の体からは汗の香りがする。それがまた、自分が生身の人間を抱いているのだという実感を湧かせる。

　布団や枕を抱きしめるだけでは得られない生々しい感触が、性交の実感を俺に与えていた。

ダメだ、もう抑えきれそうにない。

「くぅ……そ、それじゃあ、ご褒美に篠宮さんの大好きなミルクをあげるよ」

「わーい、やった……んっ……あれ、総太くん？　……あっ」

言葉の意味を正しく理解出来なかったのか、俺が尻を掴んでちょっとずつ動かし始めたことに気づくと篠宮さんは戸惑った。

彼女の尻はとても小さく、それでもプリッとした肉の感触が堪らない。

そんな感触を楽しみながらも、俺は尻を掴みながら篠宮さんの体を上下させる。

篠宮さんもそれに釣られ、ベンチについた膝を使って上下運動するしかなかった。

「まっ、待って……こんなに激しいのは、まだぁ……うぅああんっ！」

じゅぼじゅぼと破瓜の血混じりの愛液が、俺の股を濡らしていく。

その上でさっきまで処女だった陸上部次期エースが痛みと快感の混じった声を出している。

改竄術が無ければ絶対に体験出来ない快楽に、貪るように腰を前後し続ける。

彼女の中で最大限まで大きくなったアレはもう我慢の限界で、すぐに出てしまいそうだ。

自分の肉棒用に形作られているんじゃないかと思えるほど窮屈な中で、ヒダがカリを弾くずりゅずりゅとした感触に射精感が我慢出来なくなってくる。

「くっ、そろそろ……出……る」

亀頭の先を咥え込まれたまま、その先っぽを乱暴に膣の最奥に押し付ける。

腰を下から突き上げる動きを激しくし、射精に向けてラストスパートをかける。

「いぁっ、えぇ……で、出るって……あっ、んんっ……！」

竿の先がぎゅっと絞られるのが分かる。射精を目前にタマがきゅっと収縮し、その中身をすべて吐き出す準備が整ったことが感覚で分かる。

小刻みな動きに変わった上下動が、狭い間隔で濡れた肉同士がぶつかり合う音を立てる。

そして、俺と篠宮さんはほぼ同時に達したのだった。

「――ひぁんんンンぅうっ！」

ぎゅっと俺の首に腕を回し、溢れんばかりの甘い声を篠宮さんは校舎裏に響かせた。

その嬌声に掻き消されながらも、俺も掠れた声をあげ、五回目とは思えぬほど熱く濃いものを彼女の内へと解き放った。肉棒の内を上がってゆくマグマのように熱い精液が、彼女の中で噴火しているのが快感と共に感じる。

いつもの自慰ならば、すぐに終わってしまう射精がとても長く続いていた。

ドクドクと止めどなく溢れ出るドロドロの情欲で彼女の中が満たされていく。

すべてを吸い取られていくような快感。

頭が真っ白になりそうな夢心地の中で、俺は全身から脱力していった。

腕の中の篠宮さんもぐったりとして、しばらくお互いに動けそうにはなかった。

生ぬるい風を感じながら、どれだけ時間が経ったのかぼんやりと考える。

――はぁ……はぁ……。

二人の吐息が、お互いの耳朶を震わせていた。

俺と篠宮さんは行為を終えると、しばらく身を寄せ合うようにして呆然としていた。

日が暮れ始め、いつのまにか掻いていた汗が冷えてくると、体と共に頭の中も冷静さを取り戻していく。

……やっちまったな。

彼女の中に出してしまった。それ自体は、俺に達成感と征服感混じりの高揚を与えてくれるからいい。だが、同時に懸念すべき問題が一つ出来上がってしまったのだ。

それはイシュタルから授かった三つ目の異能。接吻によって子を成す可能性を無くす不妊の術についてだ。

体を交えたとはいえ、この陸上部次期エースとは未だただの友人同士――いや、俺だけでなく彼女も情欲を持って接してきているならもう『ただの』とは言えないかも知れないが。

けれど、恋人である如月と違い、容易に唇を交わすことが難しい間柄なのは確かである。

肌よりも唇を重ねる方が難しいなんて奇妙な話だが、その辺りの面倒くささは今更だ。

今日はすでに改竄しちまったし、今、不妊の術を掛けるのは難しいか……いや、するだけなら簡単なんだ。

しなだれかかるように体を預けていた篠宮さんの肩を掴み、ゆっくりと起こした。

「ぁ……」

薄い布を隔てた温もりが遠ざかるのを感じ、彼女は名残惜しそうな声を漏らす。

その顔はまだ赤く染まっており、濡れた瞳もトロンとしていて、どこか夢うつつといった様子だ。そこには普段の快活な笑顔の面影はなく、例え強引にキスを迫っても今の彼女が抵抗出来るようには見えなかった。

術を掛けるためだとしてもキスをした後がなぁ……篠宮さんも、今はいっぱいいっぱいなようだし――。

ひとまず軽く両肩を叩いて、篠宮さんの意識をはっきりさせる。

「大丈夫、篠宮さん？　立てる？」

「……うん。まだ、ちょっと膣内《なか》が熱くてズキズキするけど……うん、立てる」

篠宮さんは俺の肩に手をついて、ベンチから下りようとして――。

「あ……」

足に力が入らず、上半身が振り子のように後ろへと傾いていく。

「おっと！」

なんとか手を伸ばし、彼女の二の腕を掴んだ。下がコンクリではなく柔らかい地面とはいえ、頭を石にでもぶつけたら危ない。転倒を防げてよかった。

「あ、ありがと……」

「まだふらつくんなら、もう少し座ってなよ。どうせここに警備員の見回りは来ないんだし、無理することないって」

「そうだけど……ひゃっ！」

引っ張る手に促され、俺の隣に座ろうとした篠宮さんがビクッと身を震わして再び立ち上がる。

どうやら下になにも穿いてないことを忘れていたらしく、冷たいベンチの感触に驚いたようだ。

その様子を少し微笑ましい気持ちで見守っていると、

「……総太くん。着替えるから、ちょっとあっち向いてて」

体操着の裾を引っ張って秘部を隠しながら、篠宮さんは顔を赤くして恥ずかしそうに言った。

帰り道、俺と彼女の会話はどこかぎこちなかった。一応、彼女の体も心配しておいたが、「ちょっと痛かったけど平気」と軽く返された。

どこか気まずさを覚える空気を漂わせたまま、帰路が分かれてしまった。

「それじゃあ、俺の家はこっちだから」

「うん。また明日、総太くん」

今の篠宮さんの心情を、俺は想像出来なかった。

改竄術で確かめることも考えたが、彼女が俺を呼び出した理由まで知れてしまうとバツが悪い。

今日のところは彼女の記憶は彼女だけのものにしておくことにして、俺は彼女に背を向ける。

「……あの、総太くん！」

数歩歩いたところで、篠宮さんの決心したような声が俺の足を止めた。

振り返ると、篠宮さんは夕日を背負い表情が読み取りにくい状態だった。

「さっき校舎裏に来てもらったのはその……お願いがあったの」

夕日に手をかざして篠宮さんの様子を窺おうとしていると、彼女は少し震えた声で呟いた。

お願い？　なんだろう。

こんな別れる直前まで言い出せなかったのを考えると、よほど大事なことだったのだろうか。

彼女の顔をはっきり直視出来ないため、そのお願いの重要度が予測出来ない。

「えっと……その、あたしと……」

歯切れの悪さに、見えずとも今の彼女が校舎裏に来てすぐの時と同じような表情をしていることは予想出来た。ここは、あの時のように彼女に助け舟を出した方がいいのだろうか。

「あの、篠宮さ……」

「あたしと――――‼」

そんな俺の言葉を遮る形で、彼女はそのお願いを言った。

番外編　女神イシュタルと気まぐれ

あやつに記憶改竄術を授け、半月と言ったところかにゃ。

人間の時間というのは気がつけば、とんと早く過ぎ去ってゆくものだ。数千年単位で存在する神にとって数秒と数ヵ月に大きな差はない。

ただ、今は少し時間が経つのが遅く感じるにゃ。待ち人がいるからか、それともエネルギー充填のため、眠るように日々を過ごしているからか。

重い瞼を少し上げ、周りを見渡す。

誰もいない真っ暗闇に膝を抱えて浮かんでいるのは、やはり我だけにゃ。

ここは世界の狭間とでも言うべき、人間の世界と神の世界の間にある意識だけの空間にゃ。

当然人間は入ってこられず、神が人間の世界を眺めるのに使う展望室のようなものにゃ。

ただ、ここに訪れる神も随分減った。

神が人間の世界に興味を持ち、さらに降臨するなんてことが日常茶飯事だったのは何千年も前のこと。

単に飽きたというのか。ここしばらくは、どの神も自分の世界に引っこみ作業的に世界の運営を行ってるだけにゃ。まぁ……戦の神とか死の神とか、万年活き活きとしてる物騒なのも多いがにゃ。

「はよ来んか、総太め。我が退屈するではないか」

自分の呟きに、思わず笑ってしまう。

さっきまで時間の流れの早さを思っていたものを、すぐに翻す。神というのは本当、気まぐれなものにゃ。

それにしても、にゃ。

その気まぐれな神が、今はじっとただの人間であるあやつが来るのを楽しみにしているとはにゃ。

「……お、来たかにゃ」

膝を抱えたまま目線を前にやると、待ち人である少年の体がぼんやりと陽炎のように浮かび上がる。

人間ならば普通入ってこられない空間だが、神である我と繋がっているあやつは特別だ。眠りに入れば、意識だけを我が引っ張ってこれるのにゃ。

――よう、イシュタル。

「うにゃ、今日も満足する一日を過ごせたようだにゃ」

我は膝を抱えた体勢から、身体を伸ばして小僧の元へと近づく。

人間にとってあった方が自然だからか、小僧が現れると同時にこの空間に地面が現れる。シーツを敷いたベッドのような、柔らかな低反発の地面にゃ。

その地面であぐらをかいていた小僧の太ももの間に座り、椅子代わりにしてやる。まだまだ充電中の体のため、小学生ぐらいの矮躯《わいく》にはちょうど良い。

「それで、そちは今日はどんな改竄をし、どんな楽しみ方をしたのにゃ。言うてみい、言うてみい」

見上げるように小僧の顔を見やり、人差し指で胸を突いて話を促す。

いつものことながら、小僧は少し恥ずかしげな態度を取りながらも、律儀に語り始めおる。

うむ、せっかく我が与えた力なのにゃ。存分に使い、楽しんでもらわなければ困るにゃ。

うにゃ……そうでなくては、本当にこやつが喜んでいるか分からないからにゃ。

小僧の話を聞きながら、我は小僧の胸板に頭を預け、その心臓の音を聞いていた。意識だけの存在だから、服や周囲の騒音などないクリアな鼓動が聞こえてくる。

そう、こやつは現世で生きている人間なのにゃ。

我のような仮初《かりそめ》の体や、幽霊のようにふわふわと浮かぶ意識だけの存在とは根本的に違う生き物……いや、概念なのにゃ。

だから、まだ我は不安なんだろうにゃ。

『イシュタル』は多くの男どもと関係を持ってきたにゃ。しかし、それはもう何千年、何万年も昔の話。

そうなると、現代の人間の男相手だとどうにも勝手が分からん。

こうして人間の意識を変える神力を与え、こやつが一番望む欲望を満たしてやるのが今のところ一番良いと我は思っているのにゃが……。

――あー、イシュタル？　聞いてるのか……？

「にゃ？　聞いておるに決まっておろうにゃ。それで、もっと話すがいいにゃ」

――眠いなら、寝てた方が……。

「今まで散々寝てたのにゃ、眠いわけじゃにゃいわ」

どうやら、少し物思いに耽りすぎてしまったようだにゃ。

まぁ、こやつが情欲をたっぷりと満たしたのはこやつから送られてくるエネルギーで十分に分かっていた。

話の内容は些細な事にゃ。

――なぁ、本当にこんな話聞いて楽しいか？

「そちが淫行を楽しんでる話かにゃ？　当然にゃ。そちの満足は、我の満足だからにゃ」

——そうか……まぁ、それならいいんだが。

「そうにゃ。ほれ、続きを話すがいいにゃ」

頭を預けたこやつの胸板や腹に指先を走らせながら、小僧の話に再び耳を傾ける。

しかし聞きながら、一つ懸念が出来たのにゃ。

この改竄術による淫行で小僧が喜んでいるか、というのもあるが、それとは別の問題にゃ。

どうにも話を聞く限り、こやつは胸を触らせたり下着を覗いたりを繰り返すが、セックスはまだ一度もしておらんようだにゃ。

猿のような性欲を抱えた年頃の小僧が！　女体を好きに出来る能力を得ていながら！　半月もにゃ！

我は少し心配にゃ。

もしやこやつは不能になってしまったのではにゃいか……刺激が強すぎて、逆に壊れてしまったのではにゃかろうか。

ふむ、我はエネルギー充電のため普段は寝ているので、本当にこやつがなにをしているか分からんのにゃ。

もしかしたら、こやつは我に気を遣い、勃ちもしないのに、さも楽しんできたかのように話しているのではにゃいか……？

よもや、いつも話を渋るのは羞恥ではなく、罪悪感からなのにゃ……!?

これはいけにゃい。我は一体なんのためにここまでしたのか、という話になるにゃ。

「……よし、いいにゃ」

こうなったら、我が直接確かめてやろうにゃ。ここにいるのは小僧の意識だけだが、肉体とは繋がっているので反応は現実世界と同じにゃ。ここで射精出来るなら、現実でも出来るはずにゃ。

しかし、神である我が人間の男をイカせるというのは……うにゃ、やはりダメにゃ、ダメにゃ。神としてそんにゃこと、あってはならないにゃ。

……なら、無かったことに出来る手段を取るかにゃ。

そうにゃ、我も小僧のように改竄術を使うか。あれは元々我の、神の特権を少し形を変えて授けたものにゃ。今の我でも、似たようなことが出来よう。

あの改竄術は後で改竄を取り消せば、その間の記憶は消えるからにゃ。実に好都合にゃ。

……にゃんだか、相手の心の内を覗くことが出来る改竄術があれば別の解決法もあるような気もするが、気のせいにゃ。そう、別に我は小僧を弄びたいのではなく、こやつの性機能がちゃんと働くかを確かめるだけなのにゃ。うむ。

「ひとつ、いいかにゃ？」

――ん、なんだよ。

「にゃに、ちゃんと改竄術が正常にそちの中で作用しているか、確かめたいのにゃ」

――今のところ、なにも不備はないぞ。

あからさまに小僧はこちらを訝しむ。にゃんだか信頼されておらんようで、少し寂しいにゃ。

「人間から見て問題なくても、神から見て問題があるかもしれにゃいだろう」

――そういうものか。

いくら怪しんだところで、所詮は人間にゃ。神の力に関する知識なぞ持ってはおらぬだろうにゃ。

納得した小僧は、素直にこう聞き返した。

――それで、どうすればいい？

「そちはじっとしておれ、我が確かめてやるにゃ」

そこで我はじっと小僧を睨み、小さな自分の体に残った少ない感情エネルギーを使用する。

小僧の前に考えていることが文章になって、浮かび上がる。小僧が白黒の色褪せた姿になり、ピタリと動きを止めてしまう。

にゃるほど、こやつは普段こうやって思考を書き換えてるわけにゃ。

［　イシュタルが　改竄術の　チェックを　するから　じっとしておくか　］

ふむ、まるでパズルのようにこの文章を一箇所だけ書き換える、と。我が適当に制限をかけて授けた能力だが、なかなか愉快なものではにゃいか。ゲーム感覚で出来るのがとてもいいにゃ。

それでは、我も気軽に使ってみるかにゃ。にゃに、こやつにとっても気持ち良いことなのにゃ。

限定神力・記憶改竄開始《Now rewriting》――。

［　イシュタルが　『射精の』　チェックを　するから　じっとしておくか　］

「どれどれ、にゃ」

そして、我はおもむろに小僧の『モノ』を幼子のように小さな手で鷲掴みにした。

――うぉ、そんなぞんざいに……。

小僧からの反応なぞ気にせず、手の中で竿や袋の感触をぐにぐにと確かめる。

この精神だけの世界では、小僧は当然寝間着もなにも身に着けていないにゃ。それを自覚出来るほど、まだこやつはこの空間に慣れていにゃいだろうが。

我はあぐらをかいた小僧の太ももの上に座り、片手で股の間にぶら下がった袋を揉んでやる。ふむ、毎日たくさん出しても、しっかりと中には詰まっていそうにゃ。

——ちょ、ちょっと強くないか。

神の手で精嚢を触ってもらっているというのに、贅沢を言う奴め。まぁ、その反応は面白い。

「ほれ、じっとしておれ。我はただ、そちがしっかりと『射精』出来るか確かめているだけにゃんだぞ？」

——あ、ああ、分かっているが……。

触られることで性器自体は性的な反応しておるようだが、頭の中では淫らなことをされているとは認識していにゃいらしい。

にゃるほど……これは、人間なら支配欲が満たされ、心地良くなるだろうにゃ。まぁ、我は神だし？　今更人間の男を手玉にしてるだけで興奮なぞ、しにゃいがにゃ。

しかし、こやつなかなか立派なモノを持っているにゃ……いや、我が十歳ほどの子供の姿だから、そう感じるのかにゃ。

太ももの上に座りながら、小僧の顔を見やる。まだ、ただマッサージをしているだけだというのに、こやつの顔は早くも快感で緩んでおった。

「にゃんだ、気持ちいいのか？　我はまだ、竿に触れてもおらんのだがにゃあ」

——い、イシュタルの手がすべすべで気持ち良すぎるんだよ。

確かに我の手は、そこいらの人間の小娘の手とは別物にゃ。肌質もそうだが、快楽を与える行為の年季が違うにゃ。伊達《だて》に性愛の神を気取っていたわけじゃにゃい。やろうとすれば、一切竿に手は触れずに、こやつに狂うような快感を何度でも味わわせられるにゃ。

まぁ、今回はそこまでする必要はにゃい。スタンダードに絶頂させてやるにゃ。

袋を揉む手を止めずに、今度はもう片方の手で小僧の胸板に手を這わせる。指先が固くなり始めていた乳首の周囲、その乳輪をゆっくりとなぞる。

「小さな手で弄られる感触はいいものだろう？」

ぐーるぐーると指先で小僧の乳輪をなぞり、時折触れるか触れないかの感覚で、乳首を掠める。

その期待感を煽るようなじれったさに、小僧の乳首は早くも固くなりおった。男の癖に、敏感なものを持っておるようだにゃ。

その期待で膨れ上がった乳首を、人差し指でカリッカリッと爪先を使って引っ掻いてやる。

――くぅ、うぉ……。

「どうだ、普段は女子《おなご》に責めているばかりだから、責められるというのは新鮮な感覚だろう」

我が再びくりくりと指先で乳輪をなぞり、不意のタイミングで小さな乳首をキュッと捻ってやる。ピク、と小僧の体が面白いように反応を見せ、つい笑みを零してしまうにゃ。

――こ、これは『射精』のチェックに関係あるのか……？

「当然だにゃ、ほれ、その証拠に」

我は片手で乳首を弄りながら、ずっと袋をマッサージしていた手を離し、その袋の上ですでに熱く固くなっている竿を握ってやる。

「もうビンビンだにゃ」

固くなったモノを軽く握ると、手の中で熱い脈動を感じた。ビクン、ビクンと跳ねる感触が活きの良さを表していて、とてもそそられるにゃ。

――い、イシュタル。

「にゃんだ。すぐしごいてもらえると思ったかにゃ？　そう、焦るにゃ。焦らしプレイは一人では味わえぬのにゃ。貴重な快感をじっくり味わうにゃ」

本音を言えば、これぐらい焦らして相手を屈服させてからでなければ、神の沽券に関わるにゃ。そう、仮にも神を名乗るものがそんなイチャイチャと恋人のようなプレイが……イチャイチャ、恋人プレイ……い、いかん、いかんにゃ。

「じゃあ、しごいてやるからぐっとペニスに力を入れるにゃ。そう、もう一段膨れ上がらせるようににゃ。この状態でシコシコすれば気持ちいいからにゃぁ～、体力がいるだろうが踏ん張るんにゃぞ」

小僧は組んでいた足を伸ばし、ぐっと腰に力を入れているようだった。それは表情からも読み取れた。

それじゃあ、手を動かしてやるかにゃ。

ゆっくりとしごき始めると、手の中で我慢汁が付くのを感じる。にっちゃにっちゃと音を立てて竿からカリ首の段差へと、小さな手を上下させてやる。

「にゃるほど、にゃるほど。これはチェックするまでもなく、射精出来そうな雰囲気じゃにゃいか……にゃふふ、冗談だにゃ。途中でやめたりせぬから、そう切ない顔をするな」

まったく、とんだ肉欲馬鹿にゃ。もう、気持ち良くなることしか考えてはいないでにゃいか。

我は小僧の乳首に口をつけた。軽く吸い上げるように、乳首を立たせ、それを舌先でこねくり回すように円を描く動きで舐めてやる。

ちゅむちゅむと濃厚な口づけを小僧の乳首と交わしながら小さな手で竿をしごいていると、我慢汁がさっきよりも手に付き始め、竿の方からもにちゃにちゃとした水音が大きくなる。

——あぁっ！　イ、イシュタル。それやばい……っ！

「にゃふ、どうやら気に入ったようだにゃ」

その快感に悶える姿が気に入ったのは我も同じで、気分がいいと動く猫耳がひょこひょこと反応を見せる。

「我の猫要素が耳、しっぽだけでよかったの。ざらっとした猫の舌ならば、こんな気持ちいいことはにゃかったぞ」

ついでに白い尾で、小僧の太ももやその根元、鼠蹊部《そけいぶ》をつーっとなぞってやる。猫じゃらしでも当てられたかのようなくすぐったさに、小僧は妙な声をあげおった。

「にゃふふ。ほれ、横になれい」

我は小僧の体を押し倒し、低反発ベッドのような床に仰向けにさせる。

その上に手を着いて、改めて小僧の体を観察する。背は平均よりやや高く、しかしあまり鍛えられてはおらぬ。体格はいいんだがにゃ……もっと鍛えれば我の好みだというのに。

まぁ、肝心のペニスの大きさはなかなかいいものを持っておるにゃ。

完全に勃起したそれはピンと重力に逆らうように勃ち、とても活きがいいにゃ。

カリ首が大きく、それでいて竿も太い。半分ほど皮を被っておったが、大きくなりだすとすぐに剥けて、赤い亀頭がへその下辺りにまで伸びをする。

ごくり、と思わず唾を飲み込んでしまう。

我としたことが、自分の体が熱くなっておるのを感じてしまう。特に、猫に見立てた毛皮の下着の下で、ヴァギナが少し湿っておった。

入れたい。

そんな考えが頭を過ってしまう。しかし、流石にそれは出来ないにゃ……してしまうと、後戻り出来そうににゃい。

そ、そう。あくまでこれはこやつの射精機能のチェックだったはずにゃ。

だから、別にこのまま手でシコシコとしごいてやればそれで済む話にゃ。うむ、我が気持ち良くなる必要などにゃいのだから。

しかし……しかし、だにゃあ……。

――イシュタル？

小僧が思い悩んでいた我を呼ぶ。早く快感の続きをくれとでも言っておるようだにゃ。いや、我が勝手にそう思い込んでいるのだろうか。

「……いいだろうにゃ。さぁ、射精させてやるにゃ」

我は自分のパンツに手を掛け、するすると脱いでいく。思っていた通り、パンツと股の間で透明な糸が引いているのが分かった。見た目は子供だが、身体の機能は十分に快感を得られるように出来ておる。なにせ、我は神だからにゃ。

――すごい。もう、言葉にできない。

小僧は無防備になった我の下半身を見て、そう唸った。にゃふふ、少し残酷なことをしてしまったかにゃ。この先、我のものより美しい女性器など見ることはなかろう。幼い体のためでなく、あえて毛を生えさせておらぬ割れ目は芸術品のように整った外見をしながら、淫欲を掻きたてるように熱く濡れておるのにゃ。これを見て興奮せぬ男はいにゃいだろう……まぁ、あとですべて忘れてもらうが。

「それじゃあ、ぐっちょぐちょにして気持ち良くしてやるにゃ」

記憶を消すとはいえ、神である我が人間の上に跨るとは……。

しかし、我慢出来ぬものは我慢出来ぬのにゃ……それに、入れなければセーフなはずにゃ……うにゃ、入れなければいいのにゃ。

手から熱いローションを生み出し、小僧の竿に両手でそれを塗り込む。このローションを生み出すのにも貴重な転生のためのエネルギーを使っているのにゃが……まぁ、仕方にゃい、仕方にゃいのにゃ。

——あ、熱くて、気持ち良くて……あぁ、腰が溶けそうだ……。

「まだ出してはにゃらんぞ。本命は我にゃんだから」

ぐっちょぐっちょと両手を筒の形にして、太い肉棒を挟んで上下にしごく。固く固く、最高の勃起をさせてから、味わってやるにゃ。

——い、イシュタル……。

「ふん、切ない声をあげるにゃ」

竿が固くなったのを確認すると、我は唯一残っていたブラも脱ぎ捨てた。膨らみかけの真っ白な胸に、淡いピンク色の突起が控え目に備わっておる。

もっと感情エネルギーを集めておれば、たわわでふわふわの胸でしてやったものだが、残念なやつにゃ。

手から溢れ出るローションを未熟な体に塗り、その膨らみかけの胸で硬くなった肉棒を押し潰してやる。

「にゃふふ、我が神でなければ、色々と危険な光景にゃ……」

未発達の幼い体を使って、小僧の体の上にローションを滑らせる。この人肌同士の擦れる感覚はとても久しいにゃ……。うにゃ、温かい。

——なんだこれっ……温かくて、ぬるぬるでっ！

「きっと、その辺の女子を改竄しても、こんなことが出来る者は限られておるだろうにゃ。ただの性感だけじゃにゃい、色んな意味で気持ちいいだろう？」

性愛の神たる我が、自身の全身を使って気持ち良くしてやってるのにゃ。これでよがらない奴は男ではにゃいにゃ。

――ダメだ、イシュタルっ。保たない……っ。

「……そろそろ、出させてやるかにゃ」

我も腹の下で小僧のモノが限界ぎりぎりまで固くなっているのを感じていた。

準備は万端となり、我は動きを止め、小僧の股間を跨いで立ち上がった。

「さぁ、今からこれで射精させてやるにゃ」

小僧は我を見上げ、息を呑んでいるようにゃ。そりゃそうにゃ、幼子の姿とはいえ女神の美しさを持った女体を淫靡にローションの光沢で輝かせてるのにゃ。これから、最も気持ちいい所で絶頂させてやるにゃ。

我慢汁とローションでドロドロになった手で我は自分の性器を濡らし始める。

よく塗り込んでいると、割れ目が弄られる様子を小僧は食い入るように見つめておる。

そして我はその濡れた性器を、ペニスに重ね、前後に動き始めた。

「んっ！　……んにゃんっ！」

――あっ！　ダメだ、こんなの……耐えきれない！

ずるずると小さな体を前後に揺らして、我は自分の性器で小僧の性器をしごいてやる。押し潰すように上から乗っても、それを押し返すように固さを主張する肉棒が、割れ目に擦れる度に快感が体を走る。

「んにゃ、もうイクのか？　そうだろう、耐えきれんだろう……んゃっ!!」

――それは、イシュタルも同じじゃないのか……うぅっ！

ヴァギナに擦り付ける度に甘く激しい快感が全身に走り、声を抑えきれない。くぅ、こんな余裕が無くなるにゃど、こんな……。

やはり、体格差が大きいと、感触がすごいにゃ。まるで丸太にでも跨っている気分で、これがうっかり我の中にでも入ろうものなら、女神の我とておかしくなりそうにゃ。

けれど、女神が人間風情に翻弄されて堪るものかにゃ。

意地とプライドで、小ぶりな尻で必死に大きな肉棒を押し潰す。ヴァギナで竿の裏筋を磨くように、ぎゅっ、ぎゅっと強く腰を擦り付ける。

しかし、強く擦れば擦るほど、それは我にも大きな快感の波になって返ってくる。

これでは、こやつだけでなく我もイって……しま……っ！

——イシュタル、俺、もう……で、出るっ！

「ふっ、いいだろう……わ、我より先に……い、イカせてや、にゃうっ！」

くらくらする頭を揺らしながら、我もいつしか快感に夢中になっていた。

小刻みに動く腰で、小僧のカリ首を我のヴァギナがしごき上げる。ああ、頭が白くなって、弾けそうになる。この感覚は良い、とても——。

「んにゃあああんっ！」

誰もいない真っ暗な世界で、我は何年ぶりかの嬌声をあげた。

小僧の腹の上に精子が吐き出されていた。

どうやら、我よりも先に達したようにゃ……うにゃ、絶対にそのはずにゃ、我が先とかありえんからにゃ。

——はぁ、はぁ。

全身で息をするように胸を上下させる小僧の胸板に我は頭を預けた。

気持ち良かった……良かったが、これは危険な快楽にゃ……。

ふと、頭に手を置かれる感触がする。見れば、小僧が我の頭を優しく撫でさすっている。その心地良さは快感で脱力した体にはとても良く……良いのだが。

「ちょ、調子に乗るではにゃい！」

我はプライドからその手を払い除け、再び改竄術を発動させ、小僧の記憶を元に戻した。

――あれ、俺はなんでこんな疲れて……？

「もう目覚める時間にゃ！」

言って、小僧の体を蹴り転がした。転がった小僧は先ほどまでは無かった絶壁から投げ出された。

――えっ？　えええええええええええええええ⁉

絶叫をあげて、小僧は落ちていった。


小僧がこの狭間の世界から去り、我の体がまた無重力のように宙へ投げ出される。

「ふん。少々羽目を外し過ぎたようだにゃ……まぁ、少し懐かしく、悪くない気分ではあったが」

誰も居なくなった真っ暗闇で、再び膝を抱えて眠りにつくとするかにゃ。

ああ、しかし、神は本当にいい加減なものだからにゃ。

「また、気まぐれを起こすのも悪くないかにゃ？」

あとがき

この書籍版でお初にお目にかかる読者様は初めまして、マルチロックです。

ウェブ版から読んで頂いている読者様はいつもありがとうございます。

連載初期からウン年間も読んでくださっている方は本当に本当にありがとうございます。

本作『メモリーリライト』は小説投稿サイト『ノクターンノベルズ』にて連載していたものであり、この度ディヴァースノベル様のお力によって一冊の本となった幸運な作品です。

実は書籍化打診のメッセージを頂いたのは去年の、二〇一七年七月なのです。それが色々あったりなかったりで、一年以上経った二〇一八年八月に出版と相成りました。私個人の事情もあったので自己責任の面もありますが、ようやく！　って感じで感慨深いです。

初めての校正作業は仕事との両立で慌ただしい時もありましたが、とても楽しい一時でした。特に赤ペンで直しを入れられた原稿を手書きで直す作業は、学生時代の小論文を思い出して懐かしい気分になったり……昔も訳の分からない誤字で恥ずかしい思いをしたなぁと思い出して悶えたり……。

加筆修正は自分でもちょっとなぁ……と思っていた台詞や文を手直し出来る機会だったり（ウェブ版でも後から編集出来るんですけども）、せっかくの書き下ろしだしあの女神様に一肌脱いでもらおうかと考えたり、とても楽しかったです。編集者様の手直しも随所に入ってますので、素人の文章がだいぶ読みやすいものへとクオリティアップ出来たんじゃないかとは思います。これがプロの仕事なんだなぁと何度も感心しました。

寝不足で辛い日もありましたが、そんな疲れを吹き飛ばしてくれたのは今作のイラストを担当してくださった水平線様のラフ画でした。もう、送られてきたのをチラッと見ただけでその日はニヤニヤが止まりませんでした。マスクを付けていて、本当よかった。ずっと心の中で、「イーシュータールかーわーいーー！」と叫んでました。本当可愛いです。服装を毛皮のもふもふにしたのは英断だったなと自画自賛したり。もちろんヒロイン全員かわいいんですけど。

この場で長々とあとがきを書かせてもらっていますが、この作品は多くの方の助力で成り立っており、最早私一人の作品とは言えません。何度も表記揺れの訂正、書き下ろし案の提案やイラストのイメージ確認などをしてくださった編集のＩ様に感謝を。そして、拙作にはもったいないくらい素敵なイラストを描いてくださった水平線様ありがとうございます。もちろん、本作の出版に携わって頂いたすべての方々にもお礼を申し上げます。

最後になにより感謝を伝えるべきは、読者の皆様です。ウェブから追いかけてくださった方も書籍版で興味を持ってくださった方も、ご購読ありがとうございます！

本作は二〇一八年現在まだウェブで連載中であり、牛歩の如くですが更新を続けています。この書籍版で興味を持ってくださった方も是非そちらも読んで頂けたらなと思います。

あとはえっと……レーベルの「妄想を、形に。」を踏まえていい感じの締めの文を書こうとしたらスペースがありません。それでは、みなさんまたどこかで会いましょう。

本書は小説投稿サイト『ノクターンノベルズ』に投稿された作品を
大幅に加筆・修正の上、書籍化したものです。

【著】懺悔
【イラスト】ポチョムキン

『ノクターンノベルズ』年間ランキング
上位の話題作がついに書籍化!

2018年2月　DIVERSE NOVEL　既刊刊行情報

【著】月夜野だんご　【イラスト】ももこ

「小説家になろう」の男性向けサイト『ノクターンノベルズ』から
【累計PV数600万超え】大人気スローライフ作品がついに書籍化!

DIVERSE NOVEL公式サイト 作品詳細ページはこちら

DIVERSENOVEL

DN-007

メモリーリライト
記《き》憶《おく》改《かい》竄《ざん》術《じゅつ》で価《か》値《ち》観《かん》操《そう》作《さ》

2018年9月15日　第一刷発行

[著者] マルチロック

[イラスト] 水平 線

[発行人] 日向 晶

[発行] 株式会社メディアソフト

〒110-0016 東京都台東区台東4-27-5

TEL：03-5688-7559 / FAX：03-5688-3512

http://www.media-soft.biz/

[発売] 株式会社三交社

〒110-0016 東京都台東区台東4-20-9 大仙柴田ビル2階

TEL：03-5826-4424 / FAX： 03-5826-4425

http://www.sanko-sha.com/

[印刷] 中央精版印刷株式会社

[カバーデザイン] 柊 椋(I.S.W DESIGNING)

[組版] 大塚雅章(softmachine)

[編集者] 印藤 純

本書は小説投稿サイト『ノクターンノベルズ』(http://noc.syosetu.com/)に

投稿された作品を大幅に加筆・修正の上、書籍化したものです。

「ノクターンノベルズ」は「株式会社ナイトランタン」の登録商標です。

マルチロック先生・水平 線先生へのファンレターはこちらへ

〒110-0016 東京都台東区台東4-27-5 (株)メディアソフト

DIVERSE NOVEL編集部気付　マルチロック先生・水平 線先生宛

ISBN 978-4-8155-6507-7

DIVERSE NOVEL公式サイト　http://diverse-novel.media-soft.jp/